金田一探案集 ④

恶魔的彩球歌

〔日〕横沟正史 著　　王维幸 译

南海出版公司

新经典文化股份有限公司
www.readinglife.com
出　品

目录

序　鬼首村彩球歌考

在我朋友所办的杂志中，有一本名叫《民间承传》的小册子。这小册子是会员制发行的，数量也不是很多，只是菊判[①]六十四页的薄册子，可闲来读读居然也十分有趣。

由于“民间承传”的标题下面还附带着一行“乡土与民俗”的副标题，一看就知道这肯定是一种搜集日本各地遗存的奇俗、传说和民间故事等的刊物，所以，执笔者除了少数几位知名人士之外，其余的几乎都被那些无名投稿人占据了。

正因如此，纵然文笔并不老练，内容倒也都新鲜有趣，充满了新奇的感觉，读过之后也经常会受益匪浅。

因此我特意将其做成了合订本来保存，闲时无聊就拽出来随便翻翻，以作消遣。最近我从中发现了一篇以前遗漏掉的有趣文章。

那是一篇刊登在昭和[②]二十八年九月号刊上的文章，题目是“鬼

---

①日本的一种开本规格，高约 218 厘米，宽约 152 厘米。

②日本裕仁天皇在位期间使用的年号，时间为 1926 年到 1989 年。

首村彩球歌考”，对即使在当地现在也几乎已被遗忘的彩球歌进行了有趣的考证。作者的署名是多多罗放庵，但仅凭这本杂志弄不清这多多罗放庵究竟是何方神圣，恐怕也只是一篇普通的投稿吧。

在获得了金田一耕助许可的前提下，我下面要给大家讲的这个可怕的故事里，鬼首村的彩球歌作用非常重要，所以趁着发现了多多罗放庵文章的这一好机会，请允许我在此转录一下，同时也请允许我对放庵的考证加一些个人愚见，好让读者先睹为快，倒也不无裨益。

顺便说一下，“鬼首村”的读法其实应该是“ONIKOUBE 村”，可一般说来，大家似乎都发讹音，读作“ONIKOBE 村”。

鬼首村彩球歌

我家后院大树上
停着三只小麻雀
一只麻雀如是说
我家阵屋大老爷
好狩猎好酒好女色
最爱好的是女色
女色谁最好？升匠家姑娘
姑娘长得美，却是个大酒鬼
用升量用漏斗喝
整天泡在酒缸里
这样还说不过瘾，结果就被返还了
被返还了

第二只麻雀如是说
我家阵屋大老爷
好狩猎好酒好女色
最爱好的是女色
女色谁最好？秤匠家姑娘
姑娘长得美，却是个大抠门
大小金币用秤称
每天忙着算账忙
连睡觉的空儿都没有，结果就被返还了
被返还了

第三只麻雀如是说
我家阵屋大老爷
好狩猎好酒好女色
最爱好的是女色
女色谁最好？锁匠家姑娘
姑娘长得美，却是个小町姑娘
姑娘的锁不灵
锁失灵钥匙就打不开
钥匙打不开，结果就被返还了
被返还了

我只是借给他临时一用啊

鬼首村的彩球歌似乎还有很多，但是多多罗放庵介绍的就只有以上三节。

所谓彩球歌——据多多罗放庵所说——从儿歌的性质上来看，数量最多的是一个模式的数数歌，其次则是结尾令形式的儿歌，可无论哪一种，基本上都不具备连贯的内容和构思，一般都是随兴发展的。

而与此相比，鬼首村的彩球歌中似乎有一种比较连贯的内容，这恐怕与旧幕府时代，当地农民有意无意地想借这彩球歌来讽刺统治自己的领主政道有关吧——多多罗放庵如此评论道。

让我们先通过地图来调查一下这个鬼首村。

该村位于兵库县与冈山县的交界处，虽然距离濑户内海的海岸线还不到二十八公里，却是一个跟所有的重要交通网都不搭边、名副其实的山间盆地。从地图上来看，无论是从地形还是从交通关系上来说，这儿都理应被划入兵库县辖区，可是由于旧幕府时代的统治关系，这儿却被划入了冈山县，实在令人不可思议。

这种情况在一旦发生犯罪等事件的时候，也会给调查带来重大不便。

因此，鉴于其地形及诸多方面的关系，这里差不多已被冈山县警当成了没娘的孩子，也被交通便利的兵库县视作可有可无的存在。而这种情况也影响到我下面要讲的案件的调查。

这些姑且不提，且说在旧幕府时代，这儿曾是伊东信浓守的领地。现在，如果让我们翻看一下明治[①] 元年的武家名鉴，就会发现这

---

①日本睦仁天皇在位期间使用的年号，时间为 1868 年到 1912 年。

里的俸禄额记录得非常详细：伊东信浓守，柳间，朝散大夫，一万零三百四十三石。[1] 驻地则是鬼首，即官邸所在的村子。若说这一万零三百四十三石的俸禄额，在大名中当算是最低的了。因此，连其官邸也根本达不到城的资格，在这种情况下，一般都将其称之为“阵屋”。

所以，鬼首村的彩球歌中所说的“我家阵屋大老爷”指的自然就是伊东家的先祖之一了。而据多多罗放庵考证，天明[2] 时代的确曾有个领主名叫伊东佑之，此人是个荒淫好色的暴君，经常假托狩猎的名义巡视领地，一旦发现有貌美的女子，无论对方是黄花大姑娘还是已为人妻，他都会毫不留情地抢来，逼其侍寝，玩腻后，便会随便找个借口将其杀掉。伊东佑之于天明到宽正改元前后死于非命，多多罗放庵认为，他极有可能是被周围的人下药毒死的。

那么，由于鬼首村的彩球歌是影射伊东佑之暴行的，因此多多罗放庵认为，连缀在彩球歌各节末尾的“被返还了”，其实就是“被杀掉了”之意的反复。

另外，彩球歌中所唱的升匠、秤匠和锁匠之类，据说也未必就是一般意义上所说的职业，而是在旧幕府时代未被准许称姓的庶民用来与其他人相区别的商号，即使到了老百姓被正式准许称姓的明治时代乃至现在，老人们之间也仍有人以商号互称。

以上就是从《民间承传》中发现的鬼首村彩球歌的由来，谨请大家仅作为预备知识先记在心里，然后，我们终于可以开始介绍这起可怕的鬼首村彩球歌杀人事件了。

---

①柳间类似于官品，朝散大夫为从五品下官位。

②日本光格天皇在位期间使用的年号，时间为 1781 年到 1789 年。

第一部　一只麻雀如是说

村子里的骗子

当金田一耕助带着矶川警部的介绍信，乘坐着别处早已鲜见的人力车翻过仙人岭，第一次踏足这鬼首村时，正是昭和三十年的七月下旬。当然，对于当地仍残存的彩球歌之类，他当时自然连做梦都不会想到。

金田一耕助来到这个村子，也不是说一定是因为这里发生了什么案子。因为就算是金田一耕助，也并非一直在不停地追着案子跑。他不是机器，他是人。有时候当然也想享受一下不受任何打扰的静养。

为了选择静养地，金田一耕助颇费了一番脑筋，最终决定将目的地选在冈山县境内。因为从他崭露头角的“本阵杀人事件”，到“狱门岛”和“八墓村”，似乎都跟冈山县结下了不解之缘。不知不觉间，他对此地的人情风俗也产生了好感。从总体上来说，当地热情好客的风气也不由得让他感到了温情。

于是，择日不如撞日，他便只身一人拎着个手提包从东京西下，去拜访了在冈山县警本部上班的矶川警部。

跟往常一样，由于他事先并未写信或是寄明信片，所以在冷清的接待室迎接他时，矶川警部不禁瞪大了眼睛。

“今天这刮的是哪阵风啊。金田一先生，你是什么时候来的？”怀念之余，警部从一开始就兴奋地大声说道。

“刚才来的啊。啊，困死我了，困死我了，看来我真是那种一坐火车就睡不着的人啊。”

说着，金田一耕助还故意眨了眨眼睛，刻意展示一下晚上坐火车睡不着的事实。

“这么说是刚到啊？难不成又发生了奇怪的案子……”

“您可真讨厌啊，警部，一看到我的脸就总是案子案子的，我又不是只知道探案……我们毕竟好久不见了，我不就是想看看您嘛。”

“哈哈，这是真的？”

“谁还能骗您……”

“那可是荣幸之至啊，哈哈。”

矶川警部用硕大的手掌抹了一把脸，满面带笑。

警部年事已高。他剪短的头发已近乎全白，而且颇为稀疏，所以肌肤看上去越发显黑。眉毛白了，额头上的皱纹也增加了，但粗矮的身躯里却仍透着一股干练，被晒成赤铜色的脸也与雪白的头发和眉毛形成鲜明的对照，看上去似乎更加稳健。有一点需要交代一下，即他数十年如一日都在警部任上，并且数年前妻子就已故去，现在是一个鳏夫。

“对了，金田一先生，你这次的打算是……”

“啊，其实是这么回事……”

于是，金田一耕助就把自己想找处清闲地方，不受任何打扰地静养一个月的想法说了出来。

“这一带有没有好的地方？最好是特别不便的地方，比如说那种跟外界完全隔绝、位于荒无人烟的深山老林里的农村。”

“这个嘛，倒也不是没有……不过……”矶川警部望着金田一耕助那一如既往的旅行打扮——一身穿旧了的白底深色碎花衣服和皱巴巴的夏季裤裙，说道，“你还是那老样子啊，哈哈。”警部眼角刻着热情的皱纹。“行，没问题。这件事今晚再慢慢谈吧，总之坐了一夜的火车肯定是累坏了。我就先给你介绍个凉快的旅馆吧，洗个澡，好好地睡到晚上再说。我下班之后立刻就去找你。”

警部给耕助介绍了一家市内的旅馆。

当晚，二人喝光了两三瓶啤酒之后，矶川警部从浴衣里掏出一封介绍信。

“虽然应你的要求我带了介绍信来，但是有一点需要事先声明，你说的那种完全与世隔绝的地方实在是有点儿难找。这个村子也并非遗世独立。”

“啊，那也行。那个，这个怎么读？很生僻的名字啊。”

介绍信的正面写着“鬼首村　青池里佳阁下”。

“这个读作 ONIKOUBE。一般都错读成 ONIKOBE。”

“原来如此，真是少见的读法啊。那么，这名叫青池里佳的是……好像是个女人的名字。”

“是的，没错。这也是一个可怜的女人。”说着，矶川警部又用他那硕大的手掌抹了把脸，“丈夫被人杀了，而且凶手至今不明。”

金田一耕助手拿介绍信，眼睛死死盯着警部的脸，说道：“这可不行，警部，白天时不是都说好了吗，我只是想不受任何打扰地休养一下……”

“啊，我知道，我知道。”矶川警部一面做着阻止对方的手势一面说道，“虽说是被人杀了，却不是最近这一两天的事，早已是二十多年前的案子了。这一点你大可放心。只不过我想说明的一点是，正因如此，你那完全与世隔绝的要求实在是太让人为难了。二十三四年前的鬼首村比现在不知要不便多少呢，可还不是照样发生了谜一样的案子。”

看来矶川警部似乎是想让金田一耕助听听那个故事。可是，金田一耕助希望的却只是一个人不受任何打扰地休养一下，所以警部也有些犹疑，不知道该不该提起这种话题。

金田一耕助考虑的却是，既然要受这个名叫青池里佳的女人照顾，大致了解一下她的身世倒也不坏。不，岂止是不坏，甚至是完全有必要，因此，他把视线从膝盖上的介绍信上抬了起来。

“听上去好像是一个很有趣的故事啊。”说着，金田一耕助露出洁白的牙齿微微一笑。那分明是亲昵地引诱对方的微笑。

“啊……是有点儿。”不知为何，矶川警部似乎有些害羞，露出一副小孩子死乞白赖地要东西般的眼神，说道，“肯听听吗？”

“嗯，那就好好给我讲讲吧。我这个人啊，一听到是二十多年的无头案就忍不住了。哈哈，我这人就这毛病……”

“那就多谢了。既然这样，为慎重起见，请先听我说明一下。”矶川警部为对方的体贴而高兴，心情顿时放松下来，语气也有了劲头，“想必金田一先生对农村的情况也比较了解，无论到哪里的村子去，当地都会有一些势力超群的大户人家。可是，这些大户却总是有死对头……比如说，狱门岛的本鬼头与分鬼头，八墓村的东屋与西屋之类。”

“说的是。这么说，鬼首村也有势不两立的两大势力了？”金田一耕助故意扔下个话茬。

“没错，没错。”矶川警部高兴地接过话茬，往前膝行两步，说道，“啊，也可以说，以前是有过相互对立的两大势力。可最近以来，鬼首村的势力版图似乎发生了很大的变化。这案子发生在昭和七年，也就是柳条湖事变[1]爆发的第二年，当时农村在经济萧条的深渊里是如何挣扎的，想必金田一先生也还记得吧？”

“是啊……农村的萧条，也是战争爆发的重要原因之一。”

“没错，农村的次子三子问题，也是原因之一……我们先不谈这个。当时，鬼首村的两大势力就是由良家和仁礼家。此外还有一个多多罗家，这家从旧幕府时代以来就一直是村长家系，所以原本应该是一家独大，可是，由于其上一辈人与当时的家主全都不务正业，就彻底沦落了。这时候势力抬头的自然就是由良家和仁礼家了。所以，但凡与鬼首村有关的人，必须得旗帜鲜明地表明立场才行，要么是由良派的，要么就是仁礼派的。中立者绝对不允许存在。”

“就像现在的美苏两大阵营一样啊。”

“没错。在这两大势力之中，自古以来就作为大财主闻名的是由良家，这家不光是在鬼首村，在附近一带也拥有广阔的田产。你就

---

①即九一八事变。

当作这其中也有相当一部分是天上掉馅饼，从不务正业的多多罗两代家主手中得到的就是。与此相反，就当时来说，仁礼家还是新兴势力，这家主要是拥有山地。山地基本上是不值钱的，光是有山不足以与由良家对抗。不过，仁礼家当时有个叫仁礼仁平的人物，此人非常有先见之明，在大正[①]末年和昭和初年，就把自家拥有的山……名义上是山，其实就这一带的情况来说，不过是些山丘之类罢了——他就开始在这些山地里栽培葡萄。到了昭和六七年前后就成气候了，当仁不让地成了能与由良派抗衡的势力。”

“葡萄现在还在弄吗？”

“当然了，现在葡萄已成了鬼首村的一大资源。”

“原来如此，这么说，仁礼派的势力抬头也自然是理所应当了，毕竟人家给村子带来了新的产业。”

“呃，没错。仁礼仁平的确是个了不起的人。鬼首村是一个四面环山的盆地，著名的葡萄产地甲州也是盆地。仁礼仁平经过一番仔细调查后，发现鬼首村在气温、湿度和日照时间等方面都跟甲州盆地酷似，于是他就在大正末年时着手尝试，经过数年的努力终于得到了回报。人都是趋利的，这样一来，人们都像见了糖不要命的蚂蚁一样聚集在仁平的周围。仁平摇身一变，顿时成了一个大老爷。如此一来，他对村子的发言权也大了，变成了不可小觑的势力。”

“原来如此。这样一来，不高兴的自然就是由良家了，他们肯定得寻求个对策。”

“哈哈，金田一先生果然有眼力。没错。出于自卫的考虑，由良

① 日本嘉仁天皇在位期间使用的年号，时间为 1912 年到 1926 年。

家也开始寻求起对策来……结果，就萌生了我下面要讲的这出悲剧。”

看到金田一耕助越来越感兴趣，矶川警部大概也来劲了，语气也变得有力起来。这倒也无妨，可他却仍装模作样拐弯抹角，弄得金田一耕助不由得偷笑。

“那您就赶紧给我讲讲那种下悲剧种子的由良家的对策吧。”

“啊，好的。”警部到底还是有点儿害羞，不由得用巨大的手掌抹了把脸，说道，“当时，由良家的主人叫卯太郎，大概有四十岁吧。在仁平爷那样的老油子看来，他充其量只是个毛头小子而已，还年轻。而且这人从小就是放在外面怕晒坏了、含在嘴里怕化了的那种，娇生惯养，不懂世故。他对仁平爷绝不服输的毛躁劲儿也起了很大作用，结果就被人钻了空子。”

“被人钻了空子？被谁……”

“骗子呗。趁农村萧条而入的骗子……由于被骗子钻了空子，结果不只是由良一家，连整个鬼首村都被弄得鸡飞狗跳。”

“骗子……您是说有骗子出现了？”

由于故事朝着意外的方向发展，金田一耕助也露出了意外的神色。

“没错。这骗子在杀了人之后就销声匿迹了，整个村子炸开了锅。”说着，矶川警部的脸色也变得有点儿忧郁，“那骗子自称恩田几三，这当然是假名了。那家伙于昭和六年年底前后带着一封介绍信来到了由良家。他年约三十五六岁，戴着金边眼镜，鼻子下面留着一撮小胡子，听说是个十分英俊的男子。他来到这里，就是要为村里办生产丝缎的副业……想必你也知道吧，丝缎就是在圣诞节等时候给那种装饰花哨的小树增色的东西……是用来出口的。”

"原来如此，原来如此。"

由于事情已不再是单纯的农村势力之争，金田一耕助也顿时兴趣倍增，不禁向前探身。

如此一来，矶川警部的嘴巴也更有劲儿了。

"听恩田这么一说，卯太郎觉得很有意思，于是就亲自出马了。给农户带来副业，无疑会给在萧条的谷底挣扎的农民带来实惠。农民们从卯太郎那儿听到这事后也都被吸引了。这活儿是这样的：先是由恩田把机器——说是机器，其实也是很简单的那种——借给希望加入的农户，并提供原材料，由农民们来生产丝缎，由恩田支付适当的工钱回购，最后再由农民买下这些机器……就是这样的组织方式。在农民有了钱买下机器之前，机器钱则由由良家的主人支付给恩田。事情进展得很顺利。尝到这意外甜头的农民自然对由良家的主人感恩不已，而卯太郎自然也大大地露了一把脸。就这样过了一年左右，到了昭和七年秋天的时候，农民们也都基本上付钱把机器买下了。可这时，却出现了一个人，开始怀疑起恩田的做法来。这人就是我要给你介绍的青池里佳的丈夫源治郎。"

就这样，警部继续讲了下去。

魅力女孩

"我先说一下青池家的情况吧。"警部悠闲地吸着烟，说道，"青池家祖祖辈辈都在经营鬼首村外的一处温泉疗养旅馆'龟之汤'。"

"啊，那儿有温泉吗？"说着，金田一耕助往前凑了凑。

“温泉倒是称不上。由于龟之汤的温度只有二十摄氏度左右，称作冷泉倒是更合适，所以都是把水烧热之后再进去洗的。一到农闲时节，农民们都会从附近赶来疗养。农民这个群体也真是奇怪，只有那些种稻米的才会受到尊敬，而从事其他种植的人则低人一等，会受到轻视。说得极端一些，即便同样都是农民，那些从事非稻米生产的农民、靠种菜为生的农民等都被称作下农，受到蔑视。仁礼家的仁平爷也是一样，虽然种植葡萄很成功，可从这种意义上来说，他在由良家的卯太郎老爷面前还是抬不起头来。啊，闲话休提，”说着，矶川警部弹了弹烟灰，“所以，像龟之汤的青池家之类，顶多就是个温泉场的老板而已，甚至比那些被称为下农的人还要低人一等。青池家有个次子名叫源治郎，当时二十八岁。这源治郎年轻的时候就去了神户大阪，什么活儿都干过，所以很是通晓世故。到了昭和七年中秋前后，源治郎带着妻子里佳和儿子返回了村子，返回了这龟之汤。这人在看到恩田的手法后就起了疑心。不光这样，他还把这事告诉了仁平爷，说这会不会是诈骗呢……仁平爷很高兴，似乎给了他一些钱让他来调查。仁平爷当然一直持否定意见了。总之，源治郎终于抓住了恩田的尾巴，于是独自去了恩田的家，也就是他在村子里的临时住处，想整一整他，可是……”

“却被杀了？”

“嗯，是的。”

“是怎么被杀的……被勒死还是被捅死……”

“是被打死的。当时已经是深秋了，房子里面修着地炉，地炉旁边放着斧子之类。就是用斧子往后脑勺上致命一击……”说着，矶川警部皱起眉头，“当时是昭和七年十一月二十五日。”

“现场有没有目击者？”

“没有。如果有的话应该就会制止了。”

“尸体是如何被发现的呢？”

“事情是这样的。源治郎的妻子里佳知道丈夫去整治恩田这件事。据说就在丈夫出门的时候，她还阻拦过他，让他少管闲事。可是，过了一两个小时后却仍不见丈夫回来。源治郎出门时据说是晚饭后的六点多，可到了九点他仍未回来，里佳也就担心起来，到恩田的住处去查看。”

“恩田的住处？”

“啊，这一点我必须得事先解释一下。恩田并非一直都待在鬼首村。他差不多是一个月来一次或是三个月来两次，住上两三天办完事后就离开。一开始他住在由良家，可他说这样住着不自在，于是后来就借了多多罗放庵家的一处偏房，住了下来。”

“您说的这多多罗，就是村长家系吗……”

“是的，没错。这多多罗的后裔，虽然取了个一本正经的名字叫一义，却自号为放庵，放荡不羁。由于老少两代人的挥霍，从那时起已经家道衰落，但是放庵当时仍拥有祖上传下来的房子，于是就跟名叫阿凛的第五个妻子住在那里，过着琐碎的日子。”

“第五个妻子？”金田一耕助不禁瞪大了眼睛。

警部恶作剧般滴溜溜地转着眼珠子，说道：“啊，第五个又有什么好奇怪的。这放庵啊，现在仍活得精神着呢，之后也是换了一个又一个，他总共有过八个妻子。”

“这家伙……这么说，我一到鬼首村就能见到这个逍遥的——虽然还不知他是不是很逍遥——就能见到这个有些古怪的人物了。”

“啊，他的确是一个逍遥的老爷子。毕竟从年轻时起就是一个随心所欲的人。并且，如果你去了鬼首村，还能见到另外一个奇人呢。”

“还有一个奇人？”

“啊，这个我待会儿再告诉你，就当作是消遣吧。”矶川警部像是撩拨金田一耕助的好奇心似的，又滴溜溜地转了一会儿眼珠子，说道，“我们还是继续刚才的故事吧。由于都到九点了丈夫还没回来，里佳就去恩田的住处，也就是放庵的家打探情况。可是当天晚上放庵家里也出了点乱子。第五个妻子阿凛跟他吵了架，出走了。放庵眼睛血红地从晚上起就到处寻找，可哪里都没见人影，肯定是逃到他乡去了。正当他破罐子破摔大口喝着闷酒的时候，恰巧里佳来访。里佳往偏房里一瞧……”

“结果发现源治郎被杀了？”

“没错，脸都探进了地炉里……”

“脸探进了地炉里……”金田一耕助一愣，重新打量一下警部的脸，突然大声笑了起来，“警部，我真是服了您了。我又彻底落入您的股掌之间了。”

“不，不，不！金田一先生，”矶川警部伸出硕大的手掌，说道，“我不是这个意思。只不过，故事的顺序就是这样的……”

“算了——那尸体就连面目都无法识别了吧？”

“算是吧，反正损毁相当严重。”

“但肯定是源治郎？”

“那当然，因为不只是里佳，就连源治郎的父母和哥嫂也都承认是他呢。”

金田一耕助不由得急躁起来。“有打斗的痕迹吗？”

“没有，并未发现打斗的痕迹，但明显有一种慌忙中弄得乱七八糟的痕迹。”

“后来凶手就杳无踪影了吧？”

“呃，是的。恩田几三从此完全销声匿迹了。”

“那家伙真是骗子？”

“金田一先生，这一点无论怎么调查也弄不清楚。当然，如果从结果来看，明显是诈骗，因为他把那么昂贵的机器推销给农民，活儿也从此就中断了。可是，如果仔细分析一下此前一年的工作情况，倒也未必就是诈骗，因为他都按时足额地支付了工钱。恩田代理的那家丝缎公司也查清楚了。公司是在神户，但在杀人案发生前不久就倒闭了，因为受到了三十年代美国经济大萧条的冲击——那场大恐慌让罗斯福因新政露了一把脸。”

“所以，连公司那边也不清楚恩田的事？”

“不清楚。公司那边说，只要交了保证金谁都可以入伙，所以连身份调查也没好好弄。那个名叫恩田几三的人究竟是一开始就带着诈骗的目的隐匿了身份，还是说，他的确是受了大萧条的影响，没想到事业受挫，还导致了欺诈，甚至杀了人，于是就潜逃了……当时正好柳条湖事变爆发不久，正是适合躲藏的时候。所以，大家都猜测他是把从农民那里筹集来的钱席卷一空，飞到中国了吧……”

矶川警部的声音里并没有表现出特别的感慨，但金田一耕助明白办案人员那种让凶手逃掉时的悔恨……

“后来村子里怎么样了？”

“最丢面子的自然是卯太郎了，原本这人就没有脑子，也没有分辨力。虽然农民损失的百分之多少是由他自掏腰包补偿的，可他还是招致了农民的憎恨，沦为笑柄。他一直闷闷不乐，又过了三年，到了昭和十年就死去了。”

“您刚才说由良家曾经是大地主，那战后呢？”

“被那场农地改革运动完全整垮了，但幸亏山并不是被解放的对象，卯太郎的遗孀敦子也十分干练。丈夫死后，她把虚荣和面子全都扔掉了，虚心向仁平爷求教，开始种植葡萄。战后虽然她家也得救了，可昔日的势力早就没了，现在的鬼首村已完全是仁礼家的天下。”

“那个叫仁平的老爷子还活着吗？”

“不，仁平爷已经死了。继承了家业的嘉平比老爷子更厉害。卯太郎死的时候，他与寡妇敦子之间就有种种传闻。他是现在鬼首村的当家人。”

“你刚才说到了源治郎是次子，那个名叫里佳的女人后来也一直待在鬼首村吗？”

“啊，里佳……最可怜的就是里佳了。丈夫出事的时候，她正怀着身孕，结果却目睹了丈夫的残酷之死……”

“流产了吗……”

“没有，倒是平安地产下来了。是个女孩，可那女孩……”说着，矶川警部皱起眉头，“啊，你可以自己去看看，一去就会明白……在这一点上里佳很不幸，但在另一方面却又是幸福的，因为哥嫂两人并没有孩子。于是，源治郎和里佳所生的那个名叫歌名雄的孩子就继承了龟之汤。这孩子经常来帮助母亲。”

金田一耕助用探询的目光望着警部，说道：“警部您常常往鬼首村跑？”

“嗯，是时常到龟之汤疗养。里佳是个爱动笔的女人，盂兰盆节和过年的时候都会写信问候，因此我对村子里的情况还是比较了解的。”

说到这里，对话中断了一会儿。金田一耕助像是又想起了什么，开口说道：“警部，您可是激起了我强烈的好奇心啊，既然这样，那就请您顺便把平时不说的话也都说了吧。您刚才说，如果到鬼首村，还能够见到另一个奇人，那到底是……”

“啊，那件事啊……”矶川警部用几乎要把人吸进去般的眼神直盯着金田一耕助那乱蓬蓬的头发，然后突然奇怪地说，“金田一先生，想必你偶尔也会看电影，有时也会通过收音机或电视听听流行歌曲吧？”

“是的……”

“啊，恕我失礼了。其实是这样的。恩田几三在村子里滞留时，一个铁匠的女儿别所春江一直在他身边伺候。那春江在昭和八年生下了一个私生子……一个女孩。父亲不用说就是恩田了。即便不是恩田的孩子，生下私生子也遭人戳脊梁骨，她生下的偏偏又是村民们恨之入骨的骗子和杀人凶手的孩子，自然更招风了。可是，这春江却很坚强，把女儿千惠子寄养在父亲蓼太那儿，作为蓼太夫妇的女儿入了户籍。把千惠子寄养好后，她就离开了村子去神户做了女佣，后来又把千惠子接到了身边。战争中没有办法，娘俩就又回到了蓼太夫妇身边。到了昭和二十三年，这二人又像被轰出去似的离开了鬼首村，当时千惠子已是虚岁十六岁。我说的这个千惠子，已经变成了不起的人物……”

“了不起的人物？”

"她就是大空由加里，现在的大红人，在舞台上一亮嗓子，一场演出就会进账几十万……一上电影那就成了魅力女孩，变成不知迷倒多少男人的神秘女人……"

金田一耕助不禁握起了双拳。"既、既然这样，大空由加里回到鬼首村是为了什么？"

"去年，她为她的外公外婆，也就是户籍上的父母，建造了被誉为由加里府邸的豪华住宅。她不久就会回来。鬼首村就不用说了，连县里的报纸也早就轰动了。"

当头戴巴拿马帽、身穿白底深色碎花衣服和皱巴巴的裤裙的金田一耕助在人力车的摇晃中越过仙人岭的时候，鬼首村就是处于这样一种状态下。

龟之汤的人们

自从金田一耕助在鬼首村村畔的温泉疗养场龟之汤卸下行装，过了十多天后，就到了八月。

正如在乡下的温泉疗养场经常见到的那样，龟之汤的房子也是古旧的木质二层楼，比起旅馆，倒更像是宿舍般煞风景的构造。

这儿的温泉场跟箱根或伊豆的温泉旅馆自然是不可同日而语。

趁着农闲期从附近来疗养的人们，基本上从炒菜锅、煮饭锅到米、盐、酱汤、酱油等都会带来，自己做饭，有的甚至连被褥都会带来。这些人都是三五成群地共同生活，完全就跟集训一样，龟之汤只是为他们提供宿舍和浴场而已。这似乎就是这种乡下温泉场的一般风俗。

可是，偶尔也会出现像金田一耕助这样的普通客人。为了这种客人，龟之汤还特地建了一些平房，土是土了些，但旅馆设施一应俱全。客房有五六间，里面有室内浴池，龟之汤一家的日常起居也在那里。说是一家，现在也只有女主人青池里佳、儿子歌名雄、女儿里子和女佣阿干四人而已。农闲期客人挤满的时候，也会临时雇用女佣。

女主人里佳五十岁左右。矶川警部说，昭和七年她那被杀害的丈夫源治郎当时是二十八岁。假如夫妻俩相差三岁，时至昭和三十年的今日，算起来她应该也有虚岁四十八了。

她看上去比实际年龄要老一些，怎么看也不下五十，可她并非步履蹒跚。她身材高挑，乍一看有点儿纤弱，却给人一种很稳健的感觉。

正值夏天，平常都是穿简便夏装，但她绝没有散漫之感，头发总是拢得很整齐。到金田一耕助房间的时候，也总是非常用心地换上和服。与其说是关西风格，倒更像是京都女人的风格，皮肤肌理细腻，瓜子脸，以前肯定是个相当美的女人。

只不过，由于年轻时曾直面过巨大的悲剧，她总给人一丝阴郁与凄凉的感觉，言语也不多。这大概就是她看上去要比实际年龄老的缘故吧。但她做事比较周全，说话实心实意，比起那种话有些多、给人轻薄之感的人更能给人好感。

儿子歌名雄今年虚岁二十六。他在附近镇上上旧制中学期间，学制变成了六三三制。当时这一带的农村子弟中，即使有上中学的，也多数在学制改成六三三制后撑不下六年来，上到新制中学的初三就辍学了，里佳却让儿子一直读到了高中。

金田一耕助对这个名叫歌名雄的青年很感兴趣。

歌名雄不愧在高中时代做过棒球投手，五尺七寸的体格十分魁伟，肌肤也像母亲一样十分细腻，一副五官立体的面孔，实在是个美男子。帮着打理家业的同时他还种地，在后山上种了葡萄。由于劳动，脸色晒得阳刚健康，看上去十分稳重。每当在葡萄田里的时候，他总是快活地唱着流行歌，歌喉柔和动人，唱歌的样子也不错。

总之，歌名雄就是村里的罗密欧，是姑娘们心中的白马王子，但对母亲里佳来说，这似乎成了她的心病。

由于出了大空由加里这个大明星，不只是这个村子，就连附近一带的男女青年之间也都流行起了爵士乐和流行歌曲。这一带的盂兰盆节跟东京的不一样，要晚一个月，据说村里的青年现在还时常聚在一起商量，打算在盂兰盆节请大空由加里来，举办一场盛大的歌咏比赛。只不过，大空由加里现在仍未来。

歌名雄的妹妹里子是父亲被杀的第二年，即昭和八年出生的，今年虚岁二十三。金田一耕助一次也没见过那姑娘。在亀之汤家人所住平房侧翼的后面，有一个连着走廊的土墙仓库，里子似乎总是躲在那里。

一天傍晚，金田一耕助散步回来的时候没有走正门，无意间从后木栅门走了进去，当时一个正在院子里的年轻姑娘逃也似的跑进了仓库。望着她的背影，金田一耕助不禁咽了一口唾沫。

矶川警部在提到那姑娘的时候，似乎眉头紧皱不愿多说，而从她那么怕被人看见的情形来看，肯定有不得已的隐情吧——金田一耕助对她还在娘胎里时就发生的可怕惨剧的影响反复进行猜测。

当天晚上，金田一耕助就向伺候他吃晚饭的女佣阿干悄悄刺探起这件事来。

“傍晚，我在院子里看到一个年轻姑娘的背影，那就是这家的小姐里子吗？”

“对对，这么说您见过阿里了？”

“啊，也只是瞥了一眼背影而已。她总是待在仓库里吗？”

“是。”

阿干只是在简便夏装的膝盖上滴溜溜转着托盘，不肯回答。

阿干今年二十七八岁。她曾嫁到附近的农家，由于跟婆婆处得不好就逃了回来。娘家这边又是她嫂子当家，也无法待下去，于是她就求里佳让她做了龟之汤的女佣。里佳管教严厉，可阿干依然有些松垮，而且生性话多。今天却不知是怎么回事，竟什么也不说。恐怕这个话题被女主人严厉禁止吧。

“可是，年纪轻轻的姑娘，天天闷在仓库里不出来，她也真受得了。”

“阿里身子骨弱。”阿干依然嘴巴很紧。

这一带的语言跟纯正的冈山方言并不一样，中间还夹着一多半播州口音。播州口音和兵库神户一带的语言很相似。

“身子骨弱？哪儿不好？”

“心脏。说是稍微走一点儿路就喘不上气来。”

那大概就是心瓣膜病之类吧。妊娠中的母体由于过度疲劳和深受精神打击会给胎儿的心脏带来影响，医学上也经常这么说。可是，只是这样就那么怕撞见人，也实在是太奇怪了。

“里子在仓库里一整天都在干什么呢？”

“这个嘛……”阿干依然在膝盖上转动着托盘，心不在焉地歪着头，“一般都是在读书。她是一个非常喜欢读书的姑娘。”

“读书？都读些什么书呢？”

“这个……”阿干放松的嘴角上只是露出一丝暧昧的微笑，让人摸不着头脑。

金田一耕助只好放弃，问这个女人也没用，她对别人读的书之类恐怕是一点儿兴趣都没有吧。

金田一耕助正想再找个问题问问，没想到却被阿干反将了一军。

“先生，您真关心阿里的事啊……来到我们这穷乡僻壤，您每天都不觉得无聊吗？”

“不，我到这儿来就是找无聊的。人一旦无聊，寿命就延长了。”

“哎，说得可真轻巧……看来有钱人就是不一样啊。”

如果有钱我就不会来这穷乡僻壤了——金田一耕助刚想开口，还是打住了。这话说出来会侮辱龟之汤。

有关里子的事情，恐怕再怎么问，也不会从阿干这儿得到一丝答案，死心的金田一耕助于是转换了话题：“这个就先说到这里吧。对了，大空由加里还没来吗？整个村子似乎很期待啊……”

金田一耕助本想哄对方高兴才这么说，没想到阿干却顿时脸色大变，这让他很是吃惊。

阿干身子小小的、圆润可爱的脸蛋像是撒了面粉的年糕般胡乱搽着香粉。这张脸眨眼间就变成了般若[1]的模样。

“那种人！”阿干用仿佛吐出脏东西似的尖锐语气说道，“那种

---

①日本传说中一种内心充满女性的忌妒与怒火的妖怪。

女人有什么好的，我真是弄不懂大家为什么会这么捧她。”

她圆溜溜的鼻子用力哼了一声，样子实在是不寻常。看来，她对大空由加里抱有极大的反感。

“阿干，你应该见过大空由加里吧？”金田一耕助又小心翼翼地探问起来。

“一直都没见过，疏散到这儿的时候她还是个又黑又脏的小丫头呢。”阿干嫌脏似的皱起眉毛。

“那在她红了之后也没有见过？”

“她一次都没回来过。不过，她照片都上杂志了，胸部和屁股全露了出来……一个女人居然那么不要脸。虽然不关我的事，可连我都替她害羞脸红呢。不过，说到底，她充其量只是锁匠家的女儿的私生女吧。”

“锁匠家的女儿？”金田一耕助追问道，“我听说，由加里的母亲是铁匠家的女儿……”

“不是，所谓锁匠其实是商号。我们这一带大家一直都有商号，比如我们家就叫笊篱匠。”

由加里家的商号是不是锁匠，当时金田一耕助并没怎么在意。当他后来从这商号中发现重大含义的时候，已经有三人被从这世上抹掉了。

“先生，您是如何看的呢？”

“我怎么看……”

“那种女人真的好吗？那种半裸的女人……”

“这个嘛，倒也未必就不好。毕竟我也是男人嘛，哈哈。”

金田一耕助含蓄地赞其为魅力女孩，结果，阿干却不乐意了。

“哟，吓死人了！”阿干竟怒目而视，现出一副气冲冲的样子，可接着不知想起了什么，她竟突然又沮丧起来，“你们男人啊，大概都这个德行吧。就连歌名雄那样的人都迷恋那种女人呢，又是要搞什么欢迎会，又要搞歌咏大会，都不知道该怎么好了。你们男人可真是可怕。”

金田一耕助吃完后，阿干收拾完饭桌，说道：“那我走了，先生，有事请按铃。”她有气无力地退了出去。

金田一耕助不知为何突然一怔，再也无意和阿干调侃，默默地目送着她离去的背影。

如今逗留在龟之汤的只有金田一耕助一人，所以他真的变成了名副其实的孤家寡人，不受任何打扰地享受着慵懒。

如前所述，龟之汤位于鬼首村的村郊，离最近的人家也有近两公里之遥。它背靠着山丘，山丘上是成片的葡萄架，上面已经挂满了琥珀色的葡萄串。往门窗大开的房间里一躺，新鲜的果香一阵阵袭来，令人心旷神怡，还有那满耳朵欲把人诱入梦乡的布谷鸟的啼叫。这种感觉实在是久违了。

金田一耕助来这里并非是为重新调查二十多年前的案子。他不欠矶川警部那种人情。他只是顺其自然而已，如果能听到一点儿就留意一下，至于由良家后来如何了，仁礼家现在又是如何繁荣之类，他根本无意一一调查。他几乎每天都待在龟之汤旅馆里，偶尔读读书，或整理自己处理过的案件的笔记，除此之外终日都迷迷糊糊。他真是像猫一样享受着闲暇时光。

即使早晚散步的时候，他也几乎不去村子里，顶多就是在后山的葡萄田里溜达溜达。尽管如此，他来到这里之后，还是见了相当多的人，而且还跟其中一人很是亲密。

因为这里是温泉疗养场，眼前的那二层楼共同宿舍的娱乐室——当然现在空无一人——似乎变成了村里青年的集会场所。

自从来到这里，除了龟之汤的人，金田一耕助最早打招呼的就是多多罗放庵。倒也不是他刻意去见放庵。抵达这里的翌日，当他想去比室内浴池大很多的公共浴池尝试一下时，放庵恰好就在那儿。

公共浴池与二层楼的共同宿舍以走廊相连，从院子里也可以直接进入。整个浴池是一处人字形屋顶的木质建筑，非常空旷，男女间分开。走进去一看，只见铺着地板的房间里放满了筐箩，墙壁上嵌着镜子，只是镜子上的水银已经脱落，几乎成了摆设。房间里面有玻璃门，门后是灰泥涂抹的洗澡处，再往里则是一个二十叠①左右的大浴池，蓄满了洗澡水。只有放庵一个人在浴池里，光溜溜的脑袋浮在水面上。

金田一耕助只是用眼神跟他打了个招呼，然后立刻跳进了水里。他脑中忽然浮现出一个念头，说不定这人就是放庵，因为对方那皮肤松弛的脸庞给人一种与众不同的感觉。

冬天时洗澡水是用柴薪烧热的，夏季时由于客人少，干脆直接用冷泉。金田一耕助后来才知道，虽然这洗澡水的水温跟太阳晒热的水差不多，但洗澡费却是免收的。温度正适合把身子惬意地泡在里面。

“恕我冒昧，矶川警部介绍的那位先生就是您吧？”

金田一耕助正哗啦哗啦地洗浴时，放庵忽然跟他搭起讪来。看

---

①日本计量房屋面积的单位，1 叠约为 1.62 平方米。

来，矶川警部在介绍信中使用了“先生”的字眼。

“啊，我是金田一耕助，请多关照。”

“我叫多多罗放庵，基本上就跟个隐士一样。您跟矶川警部是……”

“啊，只是一般认识而已。”

金田一耕助含糊地应道，但对方却并不在意，只是问了诸如身体哪儿不舒服啦、要逗留多久等泛泛的问题，后来又问道：“您是做什么的？”

“啊，只是写点东西。”金田一耕助当即回答道，这是他为这种场合准备好的一贯答案。

“这样啊。”放庵似乎相信了金田一耕助的话，并未再问都写什么东西之类的多余问题。这大概就是这浪荡之徒的性情吧。“我先走了……祝您愉快。”打完招呼之后，放庵便出了浴池。

放庵到底有多大年纪呢？恐怕得过七十了吧，但精神却仍很矍铄，个头矮小却很硬朗。只是，他的右手有点儿不好使，不灵便地用着毛巾。

放庵似乎每天下午都到龟之汤来，那之后金田一耕助跟他在公共浴场邂逅过两三次，对话也逐渐坦诚起来。

“在这样的乡下，您肯定也觉得无聊吧。有空就到我家去玩吧。虽然的确破败，却只有我一个人，不需要拘束。”

在邀请了金田一耕助之后，他还告知了路线等信息。

老板娘里佳不喜欢议论别人，但据多嘴的阿干说，拥有过八个妻子的放庵，去年第八个妻子也终于跑掉了。

蓝胡子的第五个妻子

金田一耕助接下来见到的这故事的主要人物，就是据称现在掌管着鬼首村的仁礼家家主嘉平。

那是来到这儿的第二天晚上八点左右。与金田一耕助的房间呈垂角的偏房的一个小房间里，突然传来来了三味线的声音，他不禁一愣，竖起了耳朵。声音并不嘈杂，大概本来的调子就是这样吧，总之是用指甲悄然弹着。和着流经附近的溪水声，听起来像房檐滴水一样，啪嗒啪嗒作响，很是风雅。

金田一耕助起身来到走廊上，却只看到了院子树丛对面圆窗上的灯影，并未见到人影，也没听到有人在和着三味线吟唱。即使有，那人也肯定只是在低声轻唱吧。

当时金田一耕助还不知道里子一直躲在仓库里，还以为是里子弹的。可那儿并非龟之汤家人所住的侧翼，现在正值农忙期，也不可能是村子里的人在玩耍。难道是有客人带着艺伎从远方住进了这里？正瞎猜时，阿干正好来沏茶。

“有客人？”

“是。”阿干微笑着答道。

“什么人？外边来的？”

“不是，是仁礼当家的。”

仁礼当家的……金田一耕助不禁瞪大了眼睛。

若说这仁礼家的家主，金田一耕助听说过其名叫嘉平，但在这农忙季节，他究竟跟谁在玩乐呢？

“您认识仁礼当家的？”阿干瞅着金田一耕助的脸色，现出探问般的眼神。

“啊，也谈不上……只是听说是村里最有钱的财主……弹三味线的是谁？难道连艺伎也来了？”

“不是，是老板娘。”

“老板娘？”金田一耕助再次瞪大眼睛，“老板娘作陪？”

“嗯。”

“还有没有其他人？”

“没有，就他们俩。”

“那仁礼当家的经常过来吗？”

“哎，经常。”

“仁礼当家的一来，老板娘就要亲自弹三味线作陪吗？”

“哎，仁礼当家的去年死了老婆，难免会孤单寂寞，呵呵。”阿干意味深长地抿嘴一笑，甩手离去。她似乎是专门想说这个才来泡茶的。

自此之后，嘉平似乎隔上三天便来一次，一来就在偏房的里间让里佳弹三味线，饮酒作乐。

里佳看上去老成持重，可只是在面对像金田一耕助这样的外人时才这种态度。往好里说是殷勤郑重，往坏里说则是警惕而冷淡。在无话不谈的村民之间，说不定里佳风韵犹存，仍大受欢迎呢。如此说来，在嘉平来的晚上，金田一耕助在走廊跟里佳碰过面。略带醉意的她光彩照人，看上去比平时年轻了不少，这让金田一耕助着实吃惊。

金田一耕助最初跟嘉平搭讪也是在澡堂里，但不是在公共浴池，而是在室内浴池。

时间大概是他来此之后的第八天晚上。吃过晚饭，正当金田一耕助泡在室内浴池里，倾听着附近溪流的潺潺声时，更衣处的门忽然被打开，一个男人走了进来。金田一耕助隔着玻璃门瞥了那男子一眼，立刻就断定是嘉平。嘉平大概是在家里洗了澡来的吧，穿着整洁的浴衣，飞快脱掉之后，便慢吞吞地走进浴池里。

“晚上好。”

大概是早就预料到金田一耕助在吧，嘉平面带潇洒的神色微笑着，主动打起招呼来。

他大概有六十岁。体格健壮，皮肉却很娇嫩，看着并不像是农民。身高至少有五尺七寸，斑白的头发剪得很短，一看就是大度之人，与家主的身份很是般配。

“晚、晚上好……”金田一耕助慌忙在水里还礼。

嘉平钻进浴池里，先是哗啦哗啦地洗浴，聊了一会儿无关紧要的闲话，突然把恶作剧般的目光投向金田一耕助。

“对了，金田一先生，”他微笑着说道，“我今晚才听老板娘说，您是受矶川警部的介绍来这儿的，是吗？”

“呃，是的。”

“于是我想起一件事来。我一直以为您的姓氏读作 KANEDAICHI，所以，老板娘说起 KINDAICHI 先生时，我怎么也对不上号。可今晚听说是矶川警部介绍的，我就一下想了起来。哈哈，我听说事先打招呼时，您说自己是写文章的……”

“啊，是的……”金田一耕助不禁有些慌乱，哗啦哗啦地弄起洗澡水来。原来嘉平了解金田一耕助的事。

“哈哈，是写侦探小说吧？啊，失礼，失礼。”嘉平依然用眼睛微笑着，“那位矶川先生也真是个执着的人啊。当然，正因如此也才会尽职尽责啊……”

“此话怎讲？”

“金田一先生，关于二十三年前的诈骗犯一事，想必您也从警部那儿听说了吧？”

“听说过大概……”

“警部当时就怀有疑问。这儿老板娘的丈夫，那个名叫源治郎的人被杀的事，您也听说了吧？”

“是的。”

“听说源治郎的头探进了地炉里，所以连样貌都分辨不出来了。矶川先生对此感到疑惑。被杀的人是否真的是这儿的主人源治郎，一切都还很难说。假如被杀的并不是源治郎，而是骗子……毕竟连样貌都很难分辨了。这种可能性当然也是有的。如果被杀的真的就是骗子，那这儿的老板肯定还在某处活着。假如他还活着，说不定什么时候还会回到这儿来。这就是警部的猜测。因此，他现在似乎仍很执着地关注着这边……”嘉平喘了口气，一面直视着金田一耕助的脸，一面又说道，“说不定，正因如此，您这次才来到这儿来吧？”

“没有的事……”金田一耕助连忙打断他，“真是冤枉我了。当家的，我只是来这儿静养的……”

“当家的……原来您早就知道我是谁了啊。我还听说，您和放庵先生也相识了……”

“哈哈，听您这么一说，我好像就是为了破解二十多年前的案子才来这里到处溜达的啊。”

“真的不是这样？”

“我真的只是单纯来静养的。虽然警部告诉我以前的确发生过这种事……”

“是吗？”

嘉平小声咕哝了一句，脸上掠过一抹失望的神色，金田一耕助不禁觉得有些奇怪。莫非此人也希望自己将那个案子再查一遍？若是如此，又是为什么呢？

“金田一先生，我还以为您这次前来，是想正好趁着那个骗子的私生女也回来的机会，查找一些线索之类的呢。”

“啊，这纯属偶然。不过，有必要的话，我倒也想向您请教一下当时的情况。”

“嗯，那我随时恭候……”

“引发起那案子的由良家之后怎么样了？”

“由良家的卯太郎因为这件事于昭和十年就故去了。他们家被弄得乱七八糟，战后也遭遇了种种变故……不过，他们家靠种植葡萄好歹撑了过来。”

“那个叫敦子的遗孀还好吗？”

“那个人已经完全变成一个老太婆了。对了——”嘉平又露出恶作剧般的眼神，说道，“您从警部那儿听说了吧？她跟我曾一时……哈哈。”

“是的……这事是真的？”

“说起来也够丢人的，是对方主动投怀送抱的。送到嘴边的肉不吃是男人的耻辱，于是我就不由得……当然，这事被后来故去的父亲知道后，我狠狠地挨了一顿训，于是立刻就分手了。哈哈，也可以说是我太幼稚吧。那一年我四十一岁，那个人则是三十八岁。”嘉平难为情地哗啦哗啦弄着洗澡水，摇晃着肚子笑了起来，但很快又恢复了庄重的脸色，“您有空就到我家来坐坐吧。我给您仔细讲讲当时的情况。您的事我谁都不会说的。”

当晚嘉平似乎仍是在里佳的作陪下喝了一杯才回去，但这一次结束得比平时要早。

金田一耕助之后在白天的公共浴池也跟放庵见过面，而他第一次主动造访放庵住处已是八月七日傍晚的事了，即正好来这里第二周的时候。

事后想想，其实金田一耕助已经在这一天无意接触到了即将发生的残忍案件的端绪。

从放庵的闲居到龟之汤步行需半小时左右，是距离龟之汤最近的人家。从放庵家再走十五分钟左右，就是屋舍稀稀落落的鬼首村。

放庵的闲居端端正正地建在山阴一处大沼泽的边上。金田一耕助造访的时候，沼泽里开着一片白菱花。像油纸伞一样把树枝伸到屋顶的松树上，茅蜩正在匆忙地鸣叫。

真是一处名副其实的闲居，除了修着地炉的餐室兼厨房之外，就只有一个四叠半的小房间。墙壁是粗灰泥墙，屋顶没有铺瓦片，也没有贴天花板，而是用细竹编的，历经岁月后已变成了暗淡的红褐色。风雅倒是风雅，但也格外凄凉。

好在放庵是爱干净的人，房间清扫得很干净。即使隔着用柑橘箱贴上废纸做成的桌子与放庵对坐，金田一耕助也未产生一丝不洁的感受。

“怎么样，金田一先生，这住处还算不错吧？”不知为何，放庵今天的心情很好，“您看，从水上吹过来的风简直是天下一品。即使在这个村子里，能建这种房子的也是舍我其谁啊，哈哈。”

从池塘上吹来的风的确清爽无比，但不知从哪里跟过来的古塘的臭气却让人有些吃不消。不过，习惯了之后大概也就感觉不到了。

“金田一先生，您来得可真是时候啊。”

“怎么……”

“其实我正想着去求人呢，可是又怕让人笑话，正犹豫着呢。您先看看这个。”说着，放庵红着脸取出一样东西来。是一个非常花哨的桃色信封。

放庵脸上浮出羞涩的微笑，说道：“您来到这里已十多天了吧，想必有关我的事情也有所耳闻了。我这个人啊，从年轻的时候起一共娶过八个妻子。这您听说了吧？”

“啊……”金田一耕助重新打量对方的脸。

那个娶了八个妻子又逐一杀死的西洋蓝胡子恐怕长着一副凶恶残忍的面孔吧，而眼前这个蓝胡子却非常平和甚至优雅。明明一直过着荒淫无度的生活，可他似乎没有受到多大影响，依然拥有与年龄并不相称的神态，衰老的痕迹并不明显。

“在八个妻子当中，既有我不满意而赶出去的，也有厌倦了我自己逃走的；既有年纪轻轻就被赶走的，也有都年过五十了还逃走的，哈哈。”放庵抹了把脸，说道，“那个，给我寄信的，是我第五个妻子，名叫阿凛。她来信说想回到我身边。”

金田一耕助不由得心里咯噔一下，凝视着他。这蓝胡子的第五个妻子阿凛，不正是昭和七年案子发生时的那一个吗？

放庵似乎并未注意到金田一耕助的脸色，继续说道：“请您读读这个。写的东西并不下流。”

他看上去像孩子一样高兴。

金田一耕助没有办法，只好把目光投向放庵硬塞过来的那张女性专用的信笺上。

信笺上是一片流畅的女性的笔迹，内容就像是老人的絮叨一样，反复地说自己也上了年纪，渐渐变成了孤家寡人，听说你至今也仍是孤身一人，所以就想回到你身边，跟你一起生活，从前的事情彼此付诸流水，一起和睦地度过时日无多的将来云云。

“原来如此。”金田一耕助不禁有些被打动，说道，“这是件好事啊。”

收回信笺后，放庵满眼放光。“先生也如此认为吗？我当时虽觉得她很可恨，可看到她的道歉信后又觉得她很可爱，于是想赶紧给她写一封回信，可您看看我……”

说着，放庵哆哆嗦嗦地伸出右手。看来这只手已很久不用了，跟左手相比似乎已严重退化。

“所以，我正想找人代笔，正巧先生就来了。劳驾，能否照我说的帮我写一下？”

“好的，小事一桩。既然我能帮上忙……”金田一耕助爽快地答应了。

“是吗，那太感谢了。那就有劳您了。”放庵兴高采烈，连忙在纸箱做成的桌子上摆放好信笺、信封和钢笔。

“那么，就请这样来写吧。”

于是，在放庵的口授下，金田一耕助写了起来，大致内容是：既然这样，那你随时都可以回来，我这边也是一个人，正缺个伴儿呢，今后咱们和和美美地过日子，我老了，也老成了，再也不会像以前那样胡来了，决不会慢待你，请看到信后立刻回来……原本放庵还想摆摆架子，可大概是太高兴的缘故吧，不知不觉间就谦逊起来，金田一耕助则帮着适当地润色了一下。

放庵读了一遍后，说道："先生，真的是太感谢了。您可真帮了我大忙了。"

"顺便信封也帮你写了吧。"

金田一耕助翻过阿凛的信封，只见上面写着"神户市兵库区西柳原町二—三六　町田先生转栗林凛女士"。

金田一耕助一面写一面说道："放庵先生，字写得不错啊，是阿凛女士的笔迹吗？"

"哪里，哪里，她怎么可能写得这么漂亮呢。肯定是跟我一样请人代写的。"

由于第五个妻子要回来，放庵像个孩子似的高兴得手舞足蹈。正因为是在这种当口上，金田一耕助也不好意思再提起那个案子。这一日的访问只好以为放庵代笔写信而告终。

鬼首村的兴奋似乎与日俱增。大空由加里将在十一日抵达的消息也正式传来。村子里的男女青年每晚都聚集在龟之汤共同宿舍的娱乐室里，商量欢迎会的事情。

大空由加里回来的前一天，即八月十日，是死于昭和十年的由良卯太郎的忌辰，龟之汤的里佳从过午时分起就前去帮忙张罗法事。傍晚金田一耕助因事翻越了仙人岭。翻过仙人岭后就是兵库县，那里有一个名叫总社的小镇。金田一耕助要在那个小镇上办些事，如果晚了就打算住在那里。这些他跟龟之汤已事先说好。

当金田一耕助爬上山岭的时候，四周已是暮色沉沉，山岭这边和对面都已开始闪烁起灯火。

在山顶一带，金田一耕助与一名老太婆擦肩而过。

老太婆用手巾左右折角包着头，背着一个大包袱，因此上半身弯得几乎都贴在一起了，脸一点儿也看不见。手巾下面露出的白发和腿上细条纹的劳动裤给人印象还深一些。脚上穿着已脏得变成灰色的布袜，趿拉着没有后跟的草鞋。大概是为了防日晒吧，腿上似乎还绑着绑腿，手上也戴着手背套……

当然，这些都是事后才回想起来的，金田一耕助当时并没这么在意。

擦肩而过的时候，老太婆把头埋得更深了，嘴里还咕咕哝哝。

“打扰了，我叫阿凛。已经回到村长那儿了。还请多加关照。”

老太婆用勉强能听清的声音咕哝了一句后，就啪嗒啪嗒地趿拉着草鞋朝鬼首村方向下山而去。听到这些，金田耕一助不禁一愣，停住脚步。

过后，每当回想起当时的情景，金田一耕助总是不由得浑身起鸡皮疙瘩。

除此之外，还有五六个人也跟这老太婆打过照面。老太婆每次都重复着同样的台词，可是由于那弓腰的姿势和当时的昏暗暮色，竟没有一个人能看清她的脸。

昭和三十年八月十日黄昏时分，这名自称是阿凛的老太婆犹如一个过路的妖魔翻过仙人岭来到鬼首村，那不祥的包袱里包着令人的血液都会凝固的恐怖和战栗，还有无法解开的无数谜团……

可是，这天傍晚，金田一耕助做梦都没有想到会是这样。

“啊，那就是蓝胡子的第五个妻子阿凛啊。”

金田一耕助当时反倒是带着一丝温暖的感动，径直转过身，大步朝仙人岭对面下山而去。

魅力女孩回故乡

金田一耕助原本的打算是，如果有可能，他当夜就返回龟之汤，所以连手电筒都准备好了。可他最终还是被迫在总社住了一晚，因为到了九点左右当地突然下起了大雷雨。

金田一耕助深知山里气象变化剧烈，可当夜的大雷雨之猛烈还是让他有种久违的感觉。在山间滚动的雷鸣剧烈地摇晃着大地。瓢泼大雨足足下了两个小时。

幸亏金田一耕助早就考虑到了万一会住在总社的情况，事先已向龟之汤的里佳打听过，所以立刻就跑进了一家名叫井筒的乡土客栈。井筒的老板娘叫阿纯，是从鬼首村嫁过来的。

阿纯急忙关上木板套窗。金田一耕助站在偏房房间的走廊里，朝仙人岭方向望去，只见耀眼的闪电正在拼命地撕裂昏暗的天空。不绝于耳的雷鸣声中，不时还会传来一阵阵咕咚咕咚震透心底的声音，大概是打在地上的霹雳吧。像瀑布一样倾泻的雨中，有时还能望见火柱般的东西。

金田一耕助想，今夜是放庵与第五个妻子久违的合欢之夜，天气却变得如此糟糕，这似乎很滑稽，也很可怜。

可是，假如当时金田一耕助知道古塘畔放庵的茅屋中正在上演的一幕，假如他知道那时正在发生何种事情，想必他也不会如此悠闲地待在这里。

这些先不说，大雷雨到了十二点左右也收兵了。一觉醒来，仿佛昨夜什么都没发生，又是一个大好天气。

十点左右的停电及各处漏雨的嘈杂声扰得金田一耕助半夜都没睡着。第二天早晨，当他在井筒的偏房房间里迷迷糊糊地睁开眼睛时，已经九点多了。他醒来似乎是因为远处传来了烟火的声音。他在被窝里迷迷糊糊地听着烟火声，半梦半醒地想着：啊，是吗？原来今天是魅力女孩回来的日子啊。

金田一耕助迷迷糊糊地想起了村里的青年们商量着在大空由加里衣锦还乡那一天一大早就放烟火的事。不久，他察觉到从木板套窗的缝里射进来的刺眼的阳光。

完了！他这才完全清醒过来。

金田一耕助从被窝里坐起来，慌忙拿起枕边的手表。指针已经指向了九点三十分。他连忙打开木板套窗一看，外面艳阳高照。

金田一耕助失望地眨眨眼睛。他本打算今天尽量早起，趁凉快的时候返回鬼首村，而且跟老板娘也打了招呼。从总社到鬼首村有六公里，大约是一个半小时的行程。在炎炎夏日翻山越岭实在是讨厌。纵然是搭乘人力车，他也不想再次感受那遮阳篷的闷热。

“抱歉。过来叫过您一次，可看您睡得那么香……”

当金田一耕助坐在很难说清到底是早餐还是午餐的饭桌前，已经十点了，亲自服侍的老板娘阿纯惶恐地耸着肩膀。

“啊，没事。也没有什么要紧的事，那今天就顺便在这边待一天，等起了凉风之后再回去就是。”

“实在是抱歉。本以为昨晚下了雷雨后会凉快一些，可没想到居然热成这样。”

阿纯似乎也热得厉害，用小千谷绉绸袖口擦拭着鼻翼的汗。烈日下砰砰乱响的烟火声似乎越发搅起了暑气。

“昨晚的雷雨也真是猛，有没有受灾？”

“据说鬼首村的后山塌陷了两三处，不过既然烟火放得那么热闹，看来也没什么大事吧。”阿纯盯着金田一耕助的脸，说道，“先不说这个了……听说先生就逗留在龟之汤，莫非是跟那个名叫大空由加里的人有关？”

“不……只是凑巧赶上了而已。那姑娘倒是挺有人气。老板娘认识那姑娘？”

“不，千惠子的事我倒不大清楚，至于她的母亲春江嘛……”

阿纯大概快有五十了，那么在那个案子发生的昭和七年前后，她应该已经结婚了。

金田一耕助还是试探着问道：“你在昭和七年前后，就已经嫁到这边来了吧？”

“哎，已经到这边了，连孩子都有了。对了，先生，那个叫春江的经常到我家来呢，还跟一个男人一起。”

金田一耕助不禁一怔。“男人？你是说姓恩田的骗子？”

“哟，您也知道这事了啊。”

“我都已经逗留了两星期，再加上大空由加里的事，当时的事自然就知道了。那，老板娘，你认识那个姓恩田的人吗？”

“啊，起初是村长介绍来的——您认识村长吧？”

“熟着呢。就是放庵先生吧？我还到他家玩过呢。”

“哎呀，是吗？那我真是太高兴了。我啊，我从小就招村长疼爱，受了他不少照顾。把我介绍到这家做媳妇的也是村长。他可真是个喜欢帮人的好人。大概是他太老实了吧，结果才让狡猾的骗子骗了，真是可怜啊。”

由于认识放庵，阿纯似乎突然信任起金田一来，说话的语气也热情起来。

“对对，说起来，那个姓恩田的男人，还借住过放庵先生家的偏房呢。”

“没错。他们在那里连知心话都没法子好好谈，所以就悄悄来我这儿幽会。当时的春江，我记得才刚十七岁。我这边虽是做生意的，可十七岁也实在是太早了，当时我还跟我尚未去世的孩子他爸说起过这事，说现在的姑娘可真是不敢大意之类。可村长是那么开通，还笑着说，别管，别管，如果妨碍了人家谈恋爱，小心被马踢死呢。”

“那个案子发生的时候，你肯定吓了一跳吧？”

“那还用说……”

“然后，警察就知道了恩田把这里当作幽会地点的事？”

“先生，其实是这样的，”阿纯把膝盖往前探了探，说道，“当时我家孩子他爸是一个非常小心的人，他为这件事苦恼不已，就跟村长商量。结果村长说，别管了，别管了，就算是警察来调查，也用不着一一说实话，什么幽会的旅馆之类，用不着一一说出来，别管了，别管了，别管了就是。村长当时就是这么说的，最后警察也就没有发现，事情就这么不了了之。村长这个人啊，根本就不把警察之类的放在眼里，‘别管了，别管了’是他的口头禅。当然，正是因为什么都没管，才出了那档子事，呵呵。”

当谈到村长的时候，阿纯眼里不由得透出一股怀念，而绝没有厌恶的感觉。

“对了，那个恩田最后竟连身份都没弄清楚。老板娘你也不知道那个男人的来历吗？”

“先生，那个人到底是东边的骡子还是西边的马，我才懒得去管呢。只是春江就可怜了。后来她多次到我这里来问有没有信儿，每次都哭得很伤心。当时生的那孩子，没想到竟这么有出息……人的命啊，您说谁会知道呢？”

阿纯感慨万分，可对金田一耕助来说，担心的事情在别处。

“说不定放庵先生知道些什么呢。”

“这个嘛，我就不清楚了。村长这个人啊，一直有些超凡脱俗。还有，先生，我总觉得恩田这个人，怎么看也不像是会做出那种坏事来的人。当时孩子他爸也这么说。可是，正因为年轻吧，才造出那么多孽来。”

“造孽……”听到阿纯的话，金田一耕助不禁一愣，重新打量对方的脸，“这么说，那个恩田除了由加里的母亲之外，还跟别的女人……”

“啊，您看我这张嘴……”阿纯分明是说漏了嘴，被金田一耕助一逼问，不禁现出了慌乱的神色，“啊，先生，这些都是很久很久以前的事了——那、那您就慢慢休息……午饭就不用做了吧？”

大概是为自己都一大把年纪了还管不住嘴而懊恼，阿纯收拾完饭桌之后匆匆撤走了。

金田一耕助目送着她的背影，飞快地思索着。

从阿纯刚才的话来看，恩田似乎除了春江之外还有其他女人。可那女人是谁，都从没有听矶川警部提起过。由此看来，这丑闻一直被隐藏在黑暗中，只被像阿纯这样的生意人察觉到而已。无论如何，当时对井筒的忽略，不能不说是调查当局的一个重大疏漏。

可是，这一切正如阿纯刚才所说，已经是很久很久以前的事了。

金田一耕助调整了一下心情，拿起阿纯刚才拿过来的报纸。打开社会版一看，上面全都是大空由加里的报道。

除了由加里的照片之外，上面还刊登了她为蓼太夫妇修建的所谓由加里府邸的照片。尽管已在村里逗留了十多天，可由于不跟龟之汤在同一个方位，金田一耕助还不曾看见过那房子一次。但从照片上来看，的确是非常气派。据说建筑样式主要是依照蓼太夫妇的愿望设计的。由于是东京来的工匠建造的，总有一种东京山手一带豪宅的感觉。

这些暂且不提，金田一耕助在读报道的过程中，竟发现了两个意外的名字。

昭和二十年三月，遭遇了神户大空袭而跟母亲一起疏散到鬼首村的千惠子，虚岁十三，在鬼首村的小学里度过了一年。当时的同学由良泰子和仁礼文子两个姑娘畅谈了由加里的童年往事。这倒没什么，可由良和仁礼这两个姓氏却引起了金田一耕助的注意。

由加里的同学今年应该是二十三岁。从年龄上来说，泰子会不会就是卯太郎的女儿，而文子会不会就是仁礼嘉平的女儿呢？龟之汤的里子也是二十三岁，当然也应该是同班同学了。

这个发现让金田一耕助产生了一种异样的感慨。

就算仁礼家无关紧要，可由良家和青池家却应该跟由加里的父亲有着很深的恩怨。就说眼前，里子的父亲是被由加里的父亲杀死的，而泰子的父亲也是因为由加里父亲的事情才去世的。用句老话来说，由加里就是泰子和里子杀父仇人的女儿。而且，犯下如此大罪的杀人凶手的女儿现在要衣锦还乡，而身为仇敌的由良家的女儿——尽管只是外交辞令——还是致了欢迎辞。

鬼首村的烟火仍在持续，正午之后，总社的镇上也开始放烟火了。金田一耕助正惊讶，阿纯端着满满一玻璃盘水蜜桃走了进来。看来，她似乎也想说点儿事。

“桃子都凉好了，请吃一些吧。”

“啊，多谢多谢。对了，老板娘，这个镇上也开始放烟火了啊。”

“这也太夸张了，简直像天子驾临似的……”阿纯剥着水蜜桃苦笑道。

战争期间军队曾修过一条从神户通往作州的路，这条路从这个镇的旁边经过，如今已成了公共汽车的通道。据说大空由加里就开着车走这条路。

为谨慎起见，金田一耕助试着问了问由良泰子和仁礼文子的事，结果跟自己推测的完全一样。他顺便又从阿纯的话里获悉，由良家现有五口人，掌管这一家的则是今年已八十三岁的名叫五百子的老婆婆。据说，就连号称八幡神的敦子在这位老婆婆面前都抬不起头来。顺便说一下，所谓八幡神指的就是巾帼英雄神功皇后。

“哈哈，这么说，敦子比男人还厉害？”

“她早就得了这个名声。不过，先生，俗话说女人聪明反误事，女人太聪明了也是件麻烦事。据说大家会上恩田的套，从根由上来说，也是敦子夫人劝丈夫造成的。”

“也就是说，卯太郎是被吹了枕边风？”

“没错没错。那家当家的，怎么说呢，是一个成熟稳重的人，敦子夫人则是那种从不服输的人。不想输给仁礼家，结果就落得那种下场。正因如此，据说就算是婆婆五百子隐退了，她也仍抬不起头来呢。”

另外三人则是继承家业的儿子敏郎和媳妇荣子，以及名字登上了报纸的泰子。原本在敏郎和泰子中间还有一儿一女，可是儿子在战争中送了命，女儿则嫁为人妇，所以现在的由良家就只有以上五口人了。敏郎已虚岁三十五，前年从西伯利亚复员归来，去年刚结婚，现在还没有孩子。

“敏郎也够可怜的，被关在西伯利亚那么久，好容易回来了，水田和农地却全让人没收了……看来恶事做多了终会遭报应，终究不会长久。”

“啊，你说的骗村长的骗子就是由良家？”

“我刚才也说过，卯太郎是第三代，虽然持重一些，可之前的两代据说都是残酷无情的人，名声很坏。”

金田一耕助顺便又问起了仁礼家的事情。阿纯说这一家现在有八口人，其中包括去年变成鳏夫的嘉平，以及继承家业的儿子直平和儿媳路子。直平今年三十六岁，战争一结束就从中国东北地区返回，结了婚，育有三个孩子。另外还有今年二十六岁的次子胜平和小女儿文子，总共八口人。嘉平还有两个女儿，但已经出嫁了。

“可是，老板娘，”等阿纯说完后，金田一耕助接着开口道，“我刚才读了报纸，觉得有些奇怪。恩田几三的女儿与由良、仁礼两家的姑娘，还有龟之汤的女儿，这四人全都同岁，过去都在同一个班上吧？”

阿纯并未立即回答，而是低着头剥水蜜桃，所以看不到她的表情。等她过了一会儿再开口的时候，不知为何声音有点儿沙哑。“是啊，先生，是这样的，就连村长也很担心呢。”

“村长担心什么？”

“也没什么……村长说，春江那娘儿们，花大把的钱建房子倒也算了，根本没必要把千惠子带到乡下来。这样弄不好会发生奇怪的事情呢……”

“老板娘你觉得会发生什么奇怪的事吗？”

“不，是村长这么觉得。他那人就那样，以此为乐。先生，桃子都剥好了，快吃吧。”不知为何，阿纯有些闪躲似的，有意避开金田一耕助的视线。

“啊，多谢。”金田一耕助咬下一口冰凉的桃子，陷入思考。

这些人……村长和眼前这人一定是知道些什么，知道隐藏在昭和七年那案子背后的重大事实。可是，事到如今，即使问他们，他们恐怕也不会说了。

“那个……”金田一耕助大口啃着水蜜桃，心血来潮般开口说道，“老板娘认识那个叫阿凛的人吧，就是村长的第五个妻子……”

“啊，熟得很呢……”阿纯露出奇怪的眼神。

“她现在已经回到村长身边了呢，哈哈。”

金田一耕助的心口热乎乎的，可阿纯却相反，愕然瞪大了眼睛。“先、先生，您、您、您是什么意思？”她完全是追问的语气。

“什么意思？就是阿凛主动说，双方都上了年纪，想重归于好。

我还为村长代笔回信了呢。”

于是，金田一耕助就把前些日子写信的经过和昨晚在山岭上碰到自称是阿凛的老太婆的事情全都说了出来。阿纯一听，脸色变得苍白起来。

金田一耕助吓了一跳。“老板娘，怎、怎么了？阿凛回来有什么不对吗？”

“不……先生，”阿纯上气不接下气地说道，“对阿凛的来信，村长是怎么说的？”

“他非常高兴，像小孩一样手舞足蹈呢——老板娘，到、到底是怎么了？”

由于阿纯脸色太差，甚至露出了恍惚的神色，金田一耕助吓了一跳。正当他不由得站起身来时，外面忽然传来叫喊声，几个年轻男女闯了进来。

第一个盂兰盆会

天下所有这种旅馆都具有相同的构造，从外到里是一个通院。从通院一窝蜂地闯进来的是鬼首村的青年男女，三男两女，其中还有龟之汤的歌名雄。男人们全都兴高采烈。

“咦，你们几个一起……这到底是怎么了？”对于刚刚险些昏过去的阿纯来说，五名青年的出现犹如一剂兴奋剂。她慌忙用袖口擦擦眼泪，问道：“有什么事吗”

“妈，妈，”混在青年们中间，兴奋得脸蛋像李子一样通红的是井筒的年轻儿媳阿照，“太棒了！我刚才听胜平说，大空由加里要来这儿呢！”

“哎，千惠子要来这儿？那可是大喜事。”

“那可是天大的喜事。”一名青年一屁股坐在外廊上。

“咦，有好东西啊。”青年满不在乎地把手伸向水蜜桃，故意转着眼珠子说道，“阿姨，您可不能慌啊。听说千惠子在回村之前要来这里休息一下，刚才神户那边给村公所打电话了。”说着，青年便大口大口地啃起桃子来。

金田一耕助认识这名青年。村里的青年男女在龟之汤共同宿舍的娱乐室集会的时候，总是跟歌名雄一起领唱的就是他，大家都叫他阿胜。照阿纯刚才的话来看，这应该就是嘉平的次子胜平。说话的时候，他的眼珠子恶作剧般滴溜溜乱转，跟嘉平很像。虽然仪表和块头似乎比老头子差了一些，可他今天头发向左分得特别整齐，开领的衬衫也整洁簇新，颇有男子汉的风度。

“歌名雄，是真的吗？”

“啊，阿姨，是真的。”歌名雄从容地微笑着，他平时也总是这样，“千惠子的母亲怕来得太突然吓着阿姨，希望能事先通知一下，所以特意打电话捎口信。于是，我们就受助理之托来通知了。”

“哎呀，这春江，还真记得我啊。”阿纯既惶恐又感激。就算是对由加里母女抱有一点儿反感，恐怕也瞬间烟消云散了。

“瞧您说的，正因为记着，才说要顺便过来一趟吧。不不，是吩咐。阿姨，您可不能慌了手脚，得给她们国宾待遇才行啊。”

“哎呀，哥，说什么国宾待遇……”

“文子，国宾待遇不行吗？”

“不行，太夸张了。你说呢，泰子？”

“呵呵。”

“阿胜，要我说，应该是村宾待遇。你说呢，五郎？”

“这个嘛，没什么可说的。她可是我的姑母。”

“五郎，别说什么姑母了。千惠子够可怜的。”歌名雄一如往常，沉着地提醒道。

这五郎应该就是别所蓼太的孙子。从血缘上来说，他跟千惠子是堂兄妹，但从户籍上来说，千惠子却是他的姑母。他今年二十二岁左右。

“哈哈，村宾待遇？降低了这么多啊——哎呀，阿歌、五郎，你们都快来吃桃子啊，冰得可好了。阿姨，可以吗？”

“可以，可以，快请吃吧。阿照，还愣着干什么？多拿些桃子过来。那个，胜平，春江和千惠子什么时候能赶到这里？”

“说是四点左右到。现在快两点了，还有两个小时。”

“哎呀，大家特意来通知这件事……”

“啊，是的，也是顺便来这里迎接她们——毕竟是受国宾待遇的女性嘛。”

“哎，所以连文子和由良家的姑娘也都……”不知为何，阿纯有些哽咽。

“不，阿姨。她们主要是怕反应太冷淡了，别人会说她们是嫉妒由加里发迹，因此才屈尊前来迎接。”

“哥，你可真讨厌。你要这么说的话，我们现在马上就回去。是吧，泰子？”

“呵呵。”

“哈哈，抱歉抱歉，我收回刚才的话。阿姨，其实是阿歌发起的，所以大家二话不说就来了。村里这些姑娘，只要是阿歌开口，就没有不听的。”

胜平要着贫嘴，大口大口地啃着水蜜桃。可是，这贫嘴却并不辣毒。

“阿歌可是村里的罗密欧啊。”五郎也啃着水蜜桃，若无其事地说道。看来这五郎是个活宝。

“阿胜也别说这些傻话了。”歌名雄黝黑的脸不由得变红了，“对了，阿姨，是不是要准备一下啊？我们可以给您帮忙。”

“哟，你看我，都高兴糊涂了。阿照，你赶紧把后面的阿姨叫来，不打扫打扫房间怎么行……大家都在这里等千惠子吗？”

“是的。”

“对了，歌名雄认识这位先生吧？是你家的客人。”

“我认识。金田一先生，失礼了。”

“歌名雄，有点儿吃不消了吧？”

“哈哈，您就别笑我了，乡下人也要面子的。阿姨，我们这边没事，您赶紧忙去吧。”

“好的好的，那大家就请自便吧……”

阿纯不自觉用袖口擦拭着眼睛出去了。歌名雄转身面向金田一耕助。

“金田一先生，我来介绍一下。这是仁礼胜平，青年团的团长。这是别所五郎，是由加里的亲戚。这是由良泰子，旁边的是胜平的妹妹文子。”

金田一耕助一一点头致意。“刚才已经在报纸上看到两位小姐的芳名了。听说你们和大空由加里小姐是同学？”

“是的。”泰子回答道，又跟文子对视了一眼，不好意思地笑了。

金田一耕助从刚才起就很吃惊。这一带的女人大多颧骨凸出，是人们常说的那种塌鼻梁、扁平脸的丑女人，龟之汤的阿干等人便是典型。可泰子和文子却不同，两人都称得上是美女。

两人年龄相同，但泰子看上去更成熟一些，大概是言谈举止中有些高傲的缘故吧。长脸，高鼻梁，水灵灵的大眼睛……她是标准的美女，事实上，是那种纯日本式美女。如果苛刻一些来说，正因为她五官端正到了无可挑剔的程度，反倒是缺少了一丝圆润和甜美。从现代标准来看，有点儿传统，缺乏个性。不过，泰子似乎自觉是个美女。

与泰子相比，文子显得天真无邪。她的五官给人一种轻松感，有很多地方离美女标准很远，比如宽下巴和地包天。地包天会给人一种坏心眼的印象，可在她身上却别有一番俏皮的魅力。还有那最惹眼的虎牙，大概算不上美女标准，在她那里却别具魅力。跟胜平一样，她也有一双滴溜溜地转来转去的淘气眼睛，大概是遗传自父母吧。这张并不完美的脸却透着一种生动美。

“对了，歌名雄……”金田一耕助打量着两人，忽然意识到一直盯着人看很失礼，于是回过神来似的朝歌名雄转过头来，“你家的里子小姐，跟她们也是同班吧？”

“是的，但她上的那个学啊，却是时去时不去的。”

“听说她心脏不好？”

“嗯。”

“但小学还是上了吧？”

“嗯。”歌名雄含糊其词地应着。

“那时候里子还是个孩子，情窦未开呢。”五郎在一旁剥着水蜜桃，若无其事地咕哝了一句。察觉到大家的视线后，这才一愣，缩缩脖子。

“哎，什么意思？”金田一耕助刚想问，话却卡在了喉头。

气氛变得十分紧张，尤其是文子，她盯着五郎，眼神明显带着严厉谴责的意味。在这视线的直刺下，五郎像乌龟一样缩起脖子，惶恐不已。令人尴尬的沉默蔓延开来。

“哦，对了对了，”歌名雄忽然记起什么似的说道，“金田一先生，我差点儿忘了。本想着见到您后最先说这件事的。有一位客人来找您呢。”

“客人……”

“是矶川警部。说是休假了就过来了，今天上午刚到。”

“啊，是吗？”金田一耕助的脸上不由得浮出了微笑。

休假倒也不假，不过，自己来这边都已经两星期了，矶川警部这次来，更主要的恐怕就是想打探自己有没有掌握一些线索吧。虽然嘴上说不感兴趣，可事实上，金田一耕助却在不知不觉间被案子吸引了。当意识到这一点时，他不禁苦笑起来。

“金田一先生，您打算怎么办？我妈说如果方便，请您跟我们一起回去。我们在由加里到达之后，就会排成车队回去。”

“啊，谢谢。我还是一个人回去吧，太阳落山后我就溜达着翻山岭回去。警部要逗留一段时间吗？”

“哎，说是要休养一个星期左右。”

“这样啊，多谢了。”

鬼首村青年团的成员们此后就各自忙活起来。

大概是阿照去到处招呼的吧，一听说大空由加里要来，总社的青年男女顿时全涌到了井筒外面。他们大部分是来看热闹的，其中还夹杂着本镇青年团的干部，看来他们已就大空由加里欢迎会的准备事宜事先碰过头了。

金田一耕助被独自一人留在了偏房，旁观这乱哄哄的场景。不久，当众人期待已久的四点钟到来的时候，在绚烂的烟火当中，大空由加里与她的母亲终于乘车赶到了井筒。一瞬间，以井筒为中心的总社顿时沸腾起来，那情形说成是痉挛都毫不过分。

可是，台风眼却总是平静的。井筒周围的轰动情形事后都上了报纸，金田一耕助却像听潮似的，一面听着外面的喧嚣，一面恍恍惚惚地陷入沉思。

让金田一耕助担心的并不是大空由加里，而是刚才阿纯的态度。当阿纯听到放庵的第五个妻子阿凛回来的消息时，那震惊的样子似乎更近乎恐惧。为什么？

由于由加里要来，院子里连忙洒了些水，而在院子对面，绚烂的世界此刻正被开启。以当红的魅力女孩为中心，青年男女们欢快的联欢应该正在上演。与此相比，放庵与第五个妻子之间的故事却像是另一个世界的事情。可事实并非如此，因为这两个世界是被眼睛看不见的强大羁绊联结着的，一种黑乎乎的、不祥的羁绊……

见鼻尖上全是汗的阿照急匆匆地路过，金田一耕助叫住了她。

“阿照，由加里来了吧？”

“是的，现在正在休息。”

“就由加里和她母亲两个人？”

“不是的，还有一个像是经纪人，据说是发现并培养由加里的人……”

“他们什么时候从这儿出发？”

“刚才都洗过澡了，大概马上就会出发吧。先生，您有什么事吗？”

“没什么，只是他们如果不上路，我好像也出不了这个门啊。外面人山人海吧？”

“哎，已经围了里三层外三层。”

仿佛这是一种无上光荣似的，阿照非常兴奋。过了一会儿，歌名雄来了。

“金田一先生，一起走吧。我们现在就出发。”

“算了，我还是等这喧闹结束后再走吧。有点儿吃不消了吧，歌名雄？”

“哈哈，简直是一塌糊涂。”

歌名雄离去后不久，外面忽然响起了叫喊声，似乎是汽车因为蜂拥的人群动弹不了了。怒号和吵嚷持续了一阵后，汽车引擎的声音才终于远去。虽然事不关己，可此时金田一耕助还是松了一口气。

“哎呀，实在是失礼了。忙乱得连照顾您都忘了。”

当阿纯仍带着一脸兴奋过来的时候，已经是又过了一阵后了。

“是啊，没想到这么闹啊。老板娘，累坏了吧？”

“确实是累坏了。不过，人家连以前的事都还记着，一口一个阿姨地叫着，还真让人高兴呢。还带了那么好的礼物。”阿纯一脸感激，频频地擦着泪水。

“那真是太好了。老板娘，太阳好像不怎么毒了，那我也赶紧回去吧。请结账吧。”

“哎呀，您这就回去了啊？”阿纯似乎还想说点什么，可她立刻像改变了主意似的站了起来。

一小时后，金田一耕助来到了仙人岭。正好又是昨天那个时刻，四周已经是沉沉的暮色。连鬼首村的烟火都停歇了，喧嚣之后的静谧似乎包裹了山岭下的整个村子。

金田一耕助忽然听见身后有脚步声追过来，便停了下来。当他发现追过来的正是阿纯时，不禁一愣。“老板娘，你这是去哪儿？”

“啊，去村长家送中元节礼物……”说着，阿纯便朝金田一耕助走过来。

金田一耕助不禁又一愣，心里忐忑起来。都这个时候了还去送中元礼物，也太奇怪了吧？“对了，老板娘，刚才的话还没说完呢——阿凛回来这件事，有什么奇怪的吗？”

“先生，”阿纯的声音似乎格外无力，“您刚才说曾给村长代笔写过回信，那回信发往哪儿？”

“这个嘛，门牌号记不清了，好像是神户一个叫西柳原的地方，我记得收信人姓町田……”

阿纯的肩膀顿时一哆嗦，靠得离金田一耕助更近了。“您昨天傍晚在这岭上遇见了一个叫阿凛的人？”

“啊，就在再往前一点儿的地方。当时她还从对面主动打招呼说，她叫阿凛，已经回到村长那儿了……”

“先生！”阿纯顿时现出一种毛骨悚然的神情，一把抓住金田一耕助的袖子。

“老板娘，到、到底是怎么了？那个叫阿凛的人难道有什么奇怪的吗？”

“是……如果是那个阿凛——村长的第五个老婆阿凛，她早在今年春天就死了。而且，这个月的十五日就是阿凛死后的第一个盂兰盆节。”

说着，阿纯用袖口掩住眼睛，像个孩子似的抽泣起来。

村长杀手

在暮色越来越浓的仙人岭顶上，金田一耕助不禁愣住了。

他就是在再往前走一点儿的地方跟那个自称是阿凛的老太婆碰面的。时间正好是现在这时候，当时的情形跟现在一样，四周也是暮色沉沉。老太婆背着一个大包袱，上半身弯得几乎都贴在一起了，脸一点儿也看不见。由于用手巾左右折角包着头，她给人印象最深的就是那露出的乱蓬蓬的白发。

“打扰了，我叫阿凛。已经回到村长那儿了。还请多加关照。”

老太婆用勉强能听清的声音咕哝着，朝鬼首村方向下山而去……老太婆那没后跟的草鞋发出的啪嗒啪嗒的阴森声音，至今仍清晰地回荡在金田一耕助耳畔。

“老板娘！”金田一耕助不由得看了看四周，用非常有力的声音说道，“是真的吗？那个叫阿凛的人——放庵先生的第五个妻子去世的事……”

“是的，千真万确。我还到神户参加葬礼了呢。”

“老板娘！”金田一耕助刚要问，可立刻又改变主意似的环视一下四周，“咱们先走吧。边走边说。”

“好的……”阿纯顺从地点点头，用衬衣的袖口擦了擦眼泪后，挨着金田一耕助走了起来。

“这么说，老板娘跟阿凛还有血缘关系……”

“是的，阿凛是我去世的父亲的远亲，原本做过艺伎。是我父亲把她介绍给村长做媳妇的。还有，先生刚才所说的神户那个姓町田的人，其实是我父亲的堂妹的婆家，在西柳原开饭馆。阿凛跟村长分手之后，吃了不少苦头。战争结束后，她就一直在町田的店里干勤杂工。去年年底得了病，最终在今年春天……在四月底的时候就不行了。”

阿纯又扯过衬衣的袖口擦拭起眼睛。阿凛去世的悲伤已不算什么，死去的阿凛造访村长这一事实带来的冲击才更让阿纯像个孩子似的惊恐不已。

“阿凛多大年纪了？”

“啊，今年该是五十八岁。”

昨天那个自称阿凛的老太婆看起来也差不多是这个年纪。

“那么，村长他……他不知道阿凛去世的事吗？”

“我也觉得不可思议。先生，您代笔写信的时候，村长真的不知道阿凛去世的事吗？”

“啊，一点儿也不知道……看上去还非常高兴。”

“啊！”阿纯倒吸了一口气似的，说道，“若是这样，看来是真的不知道了。”

“老板娘，阿凛去世的事，你告诉过村长吗？”

“没有……那个时候，村长很生气。因此，就连我们夫妇都一时得罪他了呢……”

“即便如此，你也仍觉得村长应该知道这件事吧？”

“是的，因为据说町田那边通知村长了。”

“发了讣闻吗？”

“是的。”

“不过，村长却并没有去神户，是吧？”

“是的。村长在其他事情上都很注重情分，可这次他不仅没露面，连封吊唁信都没有。由此我想，他的气大概是至今都没消吧，因此我也没敢在他面前提起阿凛。”

这时，金田一耕助正好来到了昨天跟那老太婆擦肩而过的地方。“老板娘，就是在这一带。昨天我跟那自称阿凛的老太婆就是在这里擦肩而过的……”

“啊！”阿纯害怕地叫了一声，紧紧抓住金田一耕助。她眼睛上翻，脸上分明是毛骨悚然的表情。

金田一耕助大概也被感染了，只觉得不寒而栗，不禁环顾暮色。

眼前有一棵大杉树，树下有一座小庙，小庙前的花插里的红色百日草已经枯萎。从山顶往下一望，只见沉浸在薄雾中的鬼首村已到处升起袅袅炊烟。乍一看还是一副跟平常无异的平和景象，可这背后会不会孕育着什么不祥的东西呢……

“我也跟你一起到村长那儿去看看吧。我好像也担心起来了。”

“好，先生，请务必去一趟。我总觉得很害怕……很害怕……”

“哈哈，难道老板娘觉得是阿凛的幽灵去找村长了？”

金田一耕助加快脚步，笑着说道，但笑声却有点儿干涩，卡在了喉咙里。若是幽灵倒还好说，可若是这里面有什么阴谋……顿时，一种莫名的不安涌上来，让金田一耕助越发加快了脚步。

“这……这种事像我这样的人怎么能搞明白，可这不正巧是阿凛死后的第一个盂兰盆节嘛。”阿纯叹口了气，“还是说，是有人在恶作剧？”

“你觉得会有人这么做吗？”

阿纯不知在想什么。她盯着双脚默默走了一会儿，然后泪汪汪地望向金田一耕助。

“跟村长恶作剧毫无意义啊……”说着，她露出孤寂的微笑。

“先不说是不是恶作剧，我问你，在这村子或是附近，有人知道阿凛去世这件事吗？”

“这个……”阿纯低下头来，“只要村长不说，应该不可能有人知道。”

在金田一耕助看来，村长放庵是一个颇为自傲的人。正因为是阿凛主动致歉，他才会那么兴高采烈，否则他对阿凛的气一定不会消。大概是没消气，才既没去参加葬礼，也没发吊唁信吧。恐怕就连提起这逃跑的妻子的名字，他都会恨得痒痒吧。像这样一个人，会随便把阿凛去世的事告诉别人吗？

不！

想到这里，金田一耕助突然感到自己很愚蠢，不禁一下子停住了脚步。

“先生，怎、怎么了？”阿纯不安地朝金田一耕助回过头来。

“没、没什么……”金田一耕助摘下帽子，擦了一把额头上的汗，说道，“老板娘，咱们快点赶路吧。”

“好吧……”阿纯看起来越发不安了。她观察着金田一耕助的脸色，小跑着跟紧他。

这到底是怎么回事？金田一耕助思索起来。神户那边已经向放庵发出了讣闻。如果接到了讣闻，放庵肯定就知道阿凛已不在人世，那么前些日子的信当然就是假的了，他当然会察觉到这一点。

可是，放庵当时那手舞足蹈的高兴模样……金田一耕助对放庵仍不怎么了解，但照今天在井筒从阿纯那儿听到的消息来看，放庵似乎是个很难对付的人。阿纯亲口说过“村长这个人啊，一直有点儿不食人间烟火”。

如果是这样，难道说自己让那老头儿耍了？可他究竟又是为了什么呢？

这件事还存在着另外一种可能，即放庵根本就不知道阿凛死亡的事。如果真是这个原因，由此又会产生出三种可能。第一种可能是，神户那边虽然声称已发出了讣闻，可实际上并没有。第二种可能是，讣闻并没有投递到。最后一种可能则是，讣闻投递到了，放庵本人却并没有看到，可能是被人故意或偶然地拿走了。

无论是哪一种情况，放庵究竟是否撒了谎已经不重要了，总之前些天的信是伪造的这一点确定无疑。而且，伪造信件的人也无疑已于昨天傍晚翻过山岭来到了鬼首村。

金田一耕助不禁又打了个寒战，浑身像被浇了凉水似的，不由得感到一丝恐惧。

阿纯刚才说：“跟村长恶作剧毫无意义啊……”

没错，正因如此，事情才越发恐怖。而如果意义真在这儿，原因真在这儿，那恐怕就不怎么可怕了。其实不用阿纯说也知道，去欺骗戏弄像隐者般的放庵的确毫无意义。可是，这只是形而下的问题。那形而上的问题……比如说，放庵手里掌握着有关昭和七年案子的某个重大机密，情况自然就不同了。金田一耕助担心的正是这一点。

“对了，”金田一耕助觉得有些喘不过气来，还是回过头对跟在后面的阿纯说，“昭和七年的案子，就是龟之汤老板娘的丈夫被杀的案子……”

“啊？”冷不防听他提起那桩恐怖的杀人案，阿纯不禁一愣，眯起了眼，“那案子有什么……”

“那天晚上，就是那个叫源治郎的人被杀的晚上，我听说阿凛跟村长吵架离家出走了……”

“啊，那天晚上，阿凛是来我家了……”

“你家？”

“嗯，没错。在我丈夫的说和下，我们本打算天亮后就把阿凛送回村长那边，村长也说天亮后就来我家。可是，大概是因为那桩案子吧，村长没来。我们也觉得在这个当口上没法把阿凛送过去，于是就打算再留她住上一两天，没想到她竟然从我家逃走了。虽然后来通过警察找到了，可她已经有了别的男人。结果村长当时就气坏了，说是我们夫妇故意放她走的。”

“他们夫妇吵架的原因是什么？”

阿纯沉默了一会儿才说：“村长那人啊，从小就我行我素惯了。在某些方面他能把事情看得很透，有些方面他却又十分难缠。对了，人们不是常说吗，对外人好的人一回到家里就很难伺候。随着不如意的事越来越多，他的脾气也越来越大。他经常动粗，阿凛也就渐渐待不下去了。”

当到达山脚下的时候，天已经全黑了，幸亏金田一耕助和阿纯都准备了手电筒。两人刚来到村公所前，一群年轻人就从里面蜂拥而出。

“啊，金田一先生，您刚回来？”打招呼的是歌名雄。他黝黑的脸上露出洁白的牙齿，嘴角挂着爽朗的微笑。

“啊……由加里小姐怎么样了？”

“我们正要赶上门去呢。”从旁插话的是五郎。

“五郎，什么叫赶上门去啊，说话别那么难听。”胜科在一旁责备道，“金田一先生，是衣锦还乡的魅力女孩要招待她那些青梅竹马的伙伴，也就是我们。承蒙抬爱，我们这些村里的年轻绅士……”

“阿胜，你也算是绅士？”

“五郎，你这个傻瓜，我不都说是我们了吗？既然你这么说，那我就更正一下。除五郎之外，我们这些年轻绅士……咦，井筒阿姨，您也在啊。您这是要去哪儿？”

“啊，我有点儿事去村长家一趟……”

“阿姨，回去之后请跟重吉和阿照说一声，”歌名雄从旁插话道，“具体内容我们从今晚开始商量，但大致情况千惠子也都知道了，后天十三日到十六日的晚上，我们要在阵屋遗址举行盛大的盂兰盆会舞。”

伊东信浓守阵屋的遗址现在已变成了小学，可人们却不叫它学校，仍习惯叫它阵屋遗址。

“好的，谢谢。”

“走吧！”

五六个年轻人兴冲冲地离去，金田一耕助和阿纯朝相反的方向加快了脚步。

从村公所到放庵的茅屋步行大约要二十五六分钟。沿途山路曲折，若将这段距离换算成直线距离，也得耗费不少工夫才能走完。

放庵的茅屋就在由村道稍微往山里走一点儿的地方，如前所述，屋子背倚着片古老的大池塘。村民们都把这片池塘塘称作吃人塘，似乎是说人一旦掉进去就没命了。换言之，这池塘很深。

离开鬼首村的最后一片村落后，四周突然暗了很多，放庵的茅屋安然矗立在天鹅绒一样的黑暗之中。里面并没亮灯，这让两人的心一下子悬了起来。放庵并不是喜欢夜间串门的人，而现在离睡觉时间尚早。

“喂，村长先生，我是井筒的阿纯，您在吗？”先叫门的是阿纯，她的声音从一开始就在发抖。

“放庵先生，放庵先生，我是金田一耕助。您已经休息了吗？”

金田一耕助和阿纯轮番叫了两三次，可里面始终没有任何回应。两人对视了一眼，都因紧张和恐惧而面无血色。

“难道是出去了……”

阿纯自我安慰道，声音却明显在颤抖。

“总之，我们先进去看看再说。”

门没有锁。金田一耕助率先走进屋里，阿纯也提心吊胆地跟了上来。茅屋不大，用手电筒一扫就一览无余。上一次金田一耕助和放庵迎面而坐的四叠半的小房间里空无人影。正当金田一耕助穿过房间朝修有地炉的餐室兼厨房里一瞧时，身后突然咔嚓一声，四周顿时亮了起来。原来是阿纯扭开了悬在天花板上的电灯的开关。

“啊！”随着一声尖叫，阿纯呆住了。

金田一耕助吓了一跳，连忙朝小房间回过头来，也不禁皱起了眉头。

只见在柑橘箱做成的桌子上，摆着一个酒壶、两个茶碗、两个沾着大酱汤汁的朱漆木碗，还有一盘煎河鱼、一盘炖菜和一盘油炸豆腐。从桌子上积满烛泪的大蜡烛来看，昨晚停电期间这里显然摆过一桌酒宴。

可是，让阿纯发出尖叫的并非这饶有情趣的场景。从桌子到夏季坐垫，再到周围的榻榻米上，布满了斑斑血迹。似乎是有人在这里吐过血而留下的痕迹，可四周空无人影。

金田一耕助又看了看狭窄的厨房，放在泥地角落里的一口水缸进入了他的视线。吸引他的并非是水缸本身，而是散落在水缸盖子上的五六株草看起来像是桔梗花。金田一耕助走进厨房，不解地拿起那几株草。就在这时，身后又传来了阿纯的尖叫声。

“啊，别碰，有毒！那是毒草，千万别碰！”

“毒草？”金田一耕助慌忙将草扔在泥地上，“这是……”

“啊，那个……啊，那个……”阿纯吓得脸都扭曲了，急促地喘着气说道：“虽然不知道在别的地方叫什么，反正在这一带，我们都叫它‘村长杀手’……”

山椒鱼

现在，有两件事情让鬼首村议论纷纷。一是衣锦还乡的魅力女孩的传言，再就是假借死人之名翻越仙人岭而来的奇怪老太婆的传言……

关心假冒阿凛的老太婆的传言的大都是中老年人，青年团成员则根本没当回事。对他们来说，放庵已经被遗忘了。放庵自称隐者，大概他自己都把人世抛弃了。或者，在此之前，他就已经被世间，尤其是被年轻一辈抛弃了。

这天早晨村里男女青年的话题实在是太多了，而且有很多事情都需要赶紧着手。这自然是指晚上给由加里开晚会的事。青年们不分性别，全都被由加里的美丽彻底俘虏了。

“大家都叫她魅力女孩，我还以为更色情更露骨呢，没想到远不是那么回事。”

“可她像男孩那样生硬地说话，能叫好吗？”

“我觉得，还是那低沉嘶哑的声音有魅力。”

女人们也谈着她们的感受。

“我还以为她很高傲呢，没想到竟不是。”

“虽然像男孩一样口无遮拦地说话，但她倒也十分注意分寸，就怕惹恼了我们。”

“哼，耍弄我们那还不是小菜一碟。”

“也许吧，呵呵。”

人们凑到一块儿对由加里品头论足，她的头发如何啦，衣服如何啦，首饰又如何，由于太过执迷，甚至遭到了上年纪的家长的训斥。

“对了，阿歌……”

阵屋遗址的小学校园里，在团长胜平的指挥下，大家正手忙脚乱地搭建着盂兰盆会舞的高台。今年的高台不同以往。这可是肩负着光荣使命的高台，是日本第一当红明星大空由加里歌唱的高台。麦克风的调整也必须慎之又慎。

“据说昨天傍晚有一个奇怪的老婆婆到村里来了，村长放庵那边还出事了，到底是怎么回事？”

“谁知道呢。我也不知道，不过，村长的影子反正是看不见了。”就连正忙着搭建高台的歌名雄都皱起眉来。

“村长会不会是年纪大了，活够了，就投塘自杀了？”说话的是五郎。

“要真是投塘自杀，让我们青年团去帮忙打捞，那就麻烦大了。”胜平不愧是团长，思考问题可谓周全。

“阿胜，若是让我们帮忙我们就拒绝。这可是一年一度的盂兰盆会舞。我们哪有那闲工夫去管那种无聊的事。”

“没错，没错，团长，你这话正说到点上了。”

“那样一个干巴老头怎么能跟日本第一魅力女孩混为一谈！”

不知是谁不屑地说了一句，青年团中顿时发出一阵哄笑。

可是，说这话的人完全错了。

事后想想，魅力女孩衣锦还乡和多多罗放庵的事之间还真是有着密切且重大的因果关系。

“金田一先生，事情还是很奇怪啊。”

矶川警部身穿翻领衬衫和短裤，头上还戴着破旧的防暑帽。他这身打扮怎么看都不像个警部，俨然土木工程的监工，说得再糟点儿，就是个工头。

“就算是二十多年没见面，却能跟女骗子……跟那个并非阿凛的女人交心地喝酒，这到底是怎么回事？难道放庵完全受骗、认不出来人了？”

“就算是认不出来……”金田一耕助望着眼前的古塘，一如往常地用五根手指不住地挠着鸟窝般蓬乱的头发，“如果仅仅是五分钟或十分钟还好说……她跟我擦肩而过，到达这儿应该才七点半。我听说这一带停电的时间跟总社一样，都是在九点半左右。在一起两个小时，而且在停电以后还能点上蜡烛谈得那么投机，这就有点儿……”

“也就是说，她就算不是阿凛——当然，她明摆着并不是阿凛，也是放庵熟识的女人？”

“嗯，也许吧。”金田一耕助含糊地应道。其实，比起这个，他更想知道放庵究竟知不知道阿凛已死的事情。

在古塘边放庵狭小的茅屋里，三名从镇上赶来的便衣警察和本村的木村巡警正百无聊赖地晃来晃去。放庵已经是年逾七十、与世无争的人了，而且也无法断定是他杀，自然也就没有人在乎他。尽管毫无兴趣，四个大男人在里边一晃，狭小的茅屋顿时就被填满了。于是，被挤出来的金田一耕助和矶川警部只好站在古塘边，等待搜查结束。茅屋对面围了一群看热闹的人。

金田一耕助又一次在大脑里思索起昨夜的事情来。

当他从中嗅出一些疑点后，顿时变得兴奋起来。他首先命令阿纯什么都不许碰，然后让人对茅屋再次进行了仔细的勘验。他最先注意到的是，那个自称阿凛、与他擦肩而过的老太婆所背的包袱不见了。那老太婆来过这儿确定无疑，留在入口处泥地上的无跟草鞋的泥印说明了这一点。可不巧的是，由于昨晚那场大雷雨，茅屋外面的痕迹几乎全被冲掉了。

那个自称阿凛的老太婆昨晚来过这里。她背着大大的包袱，还跟放庵聊了两个多小时。不，是看起来聊了两个多小时。最后，她又用村长杀手下毒。放庵中了毒，口吐鲜血而死……

这前后的情形似乎都昭示了这样一种事实。可是，后来那个奇怪的老太婆是如何处置放庵的尸体的呢？首先让人想到的就是她极可能将尸体投进了一旁的古塘。据传言说，这口古塘一旦咬住人是绝不松口的。正因如此，村里人才将其视为吃人塘，避之唯恐不及，可那奇怪的老太婆为什么非要这么做不可呢？如果是为了隐匿尸体，她为什么不把房间里的血痕也擦掉呢？一般来说，隐匿尸体无非是为了隐瞒杀人的事实。就算是这样，那个奇怪的老太婆当时又为什么要主动声称是阿凛呢？放庵究竟是活着还是已经死了？那个老太婆在背着大包袱离开后又去了哪里呢……

金田一耕助再次来到厨房，端详起那名叫村长杀手的毒草。忽然哗啦一声，水缸里竟传来击水声。尽管声音很微弱，可因为情况特殊，在金田一耕助听来却像是雷鸣一样。金田一耕助一愣，打量了一下水缸，只听里面又传来哗啦的击水声。金田一耕助小心翼翼地把手伸向水缸盖子，抖掉散落在上面的村长杀手后，轻轻取下来。他用手电筒往水缸里一照，一瞬间不寒而栗。

水底下竟有一个异常丑陋的怪物。那只看似大型壁虎或是蝾螈之类的生物塞满了水缸，正在懒洋洋地蠕动。黑褐色的身体布满黑色斑点，表皮上全是令人作呕的疙瘩。它的头特别大，呈扁平状，而且还长着四条腿。

“啊！”

阿纯被金田一耕助的样子吓了一跳，也来到一旁往里一瞧，一瞥见那丑陋的动物，她就倒吸了一口气。“是山椒鱼。”

金田一耕助也知道那是山椒鱼。可是，让他震惊的是，水缸里为什么会有一条山椒鱼呢？“村长以前就养山椒鱼吗？”

“没有啊，我上次来这儿的时候还没有这玩意儿呢。”

“老板娘上次来这儿是……”

“这个月的五号。”

“来做什么呢……”金田一耕助不禁换成了责问的语气。

“啊，是来送中元礼品……”

这么说来，刚才阿纯从岭上追过来时所说的送中元礼品当然是借口了。

“老板娘怎么会这么清楚，竟还知道这儿当时并没有山椒鱼？”

“这……因为，当时是我从这水缸里舀水给村长烧水的。”

原来如此，那就是真的了。五号也正是金田一耕助为村长代笔写信的两天之前。

“这一带有很多山椒鱼吗？”

“倒也不是很多，不过时常能见到……村长是个捕鱼高手。”

金田一耕助顺着阿纯所指的地方一看，果然，只见大小各色河鱼都被晒成干、串成串，在门楣上摆了长长一排。

金田一耕助把视线转向水缸里。他总觉得这在水里蠕动的丑陋怪物正象征着这诡谲的案件，不禁再一次不寒而栗。在昨晚的大雷雨中，茅屋里究竟发生了什么呢？

不久，金田一耕助就催促着阿纯一起离开，回到了龟之汤，并把大致情况报告给正在那儿等待的矶川警部。假如矶川警部没来这村子，村里的巡警也许只会对金田一耕助和阿纯的报告付之一笑吧。

“不过，金田一先生，”矶川警部望着古塘上开满的白菱花，故意慢吞吞地低声道，“这桩案子跟二十三年前的案子之间有关联吧？”

其实，警部这慢吞吞的语气无非是为了掩饰心中正熊熊燃烧的希望和兴奋而已，这一点金田一耕助不可能不知道。警部恐怕在想，如果从这新发生的案子中抓住尾巴，二十三年前的谜案不就逐渐揭开面纱了吗……

“恐怕是的，因为除此之外，根本无法想象像放庵那样与世无争的人身边会发生如此复杂的案件。”金田一耕助措辞谨慎地说道，“先不说这个，放庵究竟是从哪儿获取生活费的呢？井筒的老板娘……那女人和村长似乎关系很近，可是就连她都说不知道这事。”

矶川警部忽然一愣，用能咬人般的视线瞪了金田一耕助的侧脸一眼。

“这……这……”警部喘不上气似的支吾了一会儿，忽然压低了声音，“有一次，我听龟之汤的老板娘说，放庵在神户还是哪里有亲戚，会给他寄生活费……”

“呃，听说以前是这样，一直到三年前……那亲戚在昭和二十八年前后就死了。如果是从那里寄的，应该已经断了，所以我一直很纳闷。当然，村长恐怕也花不了多少钱，大概是以前寄钱的时候攒下了一些吧……井筒的老板娘是这么说的，可放庵真的是那种能为将来而攒钱的人吗？”

“金田一先生！”矶川警部终于大发雷霆，“那……那……你的意思是说，这个村里有人在偷偷地养活放庵？”情急之下，矶川警部竟连方言都说了出来。

还未等金田一耕助回答，便见一名便衣警察从对面怯生生地走过来。看到矶川警部后，他立刻加快了脚步。

“警部，听村里卖豆腐的人说，昨天的确是卖油炸豆腐给放庵了，可只卖给他两块而已……”

警察正在调查的是油炸豆腐皮寿司的来源。从做工来看，似乎并不是从寿司店买的，而是自家制作的。既然如此，放庵肯定是从某处买的油炸豆腐。

可是，根据刚才的调查，放庵只从村里的豆腐店买了两块油炸豆腐。如果说这两块都被用来烧了蕨菜，那油炸豆腐皮寿司所用的豆腐是……

“哈哈……”金田一耕助突然奇怪地笑了起来，“警部，终于发现那奇怪的老太婆留下的东西了。油炸豆腐皮寿司……啊，调查似乎已经结束了。”

看到从茅屋里出来的便衣警察手里的东西，金田一耕助不禁一愣，瞪大眼睛等待对方走近。那是一封曾让他一度放弃、怀疑被老太婆带走的信。

“警部，找到了，从神户来的信……内容跟您刚才说的一样。”

矶川警部接过来，从信封里抽出信笺瞥了一眼，然后默默地递给金田一耕助。金田一耕助一把夺过来，立刻把贪婪的目光落到信笺上。用不着第二眼，他就已经确定：这分明是七日下午造访放庵的时候，放庵曾给他看过的阿凛的来信。

这究竟是怎么回事？对于那奇怪的老太婆来说，这应该是一份无比重要的证据，她无论如何也应该把这封信带走才对，可是……

“刑、刑警先生，这、这东西，是在哪儿发现的？是在很容易被发现的地方……”

“啊，倒也不是……是在信箱里发现的，跟其他信和明信片一起。”

金田一耕助感到莫名慌乱，心里不由得打起鼓来。他一直认为这是一起精心策划的案子。可如此重要的假信却故意留在现场，这到底是……

“警、警部，把、把信封给我看看。”

那信封无疑是上次金田一耕助看到的。他就是照着发信人的地址抄写的收信人地址。

金田一耕助默默目不转睛地凝视那熟悉的笔迹一会儿后，无意间将其翻了过来，紧接着，他不由得呻吟了一声。

“金、金田一先生，怎么了？”

“警、警部！”金田一耕助控制住激动的语气，说道，“我上次给他代笔写信，由于不需要看收信人地址，直接把背面翻了过来，可现在您看，这邮戳……”

警部也往邮戳上一看，不禁竖起眉毛，咬紧了嘴唇。

那邮戳不仅盖得很淡，而且还像是被指甲刮过似的非常模糊，虽然日期已看不清楚，可第一个数字原本应该是三，现在却变成了二。可见，这封信并不是在昭和三十年投递的，而是在昭和二十年代的某一天。

活着还是死了

前文已述，假如矶川警部此时并没有来这个村子，无论金田一耕助再怎么积极，多多罗放庵的案子也肯定只是作为一起单纯的隐者失踪案被轻描淡写地从世间埋葬掉，纵然是茅屋里留下了吐血的痕迹也没用。

可是，由于对昭和七年的案子异常关心的矶川警部正巧来到了鬼首村，当时的重要证人放庵的离奇失踪与展现在这失踪案背后的异样情况，引起了调查当局的强烈注意。

应矶川警部的要求，龟之汤的共同宿舍于八月十二日下午被指定为搜查本部。办案人员络绎不绝地从县警本部和所辖警局赶来，这情形一直持续到傍晚时分。

对于矶川警部来说，这完全就是一场豪赌。说不定，这根本就算不上什么案子，调查无果也极有可能。也有可能在把人一通折腾之后，放庵忽然间不知又从哪个窟窿眼里钻了出来。

如果是这样，对矶川警部来说那可就是重大责任问题了，但这也无所谓，警部早就做好了思想准备。警部年事已高，如果真的出现了责任问题，无非引咎辞职罢了。而如果恰恰相反，假如这真是昭和七年的案子的延续……正赶上金田一耕助这个侦探天才来了，而且他对这起案件似乎也表现出了浓厚的兴趣。假如现在成功地侦破了这起案件，并顺藤摸瓜开启昭和七年谜案的大门……

若如此来考虑，这起案件倒真值得矶川警部拿职位去赌一把。也可以说，矶川警部当时的决断事后的确起到了作用。

这些先放一边，且说这次案子的调查主任是立花警部补，此人是从一个名叫江见的小镇的警局调过来的，小镇距离鬼首村有四十公里左右。办案人员当然都是开车来的，而若是一般人要从江见来鬼首村，则必须乘坐姬津线，即从姬路通往津山的支线。先赶到姬路，再乘巴士赶到总社，然后翻越仙人岭才能到达。总社的镇上倒也有警察，可不巧的是总社隶属于兵库县，由此可见调查此案的麻烦程度了。

这些且不说，等搜查本部的阵容完全到位，差不多已是八月十二日的下午五点左右了。

在龟之汤的娱乐室里，当老板娘里佳亲自掌勺的晚饭结束后，以立花警部补为中心的案情讨论会便再次开始了。

“这么说……”在听完了矶川警部和金田一耕助对本案的大致介绍之后，立花警部补皱起了英武的眉毛，“在金田一先生看来，前天晚上，即十日晚上雷雨下得正大的时候，放庵的家里发生了杀人案，是吧？”

“不……”金田一耕助表现出一副慵懒的样子，眼看就要从椅子上滑落下来了。他用两手交互拍着椅子的扶手，说道，“就目前来看，还不敢如此断言，所以才想请你们来调查一下……”

“金田一先生，”这时，矶川警部从一旁插嘴道，“都什么时候了，就请你不要再藏着掖着了，直说吧。”

“藏着掖着……”

“你比我们先一步接触这起案子，对吧？因此，该从什么地方着手调查比较合适，我想你肯定已经有了意见。那么就请你给立花讲讲，以作参考吧。”

“对对对，金田一先生，拜托了！”立花警部补也加重了语气，用试探般的视线注视着金田一耕助。

立花警部补四十岁左右，高大魁梧，体格精壮，如果用关西方言来说，完全就是个大马力的人。

在矶川警部的介绍下，他也想起了战后同样发生在冈山县内的“狱门岛”“八墓村”和“海市蜃楼岛”等案件。哦，原来眼前这位就是那个屡破怪案奇案的人物啊——他心存敬畏的同时，也不否认在看到对方迟钝土气的外表后，心里不由产生想挑战一下的冲动。作为一个身处警部补职位的人来说，有这种冲动也是理所当然。

“啊……”

金田一耕助一如往常，一面睡眼惺松地眨着眼睛，一面呆呆地挠着像鸟窝一样乱蓬蓬的头发。他微笑了一下，突然从椅子上直起身来，从怀里掏出一本笔记本，从中抽出几张折成四折的信笺。

“也许是我多管闲事吧，我把此前的想法逐条地记录了一下，如果合适的话，就请过目吧。”金田一耕助有些害羞地说道，“呃，请，请。”

警部补眉宇间透着一股精悍，探出身子。

“啊，由于只是我随意记下来的，内容肯定有些支离破碎，但也许会有些参考价值。”

“哪里，这可是您的高见……”说着，警部补一把抢过信笺。展开一看，这才发现上面的字迹竟跟眼前这男人的懒散姿态完全不同，一丝不苟，犹如印刷的活字一样。是按条记录的，内容如下：

一　放庵究竟是活着还是死了？如果活着，究竟在哪里？如果死了，凶手又把尸体藏到了哪里？还有，为什么要藏匿尸体？

二　阿凛到底是活着还是死了？

三　以下是在假设阿凛已死的情况下所做的推测……假如阿凛已死，那么放庵是知道这件事，还是不知道？

四　神户的町田家究竟有没有给放庵发过讣闻？

五　阿凛提出复婚请求的信，究竟是在昭和二十年代的什么时候从神户寄过来的？

六　最早读这封信的人究竟是谁？

七　八月十日晚上，那个自称是阿凛并翻越仙人岭而来的人究竟是谁？

八　放庵和那个假阿凛对坐了两小时以上，难道就没有发现她是假的？如果没发现那又是为什么？

九　自昭和二十八年以来，放庵的生活费都是由哪儿给出的？

十　放庵究竟是什么时候弄到山椒鱼的？又是出于什么目的？

金田一耕助一共列举了十条，当看到第十条的时候，就连立花警部补都不禁瞪大了眼睛。他略带不安地扫视金田一耕助那乱蓬蓬的脑袋，立刻又闭紧了嘴唇，使劲儿往脐下丹田吸了口气。

“哦，果然，如此条分缕析地写一写，还真是一目了然啊。那么我们该从何处着手呢？”立花警部补微笑了一下，继续说道，“既然这样，金田一先生，我们就把这十条逐一讨论一遍吧。警部，您也帮一下吧。”

这位警部补在发“您”这个音的时候，似乎也有着独特的发音习惯。

“嗯，嗯，这条目还是很有意思的嘛。”让警部浮出笑容的大概也是这第十条吧。尽管如此，他还是困惑地瞪大了眼睛。

“那我们就先从第一条开始吧。放庵究竟是活着还是死了……要想证实这一点，还需要很多努力才行。”

“是的，首先得发现尸体。”

“对对，因为仅凭那样的吐血和污物的痕迹，不足以断定发生了杀人案。”矶川警部也从一旁随声附和。

“可是，金田一先生……”

“请说。”

“从您将这个疑问放在第一条来看，您也认为放庵未必是被杀了，对吧？”

“啊，所以它才会成为这疑问中的疑问啊，哈哈。”

立花警部补用略带厌恶的眼神扫了一眼金田一耕助泰然自若的侧脸，很快便又把视线落到了信笺上，说道：“如果活着，究竟在哪里……这也是理所当然的疑问。如果死了，凶手又把尸体藏到了哪里？还有，为什么要藏匿尸体……这、这……”

“啊，立花，”矶川警部仿佛慈祥的叔叔在哄一个不知天高地厚的磨人精似的，用平静的语气说道，“这位先生一贯如此，穷究所有的可能性……这是金田一先生的作风，所以这起案子也不例外。在放庵的尸体被发现之前，在杀人案被明确证实之前，放庵还活在世上的情况也要予以考虑，对这一点也不能疏忽，最好也调查一下。我想这大概就是金田一先生的意思吧。”

“原来如此，可是……”立花警部补用力咬着下嘴唇，说道，“若是多多罗放庵还活着，那现场的状况……”

“那种现场，想伪造倒也不是不能。”

“伪造……”立花警部补英武的眉毛猛地一哆嗦。他目不转睛，默默地打量了一会儿矶川警部和金田一耕助。终于，他似乎也明白了这起案件谜一般的各种复杂的可能性。于是，他把眼睛瞪得浑圆，又一次把十条内容研读了一番。

“啊，那么……”仿佛有什么东西噎在喉咙里似的，警部补清了清嗓子，说道，“那我们再看第二条。阿凛到底是活着还是死了……这又是……”

“啊，反正上面就是那么写的。这一条和第四条向神户的那个姓町田的人询问一下大概就会明白。”

“说得是，这么说，这第三条，假如阿凛已死，那么放庵是知道这件事，还是不知道……这又是……”

“立花先生，”金田一耕助现出一副十分严肃的神色，“这十条中最主要的其实就是这一条。阿凛已经死了，这一点已经确定无疑，因为井筒的老板娘参加过她的葬礼。为谨慎起见，神户那边还是需要再调查一下……不过，这儿还有这么一件事。”

于是，金田一耕助把为放庵代笔写信的过程讲了一遍，也描述了放庵当时像小孩一样高兴的样子。

“因此，现在剩下的问题就是第五条和第六条。”

“阿凛提出复婚请求的信，究竟是在昭和二十年代的什么时候从神户寄过来的……也就是说，这封信并不是刚寄过来的，对吧？”

立花警部补把桌上的那封信拿在手里，再次研究了一下信封上的邮戳。邮戳十分模糊，除了能看出是昭和二十年代的某一日投递的之外，其他什么都看不出来。而且，寄信人也忘记了写日期。

“这一点向神户的町田家询问一下估计就会明白。”

“对对对，所以啊，立花，金田一先生认为重要的反倒就是之后的那一条，也就是第六条了。”

“最早读这封信的人究竟是谁……这又是什么意思？”

“立花，你好好看看那信封的封口。”说着，矶川警部从一旁拿过金田一耕助的放大镜递给他。

立花警部补一愣，把眼前的信封反了过来。那的确是女人用的信封，却不是横信封，而是竖信封。信口用剪刀剪得很漂亮，可写在封口上的却不是“缄”字，而是装模作样横着写的英文“Seal”。

立花警部补用放大镜一瞧，“Seal”这一横写文字的紫墨水洇得很模糊，分明是被热气熏蒸过。而且，这封口处文字的接合处还些点错位，虽然只是一点点。

立花警部补像鲸鱼喷海水似的长长地舒了一口气。“果然，如此看来，这封信在被交到多多罗放庵手里之前，就已经被人盗取偷看了。直到最近，这个人又把封口恢复成原样，若无其事地丢给放庵。而放庵毫不知情，还以为是刚来的书信，高兴得手舞足蹈……”

“啊，如果是这样，那事情就简单了。”

“哎？”立花警部补一愣，朝矶川警部回过头来。

“啊，可是金田一先生又说，下面的情况也需要考虑。放庵是去年收到这封信的，他用剪刀剪开信口并读了内容。他无意复婚，就把这事撂了下来。为了能这次用上，在伪造中派上用场，他故意用热气熏了熏启了封，然后又重新封回去。如此一来，那不就把调查当局的目光引到你刚才所说的方向上了吗……”

“可是……可是……”立花警部补血红的眼睛放着光，“这信口……分明是最近才被剪过的痕迹啊。”

“可是，金田一先生又这么说了：剪刀随时都能使用，把去年剪过的地方再剪一次，重新做个剪口还不是小菜一碟……”

“可恶！”

“立花先生，这只是在说可能性的问题。”

“没错，金田一先生说的这种情况也是有可能的，必须考虑进去，对吧？至少在尸体被发现之前……那我们就再往下看看吧。”

立花警部补的呼吸变得急促起来。额上冒出了一层油汗。他一面用手背擦着汗，一面慌忙又翻过一张信笺。“第七条，八月十日晚上，那个自称是阿凛并翻越仙人岭而来的人究竟是谁……”

“即使在这一点上，也有两种可能。金田一先生说了，假如放庵是被那封假信欺骗了，恐怕就是有一个放庵做梦都不会想到的人化装成阿凛来了。而假如这一切都是放庵一个人的阴谋，金田一先生说，那老太婆不是放庵的朋友就是放庵本人。反正谁也没看见那张脸，就连声音都又轻又低沉。据金田一先生不动声色地向井筒的老板娘打听的结果，放庵从年轻时就热衷业余表演，据说演得还真不错。”

立花警部补眼睛瞪得更圆了，完全是一头雾水的神色。

金田一耕助可怜巴巴地眨眨眼睛，说道：“啊，立花先生，我根本无意把案情弄复杂，我只是想告诉警部，我总觉得有一种让人无法不这么想的诡异氛围在这个案子的底部涌动。”

“是，是，唔……”

“啊，先不管这个，立花，再看看下一条吧。”

“好的，这第八条说的是，放庵和那个假阿凛对坐了两小时以上，难道就没有发现她是假的？如果没发现那又是为什么……”

“呃，这种情况嘛……假如那个假阿凛是放庵的同伴，或者就是放庵一人分饰两角，那答案就简单了。可如果不是这样，那就会出现为什么的疑问。”

“为什么……金田一先生对此有什么想法吗？”

“啊，我也没有……可是，关于这一点也会有两种情况。第一种是放庵实际上完全没有发现真相，第二种则是发现了真相，却因为某种理由原谅了对方。”

“您是说，他原谅了对方后，在饮酒的过程中被对方下了毒？”

“哈哈，从道理上来讲应该是这样的。”

“荒、荒唐！”立花警部补直言不讳。这个一味强调可能性的男人的话也太靠不住了，警部补的厌恶感再次高涨起来。

“算了算了，立花，先别管这些，我们还是再看看下一条吧。”

“那好吧，第九条说的是，自昭和二十八年以来，放庵的生活费都是由哪儿给出的……”

矶川警部对这一点进行了补充说明后，警部补的脸上再次现出震惊的神色，认真劲儿也恢复了过来。他压低了声音问道：“警部您的意思是，多多罗放庵以昭和七年的案件为把柄一直在敲诈着某人？”

“啊，是不是放庵在敲诈还不清楚，也可能是被抓住把柄的某人主动为他支付生活费而作为封口费呢。若真是这样，这第九条才是联结这起案件和昭和七年那起案件的关键所在。”

“知道了。那就先认真调查这一条看看。”说着，警部补在第九条上连画了三层圆圈，“对了，金田一先生，这最后一条是怎么回事？放庵究竟是什么时候弄到山椒鱼的，又是出于什么目的……”

“啊。”金田一耕助一如往常，用五根手指挠着乱蓬蓬的头发，说道，“啊，这只是为了凑数写的。因为若只有九条，总觉得有点儿半吊子的感觉。”

“什、什么？”警部和警部补异口同声地脱口而出。二人不禁都惊呆了。

“啊，还有，我感觉那条丑陋的山椒鱼正是这起案件的一种象征。”

“什么？”立花警部补厌恶地哼了一声，眼睛直盯着金田一耕助，但立刻又改变了主意似的点了点头，“啊，还是非常感谢。多亏提醒，我明白了该进行的调查是什么。总之，如果发现了多多罗放庵的尸体，其他就没什么可说的了吧。”

“对对对，这才是最最重要的。放庵究竟是活着还是死了……”金田一耕助神色凝重地低声说了一句，不禁悚然缩了缩肩膀，而立花警部补已不再理会这位耕助了。

“加藤，加藤。”警部补用大肺活量的声音呼喊着在隔壁房间里等候的部下。

就这样，立花警部补风风火火的调查活动拉开了序幕。

用升量用漏斗喝

青年团成员一直担心的事终于发生了。

第二天，八月十三日。

从这一天的傍晚时分起，大空由加里充满激情的个人演唱会暨歌咏比赛就要开始了，可到傍晚之前的时间却被立花警部补要求用来配合警方的调查。直到十三日早晨，放庵仍杳无音信，因而人们的怀疑也不由得加深起来——他会不会已变成尸体被人扔到吃人塘里去了呢?

吃人塘的面积约有六百多坪[①],底部似乎有众多泉眼。据说无论在多么干旱的年份，这池塘也从未干涸过，所以对鬼首村来说，这无疑是最好的蓄水池。可同时，由于池塘太深，人一旦失足落水，就再也爬不上来了，所以这也是一个恐怖的魔鬼古塘。这么大的池塘，却偏偏只有那种令人作呕的山椒鱼在里面蠕动，看不见其他鱼类，也实在是奇怪。

这一天，警察和青年团把这可怕古塘的水底翻弄了一整天。人们驾着小舟拨开大片白菱花在水上游弋，又是撒网，又是用长竹竿搅来搅去，可最终却是白忙活了一天。

这也跟合作者青年团成员缺乏诚意有很大关系。不过，想来这种情况也无可厚非。对于朝气蓬勃的青年团成员来说，像放庵那样的耄耋老人的生死根本就无所谓。并且，也没有任何证据显示放庵的尸体就是被抛进了池塘里。

十日晚上那场大雷雨对凶手来说——假如那凶手真的存在，无疑是最好的帮手，因为茅屋外的所有痕迹都被冲刷得一干二净。

就这样，当前的尸体寻找任务彻底以失败告终，可另一方面，立花警部补那风风火火的调查活动却在有条不紊地进行，而且正一步步地收到成果。

首先，他们将残留在茅屋里的污物送交给县里的鉴定科，请求其协助调查。报告于十三日傍晚前后就被送了过来。污物中检验出

①日本计量房屋和土地面积的单位，1 坪约为 3.3 平方米。

了洛贝林（$C_{22}H_{27}NO_2$）剧毒生物碱，据称一种名叫石龙胆的桔梗科植物的全株中都含有这种生物咸。

石龙胆——

这种被当地称为村长杀手的植物，其实不用到别处去找，光是这吃人塘周边就群生着很多。既然这样，放庵果真是被村长杀手毒死的。

第二个成果则是昨晚派到神户去的加藤在十三日傍晚返回时带来的报告。

根据加藤的报告，栗林凛的确已死亡。她是今年四月二十七日在神户市兵库区西柳原町二—三六的红屋料理店，即町田幸太郎处咽气的。加藤连开具死亡证明的医生都见过了，阿凛患的据说是肾癌。

还有，町田幸太郎的确给放庵发出了讣闻。由于明信片是跟写给井筒老板娘阿纯的明信片一起寄出的，所以町田幸太郎情绪非常激动，说井筒那边的都到了，放庵那边不可能收不到。

还有，阿凛请求复婚的信，其实是幸太郎的女儿达子小姐代笔的。看了加藤带去的信后，达子小姐当即就断定是自己曾代笔的那封，但准确的日期她记不清了。她只记得是去年，即昭和二十九年八九月份前后写的，那时候天气还很热。无论如何，当时翘首期待着鬼首村回信的阿凛十分可怜。那封信最终石沉大海，鬼首村那边杳无音信。阿凛死心以后，突然就衰老了——达子小姐眼睛湿润地如此回忆道。

把阿凛打入失望谷底的这封信却在历经了一年岁月后的今天，忽然又冒了出来，同时还撒下了一团谜一样的奇怪妖气。

难道阿凛的信和讣闻全都没有被送到放庵手里？还是说虽然收

到了，可由于某种理由，放庵置之不理？

立花警部补还提前一步调查了放庵的生活费之谜。

“据我所知……”十二日傍晚被叫到搜查本部的龟之汤老板娘青池里佳用郑重其事的口吻陈述道，“村长在神户有个外甥……好像叫吉田顺吉，听说是村长妹妹的儿子，战后好像是他一直在寄生活费……可是，昭和二十七还是二十八年，顺吉去世了……当时，村长还去了神户，似乎专为寄生活费的事进行了种种交涉。可结果并不如意，他回来之后就老是说麻烦了麻烦了……”

“老是说麻烦了麻烦了……”

“是的，可后来也没见他有多么困难。我借机问了一下，他说是顺吉的弟弟又接着给他寄生活费了，他非常高兴。”

“那个弟弟叫什么名字？”

“这个嘛，我就没有……”

“那、那个叫吉田顺吉的男子的住址是……”

“啊，主任，若是要这个，我这儿就有署名吉田顺吉的信……”

从旁插话的是刑警乾。他从在放庵处没收的信箱中取出一捆信，其中就夹杂着好几封署名为吉田顺吉的。住址是神户市须磨寺町二丁目，还附带电话号码。

“啊，是吗，既然这样，那就往那边也派个人调查一下。他弟弟的住址到那儿后大概也会弄明白的。”

“明白。要不就由我去吧。”

可是，乾警官却直到十三日傍晚也仍未从神户回来。不过，放庵对里佳所说的话很可疑，这一点不用等乾回来也能猜出来。

调查了以本村为投递区域的附近的邮政局后，警方发现自昭和二十八年十二月以后，就没有任何款项自外地寄给多多罗放庵。总社的镇上有 M 和 S 两家银行，也都没有给放庵打款的记录，并且放庵也没有存款。

总之，无论放庵是从哪里得到生活费的，那些钱肯定都不来自村外，而似乎是来自村子内部。关于这件事，放庵还对青池里佳撒了谎……

“金田一先生……”立花警部补非常兴奋，反正在这一点上，他还是愿意对金田一耕助的暗示表示一下感谢，“多亏提醒，没想到放庵不为人知的一面这么快就弄清楚了。看来还是有内幕啊。”

“剩下的，就是去查清究竟是村子里的什么人在养活他的问题了。”矶川警部也十分兴奋。他感到此案与昭和七年的案子的联系在逐渐加强。

“那么，再把这里的老板娘叫来问问如何？问问她村子里什么人跟村长走得最近……”金田一耕助提议道。

“啊，对了对了。你，木村，你能不能让老板娘再来这儿一趟？”

“是！”

不久里佳便被木村巡查叫到搜查本部。听到立花警部补询问的大致意思后，她说道：“您问我谁跟村长关系最好……他那么开通，无欲无求，又交际广泛、说话风趣，闲着的时候跟大家玩得都很好。可要说真正关系好，肯定是没有一个人。”

“也就是说，他只是表面上跟人交往，并没有真正交心的人？”

“啊，也可以这么说吧……”

“仁礼当家的怎么样？嘉平那个人说话似乎也很风趣嘛……”矶川警部插进一句。

“啊，若是这么说，两人如果碰面倒也能聊得很起劲儿，但很少会主动去拜访对方……”

“很少？”

“嗯，比起仁礼当家的，反倒是升匠家的婆婆……”

“升匠家的婆婆？”

听金田一耕助这么一追问，对方答道：“啊，恕我失礼了。就是由良家的老夫人。我们这一带的人家都是称呼商号的。”

“啊，原来如此。说到由良家的老夫人，据说她名叫五百子，今年已八十三岁高龄了……”

“金田一先生，你这不是挺了解的嘛。”矶川警部微微一笑。

“啊，我是前些日子从井筒的老板娘那儿听说的。那么，放庵经常会去由良家？”

“啊，是由良家的老夫人邀请的……毕竟，村长是村里第一的家世，他们年纪也很接近，或许彼此谈得来吧。对了，由良家的老夫人有什么稀罕玩意儿或是好吃的东西，都会让敦子夫人给村长送一些。我们这些人也是尽量去关照村长……”

敦子的亡夫卯太郎正是引发昭和七年的案子的挑头人。任谁首先都会想到，这里面恐怕仍有着世人所不知的秘密吧。

“由良家的老夫人据说有八十三岁了，她身体怎么样？衰老得连动都没法动了吧？”

“不，老夫人非常健康，甚至还经常到我这儿来洗澡呢。虽然她腰弯得像弓一样，可耳不聋眼不花，根本就不像是八十三岁的人……”

里佳似乎很纳闷，不知对方为何会问起这些事，反复打量着三人的面孔。她是在京都经常能见到的那种冷美人，冰冷的美丽中带着思虑周全的沉着。

“啊，非常感谢。说不定我们还会有事问您，到时候就拜托了。”矶川警部热情地慰问了一句。

“好的……我就先告辞了。”里佳恭谨地点点头，退了出去。

“警部，看来有必要将多多罗放庵和由良家的这条线再捋一遍啊。”

“那就捋捋看。”矶川警部也点头同意。

就这样，调查十分顺利地进行下去，可唯有一处搁浅了，即那些可疑的油炸豆腐皮寿司的来源仍未弄清楚。唯有寿司才是那个奇怪老太婆的遗留品，可其来源现在仍不得而知。

寿司似乎是自家做的，应该有人去买了油炸豆腐。寿司剩了十个，至少应该需要五块以上的油炸豆腐才对。不要说是本村了，附近村子甚至整个镇上的豆腐店都被调查了一遍，曾经购买五块以上油炸豆腐的人倒是有，可那都是些熟悉的买主，其中根本就没有与那奇怪的老太婆相仿的人。

“啊，那好吧。总之，先把买了五块以上油炸豆腐的人都记下来，再一个个地排查。”

就这样，以多多罗放庵的失踪案为中心，警方的调查有条不紊地展开，与此同时，村里青年男女的盂兰盆会舞的准备活动也在一丝不苟地推进。事后想想，其实就在这两个活动进行的时候，那个可怕恶魔的杀人计划也在这间隙中周密而阴险地推进着。

“怎么样，警部，调查的事就先交给立花先生，我们也去盂兰盆会舞那边看看吧。”

当金田一耕助和警部对坐着灌下两瓶啤酒，再打发完晚饭后，已经八点了。大概是风的作用吧，扩音器中传来的集体舞曲的声音仿佛就在跟前似的，听起来是那么喧嚣。

“哈哈，就连金田一先生也对魅力女孩感兴趣啊？”

“什么叫‘就连’？就连……您这种说法也太过分了。首先，以魅力女孩为诱饵把我引诱到这里的到底是谁？”

“哈哈，这么说来倒也是。既然这样，那我们就去一睹魅力女孩的芳容吧。”

“……看来警部也是土里土气啊。”

“什、什么意思……”

“对于魅力女孩，我们是不说芳容的。什么臀部如何，胸围多少英寸等，那不都写着吗？”

“哈哈，那就是去一睹臀部了？这话怎么这么……”

当只穿着浴衣的两人开着玩笑走出龟之汤时，已经八点多了。从龟之汤到村子中心要走将近一小时，当两人夹在从附近乡里涌来的客人中，摸索到拥挤的阵屋遗址附近的时候，已经快九点了。

“哟，这么多人啊。”

“金田一先生，咱们走近道吧。”

比起自从来到鬼首村后就从未踏足过这个方向的金田一耕助，矶川警部轻车熟路，自告奋勇地带起路来。两人在山丘和树林包夹的冷清小路上走了一会儿之后，亮着红灯的高台就出现在对面，高台下面则是蚂蚁般蠕动的人群。

“啊，警部，我们来得正好。在唱歌的那个不正是由加里吗？”

金田一耕助正要加快脚步，警部却忽然一把抓住他的袖子。

“啊，请稍等，金田一先生。”警部别有意味地小声说道，朝五六米远的前方努了努下巴。

“哎？什么事……”

金田一耕助心里不禁咯噔一下，顺着警部所指的方向望去。只见在这一带特有的赤松下有两个女人，正避人耳目似的站在那里。二人都穿着浴衣，其中一个头上还包着头巾般的东西，下摆则一直垂到肩上。

“警部，是谁啊……”金田一耕助一愣，眯起眼睛。

“是龟之汤的里子啊。还没见过面？”

“没，一次也没有……啊，另一个是女佣阿干吧。里子为什么要戴那种头巾……”

“里子身上从头到脚全是红痣，不然她原本也是个非常可爱的姑娘。金田一先生，我们就装不认识过去吧，毕竟她太可怜了……”

可是，还没等两人挪脚，阵屋遗址那边就突然冲出四名男女。里子一看到他们的身影便慌忙要往树林里藏，没等她藏进去就已经被发现了。

“我当谁呢，不是里子吗？干吗躲躲闪闪啊？”

说话者是胜平。其他三人是歌名雄、五郎和仁礼文子。

“啊，里子，你也来了啊？”歌名雄抱歉地说道。

“先不说这些了。阿干，你知道泰子去哪儿了吗？后面马上该她和文子出场了，她却不知跑到哪里去了。”

阿干朝林子深处指了指，回答了一句。

“什么?！”突然一声怪叫的是五郎，“跟一个老婆婆走了？到底是什么样的老婆婆？”

阿干又回答了几句后，这次换胜平惊讶了。“喂，阿歌，会不会就是去村长那儿的老婆婆？”

下一瞬间，矶川警部和金田一耕助已经站到了大家面前。

"啊，阿干……"为了避免吓着对方，矶川警部注意着语气说道，"你们在说什么呢？你刚才说有个什么老婆婆把泰子带走了？"

阿干回答说，在她和里子来这儿的途中，曾与泰子擦肩而过。当时，泰子正跟一个腰弯得像弓一样的老太婆在一起。老太婆用手巾左右折角包着头，穿着干农活时穿的裤子和没后跟的草鞋……

"泰子就没有跟你们打招呼？"金田一耕助问道。

"没有，因为阿里姑娘说快藏起来，我们就藏到了树后头，把她们让了过去。"

里子默默地背过脸去，她戴的头巾上只有眼睛的部位有孔。

"对方没有发现你们？"

"哎……"

"泰子当时是什么脸色？是害怕还是……"

"不，也不知道是不是害怕，总之像是非常吃惊。"

"歌名雄，"矶川警部依然注意着自己的语气，"你们就辛苦一下，分头去找找泰子小姐吧。去由良家看看泰子小姐有没有回去……如果没有，那就赶紧往驻在所[①]和龟之汤派一个人，把警察叫来。"

警部的声音在发抖。

慌乱的气氛在逐渐加强，盂兰盆会舞结束后，全村倾巢出动都去搜寻泰子，可当天晚上始终没发现泰子的影子。

她的尸体被发现时已是次日早晨了。升匠家的女儿由良泰子，正如那彩球歌中所唱的，已被用升和漏斗灌死了。

---

①日本警察基层机构，多设于山区、孤岛等偏远地区。

第二部　第二只麻雀如是说

围炉琐谈

从放庵的茅屋沿吃人塘爬上五十几米长的缓坡后有一条瀑布。说瀑布有点儿夸张，但由于距地面有一段两米左右的落差，泉水便顺着露出的山崖岩石落了下来。

当地人都管这泉水叫凳子瀑布。

这是因为有一块岩石正好从这条瀑布中间伸了出来，犹如凳子一样。落下的泉水先汇集到这凳子岩的低洼处，再从中溢出来，然后再朝下面的潭落去。

潭的直径有两米左右，呈不规则的半圆形，深度大概有两尺。泉水由此又变成了细流，注入吃人塘里。放庵平时都跑到这里来打水。

升匠家的女儿由良泰子的尸体被就是在这潭里被发现的。她头枕着石头，仰面横躺在这浅浅的潭里，呈现出难以言喻的离奇画面。

泰子的嘴里插着一个直径七寸左右的大玻璃漏斗，另一边的凳子岩上面则放着一个容积有三升的升，正好接住落下来的泉水。瀑布的水在注满升之后，就从被放置得稍微有点儿倾斜的升的一角溢出来，再注入插在泰子口中的漏斗里。

对于并不知道鬼首村曾经流传的彩球歌的人来说，不，不，即使知道那首歌恐怕也一样吧，这个发现给人的打击犹如电击一般。凶手究竟为什么要布置出如此奇怪的场景呢？凶手究竟想借此暗示什么、炫耀什么呢？起初，谁也摸不清其中的意图。正因如此，盘踞在这案件深处的异常阴森和漆黑的不祥感才会剜着每个人的肺腑。

凶手完全照着彩球歌所唱，让升匠家的女儿用升来量、用漏斗来喝瀑布水。泰子并不是淹死的，而是在被勒死之后，被摆放成了这种奇怪的姿势。

这些且不说，发现尸体的是龟之汤的歌名雄和五郎。

人们彻夜寻找泰子的踪迹，结果怎么也找不到，便担心她会不会也遇害了并被沉到了吃人塘里，于是青年团分头在吃人塘周围寻找。找着找着，五郎就发现了尸体。

有关当时的情形，五郎是这样向搜查主任立花报告的：

“阿胜，也就是青年团的团长仁礼胜平提议说，我们像无头苍蝇一样，再怎么找也没用，还不如干脆每两人分成一组，更有组织地搜寻。我们从村公所出来的时候，已经将近五点了。我跟阿歌……就是龟之汤的歌名雄，我和他分到了一组，照要求搜寻吃人塘的西侧。当我们路过这儿的时候，我发现潭里有东西在闪光。我们觉得纳闷，又看了一眼，结果发现那是个漏斗。由于太阳正从对面的山上升起来，漏斗才会在日光的映照下闪光。于是，我无意间朝潭里一看……”五郎似乎又回忆起了当时的情形，耸耸肩膀，咽口唾液，

“结果就看到了那个。刚开始我也没反应过来是怎么回事，可是仔细一看，那不是阿泰吗？我当时害怕极了……本想喊歌名雄，可是连舌头都打卷了，半天发不出声音。”

“歌名雄你当时并没有发现，是吧？”立花转而询问歌名雄。

“是的，我的注意力全被吸引到池塘那边了……我差不多都已经走到那边了，才发现五郎不见了。我无意间回头一看，发现五郎正在这边，一只手指着瀑布潭发疯般打着手势。”

今天歌名雄竟也板起了脸，连平常的微笑都忘记了。他细致的肌肤也粗糙起来，睡眠不足的眼睛充满血丝，通红地瞪着。

事发后，歌名雄的喊声回荡在山丘间，这声音在把人们召集起来的同时，也揭开了轰动全日本的鬼首村彩球歌杀人案的序幕。

当尸体被发现的时候，金田一耕助正和矶川警部一起，在被当作搜查本部的龟之汤共同宿舍的娱乐室里靠着椅子打瞌睡。一听到报告，金田一耕助哎呀一声立刻跳了起来。当他揉着惺忪睡眼随警部赶到现场的时候，附近已是人山人海。

就在金田一耕助拨开人群，站到潭前的一刹那，一股战栗顿时贯穿了他的后背。唔！他发出了一声充满愤怒的低吼后，便和矶川警部一起像被糨糊粘住了似的呆立在那里。

呆若木鸡的不只是金田一耕助和矶川警部。从先一步到达的以搜查主任立花警部补为代表的办案人员，再到围拢在潭四周的村民，大家全都一语不发，像着了魔一样被这可怕的恶魔构图吸引了。

再也没有比这更可怕的景象了。可另一方面，这又是一幕极富诱惑性的美丽风景。

泰子的身体几乎全沉在瀑布潭里。随着潭水的波动，包裹着她身体的浴衣的袖子和下摆也在翩翩舞动。浴衣上朱色和蓝色的艳丽花纹在清冽的水底绚丽地舞动，形成一种强烈的视觉印象，烙印在每个人的视网膜上。

由于巨大漏斗的遮挡，泰子的脸已经几乎看不见了。从漏斗中溢出来的水又分成了若干股，顺着玻璃边缘流到泰子脸上。漏斗上方凳子岩的上面，就是那充满诅咒的古旧的三升容量的升。

落到升里的水又化成细小的水滴乱溅开来，还不时折射着朝阳，在黑洞般的潭水里形成一道靓丽的彩虹……

这情景看上去犹如童话一般，可这却是真真切切的可怕杀人案。

“凶手到底……”立花沉吟良久，终于张开了嘴巴，“凶手到底为什么要如此恶作剧？这升或者漏斗到底是什么诅咒？”那分明是充满愤怒的声音，语气俨然要跟金田一耕助吵架一般。

面对疑问，金田一耕助只是悲哀地摇摇头，而听到立花的声音后，矶川警部这才如梦初醒般张开嘴。

“啊，立花，这件事回头再调查吧，总之，先把现场拍下来。摄影组来了吧？”

幸好为了放庵的案子，摄影组昨天就被叫了过来，而且正好也来到了现场。以拍摄为契机，瀑布潭周围的气氛终于略微活跃起来。

为了不妨碍他们，金田一耕助和矶川警部一面往岸边躲避，一面仍将视线定格在那奇妙的恶魔构图上，不愿离开。

金田一耕助曾在濑户内海一个名叫狱门岛的孤岛上有过同样的经历。

岛上有三个姑娘被杀，尸体也都被摆成了奇怪的构图，其中隐藏着恶魔般的意味。这次的情况又会如何呢？

矶川警部当时也和金田一耕助一起冒险，因而大脑里同样的记忆无疑也复苏了。那件事在越发搅起两人对这起案件的兴趣的同时，也让两人陷入了莫名的不安。

“金田一先生，”警部追逐着耕助的视线，用哽咽般干涩的声音说道，“泰子她……不会是就那样让人溺死的吧？”

“怎么会呢……一个大活人，怎么会那么容易让人溺死呢？如果是海里或河里倒有可能……”

“那、那升和漏斗……”

“警部，”金田一耕助朝矶川警部回过头来，眼里燃着鬼火般可怕的光，“我想起了狱门岛的案子，哈哈。”

金田一耕助在喉咙深处低低地笑了一声，不等警部回答，便喊起聚集在对面的歌名雄等人。歌名雄、胜平和五郎一起走过来。这三人平时总待在一起。

“您有什么事吗……”歌名雄已彻底失去了平日的沉着与可爱。他压抑着愤怒的声音，简直要跟金田一耕助顶撞起来似的。

金田一耕助奇怪地盯着他的脸，说道：“啊，歌名雄，那升和漏斗上带着奇怪的标记。山形图案的下面，是不是秤砣？”

其实这一点矶川警部也注意到了。玻璃漏斗的表面上，用磁漆般的涂料印着如下标记，而破旧的升侧面上也印着同样的图案。

“啊……”歌名雄有些慌乱，求救似的朝五郎回过头来。可是，今天五郎竟也破天荒变得慎重起来，故意把脸扭向一边。

“歌名雄，那个标记，你不认识？”

“那个……”胜平很有义气地从一旁插进一句。由于彻夜无眠，再加上这惨案的打击，连他看上去都十分憔悴。“那个，其实是我家的标记。”

“你家的……”

“呃，是的。我家一直以秤匠为商号，那就是秤匠家的标记，听说是由曲尺和秤砣组合起来的。我家的工具都带着那种标记。”

“是这样的，警部。”歌名雄庇护胜平般从一旁插嘴道，“若是那升或漏斗，如果有人想拿，谁都能拿到。对吧，五郎？”

“什么意思……”

“阿胜，这个还是由你来说吧。像这种事，必须得跟警方说清楚才是。”

“嗯。”胜平用力点点头，然后说道，“事情是这样的。战争期间我家曾做过葡萄酒。从这儿看不到，但翻过这小丘，就能看到生产葡萄酒的厂房……话虽如此，也不是什么真正的葡萄酒，无非就是把葡萄压榨、蒸馏之后，再装进瓶子里交给军队。战后也曾像长了翅膀似的畅销过一阵子，可是在酒类变得像现在这样丰富的年头，就再没人愿意去喝那种发酸的葡萄酒了。但也不是说完全关门歇业了，勉勉强强还会生产一些，工厂大半都废弃了。那些升和漏斗都是工厂的设备，正如刚才阿歌所说，如果有人想拿，谁都能拿到。”

“更重要的是，厂长就是我老爸。”五郎缩缩脖子，吐了吐舌头。

矶川警部不禁跟金田一耕助交换了一下眼色。“什么意思？”

“呃，说起我老爸，可是村里的名人。他喝那种酸葡萄酒醉了之后，总是红着鼻子晃来晃去。像那种升和漏斗，工厂里有的是，就算是少上那么两三个，我老爸也不会在意。啊，说来就来，请看，我老爸已经从那边过来了。”

循着五郎的声音，大家回头一看，果然，有三个男人正拐过对面山崖的一角急匆匆地朝这边走来。其中一个就是金田一耕助也认识的胜平的父亲，嘉平老当家的。

看来嘉平也是刚起床就听到了消息，只见他草帽戴在后脑勺上，浴衣的后襟也掖了起来，正急匆匆地朝这边赶来。

跟在他身后一溜小跑过来的大概就是五郎的老爸吧。四十五六岁，个头很小却很结实，穿着一身工作服，鼻头果然通红通红的。事后才知道，他叫辰藏，是春江的哥哥。

另外一个推着自行车过来的，则是医生本多。本多跟辰藏差不多年纪。

等三人走过来之后，围在瀑布潭边的人们不约而同地向两边分开，让出一条路来。嘉平在瀑布潭前停了下来，往里面一瞥，顿时瞪大了眼睛，急促地喘息。不久，他才擦着汗朝金田一耕助走过来。

“金田一先生，这到底是怎么回事？杀害泰子的家伙到底想干什么？为什么要做这种奇怪的事？”

“这一点我们也正想问您呢，当家的。”

“哎？”

“这一带以前有过类似的拷问方法吗？”

“拷问……”矶川警部诧异地皱起眉。

“啊，我只是想起一部外国小说，哈哈。”

金田一耕助当时想起的外国小说，恐怕就是柯南·道尔的《围炉琐谈》了吧。根据收录在其卷首的《皮漏斗》所述，路易十四时代的法国曾有一种拷问犯人的方法，就是将犯人捆绑起来让其仰面躺着，并在嘴里塞进漏斗并从上面灌水，以此来逼迫犯人招供。

眼前这瀑布潭中恶魔的构图让金田一耕助忽然想起了那种拷问方法。

“据说这一带以前曾是大名的领地，说不定会有这种拷问方法呢……”

“这个嘛，”嘉平也低头思考起来，“我倒是没听说过这种事……对了，对了，如果是这种事，村长他倒是很有研究……”刚说了一半，嘉平仿佛说错了什么话似的，又骨碌骨碌地转着大眼珠子说道：“对了，对了，如此说来，听说村长也出事了。金田一先生，这到底是怎么一回事啊？”

正当嘉平深深叹息的时候，一旁的辰藏则蹭着发红的鼻尖，看起来十分纳闷。“关于这个，当家的，我这里倒是有件挺奇怪的事……”

“奇怪的事？”

“就是昨天傍晚，我从地里回来，从这条路顺便去了趟工厂。当时喉我咙干渴，曾在这儿喝过水，并没有发现什么升啦漏斗之类的东西。可是……”

“可是……”

“当我去工厂喝了一杯酸酒，再从这条路下来时……对了，由于前几天的大雷雨，那边的路发生了山体滑坡，没法走了，这事想必你们都知道吧。我就又从这条路下来，当我来到这儿的时候，又口渴了。我走过去想喝水，发现凳子岩上放着奇怪的东西。我一摸，结果是升和漏斗。”

“啊，请稍等一下。”立花警部补立刻严厉地打断了他，“那是什么时候的事，发现升和漏斗……”

“这个嘛……我回到家时九点了，路过这儿的时候大概是八点半吧。周围都已经漆黑了。”

“那你就把升和漏斗直接撂在那里，什么都没管？”

“不，我拿回家了。”

辰藏满不在乎地说道。这时，被害者的母亲和哥哥赶了过来，现场顿时充满了紧张的气氛。

争女婿

在众人的环视下，由良卯太郎的遗孀敦子走了过来。她已经有六十岁左右了。

照井筒老板娘阿纯的说法，敦子就是一个八幡神男人婆。果不其然，就这个年纪的日本女人来说，她显然属于大个子，身高至少有五尺二寸，甚至有点儿大块头的感觉。头发已白了一半，却梳理得十分整齐，连一根散乱的短发都没有，看来她是那种居治不忘乱的女人。深灰色小千古绉绸上系着细密的博多织，但跟青池里佳不同，穿在她身上似乎有点儿邋遢。

她长得和她的女儿泰子不是很像，造化弄人，不太漂亮的夫妇却经常会生出貌若天仙的女儿来。卯太郎夫妇跟泰子大概也属于这种情形吧，会令人这么想，是因为泰子的哥哥敏郎也和泰子一点儿都不像。他青肿的脸色让人不禁想起战后曾一度在城市里出现的营养失调的人。他体格随母亲，十分结实，身高与母亲不相上下。慢吞吞的举止跟他的脸色一样无精打采，让人不禁联想起笨牛。

迎着众人的目光，敦子并未现出一丝慌乱。只见她脚步稳健地来到瀑布潭前面，眼睛像针一样尖锐。她目不转睛地凝视着被沉在瀑布潭中的女儿那奇怪的姿态，不久，用力吸了一口气，猛地朝嘉平回过头来。她此前并未正眼看过嘉平，却很清楚嘉平就在那儿。

“嘉平当家的，”她指着瀑布潭，用一种音量很低却更具威吓效果的语气说道，“这事是你干的吧？”

一瞬间，似乎就连嘉平都没有听明白，莫名其妙地盯着她的脸。

她稍微抬高语调说道：“没听见？我刚才在问你呢，这事是你干的吧？”

“你、你说什么？”嘉平显然猝不及防，脸上闪过一丝狼狈的神色，惊讶地重新打量起敦子的脸，“我为什么要杀泰子……你可不要瞎说！”

“不，嘉平当家的，”敦子打断他，说道，“你觉得泰子碍了你的事，我心里是一清二楚。嘉平当家的，我再问你一遍，这事是不是你干的？”

嘉平终于调整好姿态。他死死盯着对方的眼睛里，比起愤怒，更多的则是怜悯。“不，敦子夫人，这不是我干的。”

“啊，是吗？”

敦子突然扭过脸去，大概是被嘉平眼中浮出的怜悯伤害了自尊心吧。想来，这二人的流言蜚语曾经传遍全村。此外，如果上一次嘉平在浴池里跟金田一耕助所说的事情属实，那么敦子就是一个被嘉平抛弃的女人了。

“啊，是吗？”

敦子神色恍惚，低声又一次这样说道。

“那就好。刚才冒犯了，还请原谅。喂，阿敏。”说着，她回头看看笨牛般的儿子，“你去拜托一下村民，赶紧把阿泰救上来带回家去。我先一步回去，提前准备。”

“啊，夫人。”

立花警部补喊了一声，可敦子充耳不闻，把该说的话说完后，便大踏步地沿原路下山而去。她那挺直的姿势和郑重其事的背影，大概就是她不服输性格的体现吧。正因如此，金田一耕助不由得感到了一种悲壮。恐怕连坦率地表达丧女之痛的做法都会被她视作是耻辱吧，至少当着曾背叛自己的嘉平的面……

等这简短的幕间剧一结束，瀑布潭周围顿时又变得活跃起来。敦子的身影消失之后，一度被吓得只能挤眉弄眼的村民们顿时议论纷纷：

“总之先把阿泰的尸体打捞上来吧。一直泡在水里太可怜了。”

对，对，对，人们纷纷赞成，幸亏现场拍照也结束了。

“那，青年团的各位，辛苦一下，能不能帮帮忙把尸体从瀑布潭里捞上来？”

在立花警部补的请求下，一个人二话不说便哗啦哗啦走进了瀑布潭。是龟之汤的歌名雄。他从泰子嘴里取下那个不祥的漏斗，往升里猛地一扔，然后抱起泰子那湿漉漉的身体。他推开要上前帮忙的胜平和五郎，走上岸来。

“喂，你们难道就忍心让泰子直接躺在泥地上吗？”歌名雄环视四周的眼神已不同寻常。

金田一耕助不禁一愣，和矶川警部对视了一眼。青年团中立刻有两三人四散着跑开，不久便从放庵的茅屋中卸下一块门板。

在此期间，歌名雄连工作服的前襟被弄湿了都毫不在乎，一直抱着泰子。这给金田一耕助留下了非常深刻的印象。

歌名雄任由工作服前襟像瀑布一样淌着水，睁着愤怒得发抖的眼睛，扫视聚集在周围的人们。当他的视线落到嘉平的脸上时，突然凝固不动了。

在这针扎般的凝视下，嘉平似乎也不由得胆怯起来，但他没有投降，而是以眼神反击。

视线碰撞在一起的四只眼睛逐渐炽热起来。冲突一触即发吗？围观的人们不禁手里捏着一把汗。幸好就在这时，青年团的人扛着门板回来了。

在立花警部补和本多医生的请求下，歌名雄勉勉强强把泰子放到门板上。喧闹声顿时像吹过芦苇的沙沙风声一样在人群间响了起来。残留在泰子喉咙附近的那道鲜明的细绳勒痕强烈地刺激着人们的眼睛。

“阿泰！太过分了。”

一名警官紧紧抱住就要扑上前的敏郎，本多医生不慌不忙地开始尸检。

其实，用不着等待尸检的结果，只要瞥一眼尸体的样子就知道泰子是被勒死的。

金田一耕助朝辰藏转过头来。“您是辰藏先生吧？我想听听您刚才那话的下文……”

“哎？”回过头来的辰藏一愣，“那个，你是……”辰藏皱起眉，望着金田一耕助乱蓬蓬的头发，眼睛里分明充满了猜疑。

“啊，辰藏，”矶川警部立刻插话道，“这位是金田一耕助先生，是有名的私家侦探。对于他的问题，希望你能诚实回答。”

矶川警部本无意声张这件事，可关西人特有的大嗓门却使在场的歌名雄等人全都一愣，一齐回过头来。大家都露出惊讶的神色。

“哎，这到底是……”辰藏也张皇失措起来，用左手背蹭着发红的鼻尖说道，“那，你要问我的是……”

“您刚才说，您把升和漏斗都带回家了，东西现在还在您家里吗？”

“这个……昨晚我扔到厨房了……大概还在吧。五郎，你有没有注意到？”

“这个嘛，我……没怎么注意……”五郎不住地擦着额头的汗水。夏季的阳光逐渐强烈起来。

“如果您家里还有那升和漏斗，就说明这是凶手重新从工厂里拿来的。”

“哎，那倒也是啊。毕竟，这东西都是一样的。”

“您刚才说，您从这条路下来，发现那升和漏斗是在八点半左右，那么爬上这儿的时候又是几点左右？”

“这个嘛……”辰藏低头思考起来，“确切的时间我不记得了，大概是在七点到七点十五分之间吧，因为当时天色已经微暗了。”

跟东京相比，这一带的日落时间要晚半小时左右。白昼最长的时候，人们干完农活回到家，有时也会超过八点。由于现在已是八月中旬，白昼变短了，到七点的时候天色就已经微暗了。

“那么，您也是在这儿喝了水，当时还没有升和漏斗之类吧？”

“啊，这个刚才我不是说过了吗……啊！”不知忽然想起了什么，辰藏瞪大眼睛，条件反射般朝路的上方转过头去。

“辰藏，怎么了？”说话的是立花警部补。由于这边几个人的话听起来很有意思，他便从门板那边走了过来。

“是，啊，不，那个……”辰藏用吃惊的眼神慌慌张张地环视大家，“在离这潭不远的地方有个叫六道辻的十字路口……我爬上那边的时候，曾看到有个人慌慌张张地钻进了一旁的葡萄地……当时我没怎么注意，还以为是有人在葡萄地里落了东西呢，但现在想想，那家伙似乎带着样发光的东西，也就是说，好像是带着那玻璃漏斗般的东西……”

“那人是男的还是女的？”立花警部补立刻追问道。

“这个嘛……当时天色已经有点儿黑了，是男是女根本就……光凭那么个影子怎么能……”辰藏大概有点儿紧张，频频用手背擦额头的汗。

“辰藏先生，那个人所带的真的是玻璃漏斗一样的东西吗？”

“是……虽然当时我没有在意，但现在想想，恐怕就是那个……”辰藏又回忆起当时情形似的缩着肩膀，身体发抖。

“警部，既然这样，那就请辰藏先生带我们去那边看一下吧。”

“啊，是啊。辰藏，麻烦你领我们去一下吧。”

“没问题……”

立花警部补略微露出了不安的神色，大概是因为他对金田一耕助还不怎么了解。只见他懊恼地皱起眉，立刻从三人的背影上移开视线。

走了一会儿，路就偏离了瀑布潭，变成了比刚才陡的坡道。右侧坡下就是那宽阔的吃人塘，左侧则是成片的葡萄地，芳香怡人。

“对了，辰藏先生……”

“啊……”

“刚才敦子夫人的话，好像是说仁礼家家主嘉平似乎跟这起案子有瓜葛啊。”

“啧，荒唐……”

“她刚才说漏了嘴，说泰子碍了嘉平当家的的事。有这种事吗？”

农村与城市不同，在农村里秘密总是很难被守住的。敦子说漏嘴的时候，在场的大部分人似乎都明白个中含义，这当然也被金田一耕助看在了眼里。

“啊，那个，大概是因为歌名雄的事吧。”

“歌名雄，就是龟之汤的歌名雄吗？”

“啊，没错没错。就是刚才从瀑布潭里把泰子的尸体抱上来的那个年轻人……”

“歌名雄怎么了……”

“那个，事情是这样的。歌名雄很有抱负，又仪表堂堂，村里的姑娘都暗恋他。村里的姑娘中最出类拔萃的要数泰子，所以歌名雄也未必讨厌泰子。光是看看刚才的情况也不难看出来……”

“那么，敦子夫人打算把泰子嫁给歌名雄？”矶川警部皱起眉。

“没错，没错，听说这事跟龟之汤的老板娘基本谈妥了……”

“可是，这一带不是有种风气，瞧不起开澡堂的人吗？”

“啊，先生，那都是从前的事了……战后已经是完全注重人才，什么家世啦门第啦都不顶用了……并且，升匠也都失去了从前的势力，就连他们家的继承人敏郎——你刚才也看到了，也就是那么块料。”

“说得是，说得是。”金田一耕助随声附和，“您刚才说，跟龟之汤的老板娘基本谈妥了……”

“结果却被秤匠家的主人横插了一杠子。”

“横插了一杠子……”

“啊，是这样的，秤匠家有一个跟泰子同岁的漂亮女儿，名叫文子。秤匠家的主人就开始游说老板娘，让歌名雄娶自己的女儿。”

“所以龟之汤的老板娘就反悔了？”

“没，事情似乎还远没有发展到那一步，但老板娘开始动摇却是真的。这也难怪，谁让升匠家已经彻底衰败了呢，而秤匠家则是家大业大。”

既然如此，嘉平经常去龟之汤玩并让老板娘弹三味线，原来并不是为了自己的色欲，而是为了女儿的亲事啊。金田一耕助不禁为自己错误的猜测感到有点儿失望。

“啊，老爷，就是这里……”

辰藏停下来的地方是葡萄地之间的一条狭窄的十字路，往下一看，正好位于吃人塘的尽头。金田一耕助以前曾走过这条路，因为从这里往右一拐就能走到龟之汤的后门。但他不知道这十字路还有个名字叫六道辻。

“那人跑进了哪块葡萄地？”

“啊，就是那边……”

辰藏指着左边的葡萄地，地里的葡萄串已经长得很长了，满眼都是琥珀色的宝珠。如果是钻进那下面，的确很难看到身影。更何况是在七点多的昏暗中……

“那您觉得那人影是从哪个方向来的？”

“当然是从上面下来的……”

“能这么肯定吗？”

“你看，肯定是朝着下面走的。我听到脚步声往上一看时，就看见那个人影掠过，拿着个闪闪发光的东西，钻进了这葡萄地里。”

“这条路往左能到哪儿？”

“能到樱。”

“樱？”

“樱是村落的名字。那儿有个樱佛堂。对了，正好通过秤匠家后面。”辰藏突然兴奋起来，压低声音说道，“还有，这一带的葡萄地都是仁礼家的……”说着，他用胆怯的眼神打量着金田一耕助和矶川警部。

金田一耕助挠着鸟窝般蓬乱的头发，呆呆地望着左边的路，说道：“对了，葡萄酒工厂是在这上面吧？”

“是是，没错。从那边山丘的一角往左一拐，再下道坡就是了。”

“警部，既然如此，那就顺便让我去看看那工厂吧。”

无声电影解说员青柳史郎

从六道辻往上爬五十米，再从小丘往左拐，来到小丘正下方的峡谷，秤匠葡萄酒酿造厂就建在这里。建筑物比简易工棚强不了多少，但电似乎是通上了，因为到处都竖着电线杆。其中有一根严重歪斜，看来是上次的大雷雨引起的山体滑坡造成的。

虽说是峡谷，但感觉上却像是从吃人塘那边直接登上来的一样。

驻足于此地，正可俯瞰散落的鬼首村，反倒是这边更接近村子的中心。

辰藏从陡坡前头跑了下来，说道："你看，左边那个就是樱佛堂，看见那旁边有个更大的房子了吧？那就是仁礼家，这一带差不多都是仁礼家的山。"

樱佛堂位于村落的最里面，二十来级石阶上面静静地坐落着佛堂和貌似看庙人住处的小巧房屋，屋顶隐没在两三株大米槠树的树叶下面。在与佛堂的院内相同高度的地方露出一个又大又复杂的屋顶斜面，不用说那就是仁礼家的屋顶了。果然是相当气派，附近根本找不到可与之匹敌的房屋。

"从这里看不到由良家吗？"金田一耕助问。

"啊，由良家在那边。对面有个稍大点的蓄水池，看见了没有？那蓄水池左边就是阵屋遗址，看见学校了吧？由良家在学校的那一头，所以从这里看不到。"

"这么说，那一头就是村子的中心？"

从那边到这里的直线距离大概有一千六百米。

"没错，没错。毕竟，升匠比秤匠古老得多。我们小的时候，秤匠家的房子也跟我们的一样小。只是到了他们上一辈的仁平和现在的当家的，接连出了两代能人后，才创下了这么大的家业。"

"顺便问一下，放庵先生原来的家是在哪边？"

"啊，若说村长原来的家啊，那位老爷是知道的，就是现在的村公所。瞧，在学校的左边。"

"啊，是吗？那就是说，昭和七年的案子发生时房子已经没有踪迹了？"

“是的，没错没错。那是什么时候的事来着，村长先生越来越撑不下去，干脆把房子卖掉的时候是……”说着，辰藏竟问起矶川警部来。

“好像是‘二二六’兵变那一年，是昭和十一年吧。”

“啊，没错没错。是卢沟桥事件发生前一年。”

“所以，村长先生立刻搬到了现在的家？”

“啊，并不是这样的，他把当时的一小栋房子挪到那蓄水池旁边，又立了起来，一直在那儿住到战后。当时还跟他第八个妻子阿冬在一起呢，可去年连阿冬都逃走了，没办法，他只好又搬到了现在的房子，那原本是尼姑的住处。再也没有比他更惨的了。”辰藏略带感慨地说道，矶川警部也像纸老虎玩具一样默默地摇着头。

“最后还有一个问题，辰藏先生，您家是在哪边？请告诉我们一下。”

“什么，我家？我家可就太小了。”

“可是，据说您的外甥女不是已经建了豪宅了吗？”话一出口，金田一耕助就意识到自己说错了，连忙改口道，“啊，恕我失礼了，是您的妹妹。”

辰藏对此似乎并不在意。“没什么，那是千惠子为她外公外婆盖的，跟我们一点儿关系都没有。”辰藏不屑地说完，又说道，“先不说这些了，老爷，还是先看看工厂吧。”

听到他略微生气的语气，金田一耕助不禁跟矶川警部交换了一下眼色。看来，辰藏对这外甥女似乎怀着一种自卑感。

工厂里空荡荡的，一个人影都没有。厂房中央安放着一口巨大的蒸馏锅似的东西，里面探出好几根像露兜树一样的管子，伸向四面八方。对面的角落里下料用的巨大的桶滚落在地，桶的容量难以确定，这边角落里则是啤酒桶一样的木桶，被堆成了三角形。墙壁那边还有几千个空瓶，也堆成了若干个三角形。整个工厂内弥漫着刺鼻的强烈酸味。

辰藏离开了一会儿，用托盘捧来了三个酒杯。他把酒桶的开关一拧，浓艳的紫红色液体顿时哗啦哗啦地流了出来。辰藏接满三杯，说道："怎么样，老爷，金田一先生，不喝两口尝尝？"

金田一耕助和矶川警部毫不客气地接过，刚尝了一口，顿时就皱起眉头，放下了杯子。

"哈哈，现在这年头肯喝这种玩意儿的，恐怕也只有像我这样的人了吧？就这样我还常喝醉呢。"就连辰藏似乎也不敢一饮而尽，只是一点点地舔着杯沿而已。

"现在工厂停产了吗？"

"是啊是啊，差不多是'开门歇业'吧。虽然从今年秋天起打算再开张，可就这样等下去也不是个事，所以这次要来真格的，想造些真正的葡萄酒试试，眼下正跟甲州来的工程师交涉呢。毕竟嘉平当家的年事已高，而继承家业的直平又不成器。"

说着，辰藏终于喝完了一杯，接着又端起矶川警部刚才放下的杯子。

"要是这样就好了，可他妈的，春江那家伙却是一点儿亏都不肯吃。"

由于话题跳跃性太大，金田一耕助不禁笑了，问："辰藏先生，什、什么意思？"

"没什么，我原本打算让千惠子出点钱，我也做一个共同出资人，可谁知那混账女人的钱包捂得很紧，还张嘴闭嘴就扯些税金如何如何之类，盖那无聊的破房子却不心疼，真他妈不要脸。”

“哈哈，”金田一耕助不禁笑了起来，“辰藏先生，没想到您也是个野心家嘛。”

“那当然，金田一先生。”说着，辰藏拿起金田一耕助的杯子，“哪个人没有野心？最重要的是，什么魅力女孩之类，这种情况注定不会长久，所以还不赶紧趁着现在做点投资，哪怕只是一点点也没关系。我苦口婆心地劝，可那混账……肯定是让那个小白脸彻底拉拢过去了。”

“什么小白脸？”

“就是日下部是哉，好像是千惠子的经纪人。”

“啊，那个人啊。据说是发掘出由加里的……”

“什么发掘啊培养啊我管不着，反正那娘俩都让他笼络了。只听说是从中国东北地区回来的，也不知是什么来头……”

“从中国东北地区回来的……”矶川警部追问道，“喂，那个男人多大年龄了？”

“这个嘛，至少得五十吧，五十二三到五十五六岁。听说是个风流男人，长得不错，春江那家伙肯定是让他弄昏了头。”

“在中国东北地区做什么？”尽管是若无其事地询问，矶川警部的声音还是像卡在喉咙深处一样。

“听说是在一家名叫满映的电影公司。至于在电影公司里干什么，这我倒是没具体问过，听说在当地是一个活跃分子，相当有市场。”

矶川警部不禁用锐利的目光朝金田一耕助一瞥。这位警部一直抱着一个巨大的疑问。

昭和七年的秋天，在放庵的偏房里被杀的真的是龟之汤的次子源治郎吗？不不，那个连面目都很难辨别的被害者会不会不是源治郎，反倒是一直被视为加害者的骗子恩田几三呢？真正的凶手会不会就是青池源治郎呢？会不会是源治郎杀死了骗子后，拐走骗子的钱逃之夭夭了？而龟之汤一族明知这一点，为了庇护源治郎，就坚称那具尸体就是源治郎……

这就是二十多年间一直困扰矶川警部的一个疑问。如果真是这样，那么源治郎迟早还会返回这村子，他早晚还会以某种形式回来。这就是矶川警部一直怀着的唯一希望。

现在刚好有一个来路不明的男人来到了这个村子，而且据说也是五十岁左右。青池源治郎在昭和七年是二十八岁，如果现在还活着，应该五十一岁了。而当时就有传言说凶手很可能飞到了中国东北地区，现在此人也是从那里撤回来的。而且……而且……

"辰藏，"矶川警部抑制住兴奋的心情，说道，"昭和七年龟之汤的源治郎被杀那件事你还记得吗？"

"啊，那件事啊，老爷，我当然记得。要没那小子，千惠子还生不下来呢，啊哈哈。"

辰藏后来又主动扭了好多次啤酒桶开关，喝了不少酸酒，他已经相当醉了，红色的鼻头充血越发严重。

"先不说这个了。老爷，都说这次的案子很有可能是昭和七年那案子的后续，这是真的吗？"

"谁这么说？"

"啊，是秤匠家的主人啊，在赶往瀑布潭的路上，还一直跟本多医生说这件事呢。"

“原来如此。”矶川警部又斜看了金田一耕助一眼，然后说，“对了，辰藏，你当时多大年纪？”

“那是征兵检查的第二年，好像是二十二岁。”

“那么，你还记得青池源治郎吗？”

“哎？”辰藏现出莫名其妙的神色，打量着矶川警部的脸，说道，“老爷，源治郎跟我正好差六岁啊，我上小学那一年他正好小学毕业，然后他立刻就去了神户，我几乎不记得了。”

“回到这儿之后呢……”

“啊，这个嘛，老爷您也知道，他回来后不到一个月就发生了那案子，毕竟我家和龟之汤都在村子边上，连个照面都不曾碰过。就连他带着老板娘和孩子回来的事情我都是听别人说的。”

“那个青池源治郎……”这时，金田一耕助从一旁插进一句，“在返回这儿之前，在神户是干什么的？”

“啊，”矶川警部似乎吓了一跳，说道，“金田一先生，这件事我没跟你说过吗？”

“没有啊，您只说他在神户大阪什么都干过……”

“啊，你看我，你看我……辰藏，你肯定是听说过吧。源治郎在城市里干什么？”

“呃，这个倒是听说过。好像是在神户做无声电影解说员，后来被有声电影逼得失业了……”

“无声电影解说员……”金田一耕助不禁瞪大了眼睛。

在有声电影的冲击下，大量电影解说员和乐师从全国各大电影院陆续失业，正好是在这个时期。

“啊，没错没错，名字我倒是忘了，好像是个大众情人般的名字，据说很受女人们青睐。”

“是叫青柳史郎吧，听说在神户的新城也一度是红极一时的解说员。”

“对对，青柳史郎，青柳史郎，想起来了，我想起来了。”酩酊大醉的辰藏即使对这不值一提的事都很得意。

原来如此，怪不得，金田一耕助点点头。

他终于明白矶川警部兴奋的原因了。青池源治郎是无声电影解说员，是一个跟电影有关系的人。现在来到这村子的来历不明的日下部是哉是从中国东北地区来的，而且也跟电影有关。因此，在警部的大脑里，日下部是哉和青池源治郎很有可能就重合到一起了。可如果是这样，那不是很奇怪吗？

如果说警部的怀疑是正确的，青池源治郎杀死了骗子恩田几三潜逃了。如今他返回村子，却要跟自己杀死的男人的情妇和女儿待在一起，这是不是有些太离奇呢？就算春江并不认识源治郎，不，不，就连辰藏都不认识源治郎，所以他的妹妹春江当然也不认识源治郎。可即便如此，源治郎邂逅春江——不只是邂逅，他还把春江和恩田所生的女儿培养成了当代明星，这故事也未免太巧合了吧……

“对了，辰藏先生……”

“啊，啊……”辰藏又扭开酒桶的开关，用酒杯接满紫红色的液体。听到金田一耕助的招呼后，他一手端着一只杯子，摇摇晃晃地走了过来。此时他已经是东倒西歪了。

“您见过恩田几三吗？”

“他啊，经常见……那家伙嘴挺甜，就连我老爹都上了他花言巧语的当。所以，得知上当的时候，我也跟在老爷子屁股后面到升匠那里去大吵大闹。当时由良家的老爷不知都慌成什么样了，脸色跟刚才见过的敏郎一模一样，青肿的脸上越发没了血色……”大概是对酸酒失去知觉了吧，辰藏一面咕嘟咕嘟地喝着浓艳的紫红色液体，一面说着，“尽管如此，金田一先生，警部，这尘世还真是奇怪。得知春江那丫头怀上了那杀人凶手的种的时候，老爷子气得火冒三丈，我老娘也哭得死去活来，可没想到现在竟托那个私生女的福，尽享清福了。这因果报应的神奇故事就此结束。”

不愧是喜剧演员五郎的老爸。只见辰藏两手端着杯子，模仿着电影解说员的语气解说完一番之后，两手交替将杯里的酒一饮而尽。这还算好，可接下来，就在鞠躬的一瞬间，他一下失去了平衡，竟咕咚一声摔了个屁股蹲儿，干脆直接呼呼大睡起来。

金田一耕助和矶川警部又在工厂内转了一圈，发现旁边附属仓库的架子上也摆满了跟刚才看见的升和漏斗一模一样的东西。而且，那仓库一旁的窗玻璃还被人打碎了一块，里面的窗钩也被拨开了。

如此一来，谁都能轻易拿到升和漏斗的事实得到了确认。可问题是，凶手为什么非要执着于这升和漏斗不可呢？

金田一耕助和矶川警部撇下辰藏离开工厂后，再次俯瞰樱村。果然，虽然从这里看不到，可围绕着山崖凸出部分的电线杆严重倾斜，大概是因为那里山体滑坡吧。

因此，昨晚在这里喝酒的辰藏折回吃人塘的行为就完全在情理之中了。可既然这样，他为什么不走那条从六道辻通往樱佛堂后面的间道呢？那条间道虽然隐没在米槠树的叶子下面，但看上去似乎更近一些。

不久，金田一耕助和矶川警部回到凳子瀑布，发现仍有十五六个村民在那里吵吵嚷嚷。尸体早已经不在，立花警部补也不见人影。

又过了半小时，二人返回龟之汤，发现立花警部补在被当作搜查本部的共同宿舍娱乐室里，正要讯问里子和女佣阿干。

红痣姑娘

“啊，警部，您回来得正好。我正想让这两个人把昨晚的情况再详细说一遍呢，您也过来吧。”立花警部补一嘴方言地邀请道。

“啊，是吗？那，金田一先生，你也过来听听吧。”

矶川警部来这个村子是想利用休假单纯地疗养一下，可既然发生了这样的案子，县警本部势必也要派人查办。矶川警部决心亲自担任这一角色。事实上，他当天也跟冈山县警本部打电话商量过，开始正式负责本案。

如果用剧本舞台提示的方式写起来，讯问现场的情形是这样的：

时间　昭和三十年八月十四日上午十时。

地点　龟之汤共同宿舍娱乐室。十二叠铺木地板的房间里摆着粗陋的桌椅。朝阳斜射进来。

人物　里子（二十三岁）、阿干（二十八岁）

立花警部补、矶川警部、金田一耕助。

另外还有两名刑警，一人做记录。

在讯问之前，金田一耕助第一次正视了名叫里子的姑娘，就在看到那张脸的一瞬间，由于太过凄惨，他不由得别过脸去。

从五官长相来说，里子的确是个相当美丽的女子。如果跟正常人一样，她的容貌肯定不输泰子和文子，也一定会让村里的年轻人热血沸腾。可是造化弄人，里子那五官端正的脸上却像地图一样，竟有一半覆盖着惨不忍睹的红痣。这红痣不光是脸上有，似乎从脖子一直蔓延到了全身，甚至连从浴衣的袖口里露出来的左右手背上也都被这刺眼的地图着了色。

她本是一个肌肤白嫩的姑娘，可正因为肤白，红痣越发凸显出来。正由于她还是个年轻姑娘，这才更令人切身感受到这种残忍和悲哀，不忍正视。

在这个地方有一个传说，如果怀孕中的女子看到了过强的火气，比如火灾之类，那她所生的孩子就会长红痣。里子的母亲里佳在怀里子期间，恰恰看到了头探进地炉里死去的丈夫那被烧得面目全非的脸。

村里人都说，肯定就是当时那强烈的冲击对胎儿产生了影响，于是就变成了里子身上的红痣。

里子对此深感耻辱，她平时都躲在仓库里，若是情非得已、非要抛头露面的时候，她就用自己做的头巾把脸捂起来。即使在夏天，她也不忘戴手套。

可是，今天早晨里子却把头巾和手套全都扔掉了，主动把红痣暴露了出来。恐怕，她是试图向把自己逼入困境的残酷命运发起悲怆的反抗吧。她毫不回避、恬然接受立花警部补的视线，这其中透出的坚强正说明了这一点。

“里子，你不用担心，只要照实回答主任的问题就行了。”矶川警部安慰道。

“是，谢谢。我知道了。”

里子朝警部行了一礼，又朝立花警部补转过身来，似乎是在向对方展示她已做好了准备，随时都能回答。

“啊，是吗？那就……”如此一来，警部补反倒是感到晃眼般连连眨着眼睛，“首先请说一下，你们昨晚是什么时候离开这里的？”

“我想是快八点的时候。对吧，阿干？”

“是、是的……”阿干似乎比里子害怕得多，结结巴巴的，“我们是在给这位客人撤下剩饭、收拾好后走的，大概是八点差十分或是差十五分吧……”

金田一耕助和矶川警部离开这里的时候是八点零五分左右，当时送他们到大门口的只有里佳一人。

立花警部补再次朝里子转过身来。“那么，你们碰到泰子和那个奇怪的老太婆是在哪边……”

“是在樱佛堂对面不远处。就在阿平家竹林的旁边。”

“你能不能把当时的具体情形说一说？”

“好的……”尽管浑身发抖，里子还是没有回避警部补的视线，“我们刚走到阿平家竹林的旁边，就发现有人从对面走了过来，于是我就和阿干躲进了竹林里。结果……”

“啊，请稍等。你们为什么要往竹林里躲？”

“啊，这个……因为我不大想见人。”里子并不打怵，依然正视着警部补的脸。这反倒令立花警部补有些畏缩。

“啊，是吗，那然后呢……你和阿干藏到竹林里之后……”

“泰子和那个奇怪老太婆就急匆匆地过去了。”

"从哪儿往哪儿……"

"啊……是从阵屋旧址那边走过来，朝樱佛堂那边走去。"

"当时，你有没有看到那奇怪老太婆的脸？"

"没有，那老婆婆腰弯得像弓一样，头上捂着手巾。"

"阿干，那你呢？有没有看到那奇怪老太婆的脸？"

"没有，我也跟里子一样。"阿干并没多说，只是对里子的陈述表示赞同。

"对了，当时泰子的神情如何？有没有吓得浑身发抖之类？"

"没有，一点儿也没有害怕的样子。反倒像是泰子在催促着老婆婆……对了对了，她们好像还提到了村长的事情。"

"村长的事情……"

一时间，立花警部补就不必说了，就连金田一耕助和矶川警部也都不由得紧张起来。在一旁记录的刑警也是一愣，不由得抬头看看里子。

"村长的事情，什么事情？"

"那个，具体情况听不清楚，我只记得泰子当时说村长如何如何之类。"

大家又神情紧张地面面相觑，矶川警部也从一旁探过身子。

"阿干，那你呢？你有没有听到泰子说村长什么？"

"啊，那个……"阿干非常紧张，战战兢兢地环视着大家同样紧张的脸，说道，"如此说来，好像是这样的。当时泰子说，村长在哪儿等着……好像就是这种话。"

"阿干！"从一旁插嘴的立花警部补语气虽说是挺正常，可听起来还是很粗暴，"自从那个奇怪老太婆来到村长的住处后，村长就失踪了，你难道没听说这件事吗？”

“啊，抱歉，听是听说了，可我没想到就是那个老婆婆……”

阿干耸着肩膀垂着头，脸像着了火一样通红。此时如果有人再推一把，她肯定就会哭起来。

立花警部补懊恼地盯着阿干的侧脸，可是，如果因此责备阿干那也太残酷了。

恐怕当时阿干就是想尽早赶到阵屋旧址，迫不及待地想看看连阿歌都为之着迷的可恨的魅力女孩大空由加里究竟是什么样的女人吧。尤其是里子在路上每遇到人都要躲藏，阿干肯定会越发焦虑。就算是把村长和奇怪老太婆的传言之类全抛到了脑后，这也情有可原。若是因此就谴责她，她也实在是太可怜了。

“里子，那你呢？刚才所说的那事你知道吗？”为了缓和稍显紧张的气氛，矶川警部问道。

“没有，警部，在事后听哥哥说起这件事之前，我一点儿都不知道。但我还是吓了一跳……我要是知道这事，就不会让泰子跟去了……一想到这些，我就觉得对不住哥哥……”说着，里子又猛地颤抖了一下，长长的睫毛被眼泪濡湿了。

“里子，你所说的对不起哥哥是什么意思？”一旁的金田一耕助问道。

里子朝他瞥了一眼，立刻又垂下了长长的睫毛。“因为哥哥喜欢泰子，泰子也喜欢哥哥，泰子家的阿姨也说过希望哥哥能娶她。并且……并且……”

“并且……”

“我妈也很高兴，说泰子肯定能成为一个好媳妇，可没想到竟发生了这种事情……”里子似乎终于忍不住了，不禁用浴衣的袖子擦拭着眼睛啜泣起来。

于是，阿干仿佛也受到感染一般，连连说全都是自己的错，要不是自己粗心大意就不会出这种事了……她把所有责任都揽到身上，最后还哇哇大哭起来。讯问只好暂时中止。

立花警部补极不痛快，但他大概明白当一个年轻女孩哭泣的时候，唯一的办法只能是等待落潮吧，因此只好怃然等待。

不久，等两人停止哭泣后，金田一耕助又开口问了起来："对了，阿干，你们碰到泰子和那奇怪的老太婆，究竟是几点左右的事情？"

"几点……"阿干仍在抽泣，"我们径直去了阵屋旧址，可还不到五分钟就被歌名雄等人发现了……"

两人被歌名雄等人发现并被一通闹腾是九点十五分左右的事。如果是五分钟之前就到了，那就应该是在九点十分左右。即使两人离开龟之汤是八点差十分，到阵屋旧址也还是花掉了一小时二十分钟。就算是女人脚小走得慢些，花费的时间似乎还是多了些，但如果是因为里子讨厌遇到人而不时躲藏，或许就情有可原了。

金田一耕助和矶川警部比两人晚十五分钟乃至二十分钟才离开龟之汤，半路上并未遇到泰子和那可疑的老太婆，可见老太婆恐怕是从樱佛堂内侧的间道经过六道辻把泰子带到瀑布潭的。

由于赶到阵屋旧址的时间已缩小到了五分钟之差，金田一耕助和矶川警部若再加快一点儿脚步，或许就会碰上泰子和老太婆了。也就是说，老太婆把泰子带入间道跟金田一耕助和矶川警部走到樱村，这两者只有瞬间之差。

一想到这些，金田一耕助便不由得战栗不已，浑身起了一层鸡皮疙瘩。

“那，里子，是不是可以这样认为，那个奇怪的老太婆是受村长之托来迎泰子的？”

“是的，我当时想肯定就是这样。”里子擦完眼泪，又回想起当时情形似的猛地打了个寒战。

“阿干，那你呢？”

“是，我也是……”阿干像蚊子哼哼似的回答道，垂头丧气地垂着肩膀。因为刚刚放声痛哭过，抽泣的余波仍在继续。

大家不禁面面相觑。

放庵究竟是活着还是死了——金田一耕助前天提出的疑问突然间变成了一个重大问题摆到了大家面前。一种脖颈像被一只冰冷的手抚摩般的恐惧向大家紧逼而来。

“畜生！”立花警部补愤怒地咂了咂舌之后，又慌忙安慰起里子和阿干，“不，不，我说的不是你们。”

接着他又严厉询问二人是否还注意到其他情况，结果再无所获。

让两人离开之后，立花警部补挑衅般把眼神投向金田一耕助：“金田一先生，这到底是一起怎样的案件？我怎么一点儿都看不明白啊。”

“啊，我也同样是一头雾水啊。看来只有靠耐心调查了。”

“耐心调查，那到底该从哪里着手好呢？弄得我连这个都搞不清了。”

“所以，还是得查清放庵先生的去向才行。不管他是生是死……”金田一耕助的声音十分低沉。

矶川警部又把在秤匠葡萄酒酿造厂里有关升和漏斗的发现讲给立花警部补听。立花警部补越发迷惘起来。

“警部，这到底是怎么回事？凶手事先在瀑布潭那里准备好了升和漏斗，辰藏又毫不知情地带了回去，结果凶手再次去工厂拿了升和漏斗……是这样吗，金田一先生？”

“如果说辰藏先生昨晚带回去的升和漏斗仍原封不动地放在厨房里，那应该就是这样。”

“可是，金田一先生，凶手究竟为什么要做这种傻事？”

“算了算了，立花，你就是发火也没用。就算是金田一先生，也不是任何事情都能看透的。我看你还是先派个人去辰藏家确认一下那升和漏斗吧……”

听到警部的忠告，一名刑警立刻冲了出去。顺便说一下结果，辰藏带回去的升和漏斗仍好端端地放在厨房的架子上。事后想想，这件事竟是凶手犯下的一个致命错误。

就在刑警跑出去的同时，阿干却又探头过来。“那个……警部，金田一先生。”

“啊，阿干，有事吗？”

“老板娘担心你们还没吃早饭呢，是我带到这儿来，还是你们回房间吃……”

想来，两人还真是没吃早饭。看看表已经是十点半了。金田一耕助也忽然觉得肚子咕咕叫起来。

“警部，那就回房间慢慢吃吧。但吃饭之前我想先慢慢地洗个澡……”

“好，那就这样。早饭午饭凑一顿吃吧。”

“好的。洗澡水准备好之后我再来叫您。”

阿干刚退下，本多医生就骑自行车来了。

“立花先生，我把尸检报告带来了。具体情况还要等解剖，但我老爹说差不多这样就可以了。”

“啊，这么快就查出来了，非常感谢。”立花警部补把目光落到尸检报告上，“果然是被勒死的，用绳状物勒死……尸检时间是十四日上午九点，如果死亡时间推定为死后大约十二小时，遇害时间就是昨晚九点前后了。”

“我想大致不会有错。但为谨慎起见，我也请我老爹到场了。对了，要解剖吗？”

“嗯，要现场解剖。刚才也已经跟县警本部打过招呼了，医大的绪方医生正火速赶来。对了对了，差点忘了告诉警部呢……”

“啊，你安排得还真够快的。对了，本多医生，你父亲还好吧？”

“啊，硬朗着呢。我把矶川警部来了的事跟他一说，没想到他非常怀念，说是务必要见一面。”

“啊，那是当然……昭和七年那起案子，尸检报告就是请你父亲写的呢……”

“是啊是啊，那还是这个村子头一次写尸检报告呢。”

“是啊。”

金田一耕助饶有兴趣地听着两人的对话，这时，阿干前来报告说洗澡水已准备好。

可恨的《摩洛哥》

当金田一耕助和矶川警部洗完澡出来，再坐到摆着早饭兼午饭的桌前时，已经是十一点了。

饭桌上有朴蕈酱汤、盐烤香鱼、干烧蕨菜油炸豆腐和生鸡蛋一个，菜式简单，酱汤却鲜美无比。

侍者的工作由阿干负责。她刚撤下饭桌，老板娘里佳就端着盛着水蜜桃的盘子出现在眼前。

“昨晚辛苦了。肯定是累坏了吧。”

她化着淡妆，服装也很正式，脸色却比平常差了些。

“啊，老板娘，又出了这种大事。你现在要去吊唁吗？”

“是的，刚才已经去打了个照面，现在要再次……”

“歌名雄呢……”金田一耕助问道。

“啊，歌名雄到那边去后就没回来过。”里佳有点儿鼻塞地说道。

“对对，歌名雄和泰子都定亲了，是吧？”

“啊，虽然还没有完全定下来……”

“由良家那边也很主动？”

“啊，战后已经是婚姻自主了，连由良家的夫人都这么说呢……”

“歌名雄也很高兴，对吧？”

“是的……所以他情绪好像十分低落，真是可怜。”说着，里佳用手帕擦拭起眼睛。

“毕竟出了这么大的事……关于这些，敦子夫人刚才在瀑布潭前对仁礼当家的严厉指责，老板娘听说了吗？”

“这件事好像已经在全村传遍了……这恐怕是夫人多虑吧。就算再怎么样，仁礼当家的也不可能干那种残忍的事……”

“啊，我也是这么认为，不过，倒也不能全当作耳旁风。于是我就向很多村民打听了一下，你猜结果怎么样，说是仁礼家也希望歌名雄能娶文子呢。”

“哦……”里佳缩缩肩膀，有气无力地应道。

“所以结果到底是什么？你也别怪我们寻根问底，既然有这种嫌疑，那我们就必须弄清楚。”

“先生，说起来实在是丢人啊。”

“丢人……”

“是啊，作为母亲我很犹豫。泰子和文子，两个姑娘样貌不相上下。既然这样，作为一个母亲，那自然就考虑靠山问题了，还不都是为了孩子的将来嘛。”

“那是当然，那你更倾向哪一家？”

“啊，是由良家……当婚事谈到十之八九的时候，半路却突然杀出仁礼当家的来……”

“所以你就动摇了？”

“是的，这当然是一个原因。但是，先生，除此之外还有一个理由。”

“还有一个理由……”

“先生，您也都看到了，里子那个样子，就算是父母再怎么不愿承认，她也无法嫁人啊。这是我的一块心病。仁礼当家的说，如果我家肯娶文子，那里子自然也就是他贤婿的妹妹了，跟自家的女儿没什么两样，所以他绝不会撒手不管，一定会给她找一户好人家。因此，我就犹豫起来。若是仁礼当家的，像这样的约定他肯定会遵守。而与此相比，由良家那边似乎很难顾及里子。”

听了里佳的一番哭诉，金田一耕助不禁也感同身受。矶川警部也像纸老虎玩具一样，不断地点头，听得入神。

“还有，歌名雄也是个顾念妹妹的人，所以我一直在犹豫，不知道如果把人家连里子的婚事都帮忙的情况跟他说了后，他会不会答应。”

“仁礼家附带这条件的事，你还没有跟歌名雄挑明？”

“是啊，如果说得太直白，似乎也对不起里子啊。毕竟里子也爱惜颜面。”里佳叹息着，还不时地抽着鼻子，“无论如何都是我不好，是我态度暧昧不够坚决。可就算是这样，仁礼当家的也不会做出那种荒唐事。”

“那倒也是。像仁礼当家的那样的人，你内心的动摇肯定也瞒不过他的眼睛。”

“仁礼当家的也不可能拿升和漏斗在尸体上做那种恶作剧。”金田一耕助从一旁若无其事地插上一句。

里佳也忽然想起来似的说道：“对对，金田一先生，那到底是什么诅咒啊？今天早晨歌名雄还告诉我，说您不知遇到过多少奇案呢，您以前听说过这种事吗？”

“没有没有，我也是头一次听说。那……这地方很久以前有没有类似的传说呢……”

“这……我是外乡人，这就不太清楚了，若是这种事，村长倒是行家……”说到这里，里佳忽然露出害怕的神色，“对了对了，我刚才听阿干说，把泰子带走的那个老太婆是给村长跑腿的……”

“啊，这个还不清楚。老板娘，你是怎么想的？村长究竟是生还是死……”

里佳露出惊讶的神色，望着矶川警部和金田一耕助。不久，她忽然想起什么似的肩膀一哆嗦。

“这个，就算是问我也没用，连你们都弄不懂的事情，像我这样的人又怎么会明白。只不过……”

“只不过……”矶川警部追问了一句。

“啊……”里佳不知该不该说，犹豫了一会儿后才说道，“像这种事，即使村长还活着，恐怕类似的传说都是不该说的……总之，我总觉得村长这个人有些可怕。”

“有些可怕？什么意思……”

“我也不知道该怎么说好……我绝对不是说他这个人坏。只是，正因为他一直是个抛弃俗世、冷眼看世界的人，自然就会有瞧不起人的倾向。或者说，他什么事都会藏在肚子里。即使那些平常人根本不往心里去的事情，他也会埋在心底，发出莫名其妙的冷笑……也就是说，他虽然并不是阴险之人，却总是心怀叵测。即使昭和七年的案子也……”

“唔，昭和七年的案子？”

“是的……那件事金田一先生也知道了吧？”

“听说过大概……”

“那个……当时，我也是刚刚接触他，所以对他的具体为人也不十分了解。他对那个案子……更准确说是他对恩田几三这个人，会不会更熟悉更了解呢？越到后来，我这种怀疑就越强烈。”

“比如说在哪些事上……”

“这个嘛，像我这样脑子不好的人早就不记得了。只有一次，我记得村长曾笑着说过这样一句话——对了对了，好像同样也是在谈恩田几三的时候说的。他说，就算是现在在村子里有头有脸的人物，只要他说漏一句，就会让那人声名扫地，在村子里待不下去……”

“村长没说是男的还是女的？”

“没有，这事我当时也问了，但具体情况他没说。”

“老板娘，这是什么时候的事？”

“是他到这边来……也就是迁居到现在住的地方之后的事了。自从他搬到这边来后，就经常到我这里洗澡，交谈才多了起来。以前虽然也是同一个村子的，可我们毕竟隔了将近四公里，很少能碰到面。”

“村长是什么时候搬到现在的地方的？”

“我记得是去年五月底。当时还没进入梅雨期呢。”

“听说那儿原本是尼姑所住的地方，是吗？”

“是的，那尼姑在昭和二十三年前后去世，房子就腐朽破落了，于是，村长就自己……更准确说，是在我家歌名雄的帮助下将房子清理干净，搬了进去。而在此之前，他刚刚跟那个名叫阿冬的妻子分手，所以就更加玩世不恭了。对了对了，他说他一旦说漏了嘴，村里就会有人待不下去的时候……”

“唔，怎么……”

“当时，他还说了一件非常可怕的事。”

“非常可怕？什么事？”

“他说，说不定他马上就会把一切公开，让整个村子闹翻天。当时他的脸色特别吓人，我至今都还记着呢。”

“那他没说内容是什么吗？”

“没有。但他说，跟恩田几三杀死我丈夫的事情无关。”

关于昭和七年的案子，村长肯定知道更多的秘密，这一点井筒的老板娘也曾说过。到底是什么秘密呢？金田一耕助和矶川警部各自陷入了沉思。

沉寂的气氛悄然蔓延开来。不知想起了什么，金田一耕助突然微笑着说道："这个问题先放一放。老板娘，我直到今天才知道，据说您故去的丈夫从事的是有点儿特别的职业？"

"咦？啊……"大概是猝不及防吧，里佳突然脸色通红。

矶川警部连忙打圆场道："啊，事实上，金田一先生是刚才才知道你丈夫做无声电影解说员的事。"

"啊……"

里佳分明不想触及这个话题，可金田一耕助毫不理会，依然笑眯眯地说道："不，老板娘，刚才听警部一说，我忽然就想了起来。昭和七年，我正好二十岁，前一年中学毕业后我就上东京读了所私立大学，正在神田的租住公寓里瞎晃。大概就是在那时候吧，有声电影逐渐流行起来，做电影解说员的人接连失业……"

金田一耕助说得太有兴致，里佳大概也被感染了，说道："那金田一先生大概也会记得吧？那部名叫《摩洛哥》的电影……"

"啊，啊，当然记得。就是由斯登堡导演、加里·库珀和黛德丽主演的那部……"

"是的，那部电影昭和六年在神户首映，看到那部电影时，我丈夫和我都觉得这下彻底完了。"

"毕竟是有声电影初期的名作。"

"是名作不假，但派拉蒙却第一次在这部电影里做了叠印字幕。以前虽说也有有声电影，可声音都弄得很小，还是由解说员来解说的。《摩洛哥》获得了巨大成功。派拉蒙就不用说了，其他电影公司也都纷纷效仿制作字幕，于是电影解说员这个职业就被完全淘汰了。”

“这么说来，老板娘对《摩洛哥》是恨之入骨了？”

“没错，真的是恨之入骨。后来，斯登堡在战后也来到了日本，以安纳塔汉岛为背景拍了一部古怪的电影，但一点儿反响都没有。当时读完报纸后，我觉得真解恨，心里畅快极了。”

“哈哈，看来老板娘还真是个斗士啊。”

“先生见笑了，可我当时的痛苦和悲伤又有谁能知道。歌名雄出生那一年，我那口子终于升任了主任解说员，可高兴劲儿都还没过去呢，有声电影就汹涌而来。若是没有有声电影，我们就不会重返这乡下了，若是不回乡下，他也不会遭此横死。想来都是那有声电影害了我们。”

看到里佳眼含热泪，金田一耕助也不禁深受触动。

“啊，实在是失礼了。那么，您丈夫打算在这边干什么呢，是种葡萄还是……”

“不是，那个……虽然我丈夫也出生在这农村，却不是靠干农活来吃饭的，所以那些农活他做不来。事实上，他回来是商量要把我托付到这里。”

“把你托付到这里？里佳夫人，源治郎先生究竟想干什么？”

看来这话矶川警部也是头一次听到，他不禁惊讶地重新打量着里佳。

“是啊……”大概是回忆起当时的情景了吧，里佳越发眼泪汪汪，“那死鬼，他打算去中国东北地区呢。”

“去中国东北地区……”矶川警部飞快地朝金田一耕助瞥了一眼，说道，“老板娘，你当时似乎并没有说起过这件事啊……”

“是吗？那一定是老爷您没有问了，毕竟这件事又不是见不得人。”

“啊，那倒是，那然后……”

金田一耕助用眼神制止了矶川警部，催促里佳继续往下说。

“可是，当时我已经怀孕了，源治郎就说他先去中国东北地区，等安顿好之后再把我叫去。为了安顿我，他把我带到了这里。虽说是丈夫出生的老家，我却是第一次来这里，非常不适应。”

“啊，当时你是第一次来这个地方吗？”

“是的……虽然如此，我们是自由结婚，我早就听说这边古板的公婆很是生气。”

“请恕我冒犯，您和您丈夫结婚的时候，您是做什么的？”

里佳沉默了一会儿，凝视着金田一耕助，说道：“是跑曲艺场的。”

“曲艺场……”

“是的，我不知道在关东叫什么，但这边都叫‘女道乐’。就是有五六个年轻的姑娘一起上场，一面弹三味线，一面轮番唱博多小调之类的民谣。我从十六岁高中二年级毕业那年起，就从事这种营生了。”

里佳注视着金田一耕助的眼里已没了泪水，眼神中却透着无比的哀愁。金田一耕助不禁又被打动了。

“毕竟我是这样的女人，公婆不满意也是情有可原。好在歌名雄当时正好已虚岁三岁。说起三岁，不光是这孩子，所有孩子三岁的时候都是最可爱的。再加上大伯夫妻两人没有孩子，公婆疼爱孙子心切，心也就融化了，于是商量着让我在生产之前先暂住在那里。当这件事谈妥时，若是我丈夫立刻就去中国，或许就不会发生那种事了，可是天不遂人愿……”

“天不遂人愿……”

“虎落平阳啊……手里没钱是不行的。你想，一说起青柳史郎，当年是何等有名，甚至还经常去大阪帮场子，人气跟当时大阪第一红人里见义郎都不分上下。虽然收入相当可观，可毕竟是那种营生，开支也大。等到回老家求父母的时候，就已经是一贫如洗了。把我们母子寄放在这里就已经够难为情了，哪还有脸再让家里给去中国的钱呢。结果，就在磨磨蹭蹭中发生了那种事情……”

里佳的故事有如春蚕吐丝一样，顺着舌头一字一句地展开。尽管对当事人来说是断肠般悲痛的回忆，可被里佳用细微清朗的声音抑扬顿挫地说出来时，对听众来说却是一种享受。

金田一耕助张开嘴，想顺便问问惨剧发生当夜的情形时，阿干走了进来。

“那个……老板娘，歌名雄一直在等……”

里佳一愣，连忙站起身来。“哎呀，你看我……怎么回事，居然说了这么久……”

听她一解释，原来两人早就说好，歌名雄用自行车把她载到由良家去，所以回来接她。看看表，已经十二点半了。

里佳慌忙直起腰，忽然想起什么似的说道：“对了，警部、金田一先生，你们昨晚见过由加里吗？”

“啊，还没有。昨晚哪还顾得上这些啊，怎么，由加里她……”

“啊，不是由加里，是她那个经纪人，名字叫什么来着……”

“是那个叫日下部是哉的男人吧。”矶川警部直盯着里佳的脸。

“对对，你们也还没见过他吧？”

“啊，是还没有见过他。他怎么了？”

“没什么，听歌名雄说，那人是从中国东北地区回来的。”里佳用下了某种决心般的眼神打量了矶川警部和金田一耕助一会儿，然后突然将视线转到一旁，“哎呀，您看我，真是太失礼了。那我就先走了。”说着，里佳像是从两人充满困惑的视线中逃离似的，匆匆忙忙地朝走廊走去。

父亲之死的秘密

送走里佳之后，金田一耕助让阿干铺了床，美美地睡了一觉。当他从酣睡中醒来时，青竹帘外面的梧桐树上，寒蝉正在清脆地歌唱。

一看旁边，本应并枕而眠的矶川警部不见人影。再看看放在枕边的时钟，已经是五点多了。金田一耕助慢悠悠地抽完一根提神烟后，趴在床上拍拍手。

不久，走廊里传来脚步声。

“您醒了啊。睡得还好吧？”阿干跪坐在门槛边上，用套在简便夏装外面的围裙擦着额头的汗。

“啊，多谢，我睡得很好。对了，警部呢？”

“啊，刚才驻在所的木村先生来迎他，两人一起走了。好像是冈山那边来了个厉害的医生。”

“是吗？那是几点左右的事？”

“两点左右。”

这么说来，矶川警部几乎没怎么睡。

“当时也叫先生您了，可是您睡得太香了，就没忍心再叫，他只说请您醒了之后赶紧去一下。自行车也有，先生……”

“哈哈，自行车我还是会骑的。解剖在哪里进行？”

“听说是在本多医生家的手术室。不过，先生……”阿千疲惫地侧坐在那里，露出一丝害怕的眼神，“那解剖，到底是要做什么？”

“啊，阿千，这个你最好就别问了，否则你会连饭都吃不下去。好，那我也去看看吧。”金田一耕助从被窝里跳起来，一面换上破旧的白底深色碎花衣服，一面说道，“对了，老板娘和歌名雄……”

“啊，午后一起去了由良家，没回来。”

“是吗？今晚多半是要守灵了吧。”

“可是，如果要解剖泰子的尸体……”

“没事，在此之前解剖就结束了，因为死因明摆着是勒死。可以说，只是走个形式而已。对了，里子在不在？”

“啊，她在仓库那边，还念叨说究竟要不要为泰子的事到那边去一趟呢。她要是去了，那就只剩下我一个人了。”阿千带着一副快要哭了的表情说道。

“没事，不用害怕。”

金田一耕助安慰道。可刚发生那种刑事案，又是在远离人烟且相当空旷的大房子里，一个女人守在里边当然会不安，因此他还是不由得同情起阿千来。而且，这里离放庵的茅屋又最近。

金田一耕助用凉水洗了把脸后回来，阿千正在胆怯地收拾着被窝。金田一耕助套上裤裙，说道：“阿千，好像从后面出去更快些啊。有劳，能不能帮我开一下后边的木栅门？”

“好的，自行车也在后面的土间[1]里呢。”

土间里堆满了整套的农具。看来歌名雄很爱整洁，各种农具都摆放得井井有条。自行车有两辆，一辆是男式的，还有一辆是女式的，那大概是里子的吧。另外还有三辆独轮小车，很占空间。

在现代建筑业者使用的机械当中，似乎也有独轮小车。但这一带的独轮小车与之不同，是一种木质的手推独轮车，无论在多么狭窄的田间小道都能通用。如果操作熟练了，就连女孩也能搬运相当重的东西。

当金田一耕助在阿干的帮助下把独轮车后面的自行车拽到外面时，里子正从仓库的窗户往这边窥探。她已经不再遮脸。金田一耕助朝她一笑，她也默默地点点头。

金田一耕助穿过木栅门来到外面。

“先生，晚饭怎么办？”阿干问道。

“这个嘛，我也不知道该怎么办，就算是回来吃，只吃个茶泡饭就行，不用担心。”

金田一耕助从龟之汤的后木栅门出来时正好是五点半。

由此到六道辻是上坡，但从六道辻到樱佛堂的背面则是坡度适中的下坡，所以若是骑自行车简直是一泻千里，比走山脚的村道要近得多。

昨晚那奇怪的老太婆和可怜的牺牲品泰子两人就是从这条路沿反方向爬上去的，一想到这些，金田一耕助也不禁起了一层鸡皮疙瘩。稍早之前，辰藏为什么不走这条近道呢……

---

①日本传统民宅内连接屋内外的空间，以三合土等材料铺地。古时多作为作坊或厨房使用，近现代以来渐与玄关等同。

在走到樱佛堂后面之前，路边先出现了一道三十米左右的厚重土墙，土墙里面开着一道后门，一旁挂着蒙着铁纱的油灯模样的漂亮门灯，旁边则是一块木牌，上写“仁礼家便门”。

果然，连这墙顶铺瓦的土墙看上去都十分厚重，似乎在展示着仁礼家的富有和权势。

从掩映在米槠树影下的樱佛堂后面来到村道上，在与佛堂隔着一条狭窄村道的地方有一处竹林，那便是里子曾藏身的地方。

道路由此分岔成了四条，一条是金田一耕助现在正一路摸索过来的间道，另一条通往秤匠葡萄酒酿造厂，剩下的两条则是分别联结村子中心和龟之汤的村道。站在交叉点上往丘陵方向一望，可清晰地看见山体滑坡造成交通中断的情形。村道的一边地势偏低，一大片全是稻田。稻田里秧苗长势良好，看来又是一个丰收年。

本多医院就在村公所和阵屋旧址的一旁。前面早就围了一群看客，便衣和身穿制服的警察正进进出出。村子里的人恐怕都跟阿干一样，抱着极大的好奇心想看一看解剖到底为何物。

当金田一耕助在加藤警官的引领下走进患者候诊室时，矶川警部正神情严肃地跟被害者的哥哥敏郎交谈。

“啊，警部，我来晚了。”

“金田一先生，你来得正好。”

“解剖已经结束了吗？”

“还没呢，正在对面的手术室做着呢。”说着，矶川警部朝诊疗室里边努努嘴。

由于是乡下医院，外科内科都在一起。

“要过去看看吗？”

“啊，算了，您还是饶了我吧。我很胆小啊……”

“啊，我们也一样，哈哈。”说着，矶川警部摸着头发稀疏的脑袋，略显害羞地笑了起来。他很快又恢复了一本正经的神色，警惕地压低声音说：“对了，金田一先生，我们掌握了一个重要证据。”

“重要证据？”金田一耕助不由得被吸引了，也压低了声音。

“嗯，你认识这位吧？这就是被害者的哥哥敏郎。”

“啊，今天早晨在瀑布潭旁边曾见过面。请节哀……”

金田一耕助点头打了个招呼，可敏郎却一面咕哝，一面像头笨牛似的慢吞吞地回了个礼。金田一耕助发现他仍穿着工作服，脖子粗短得像猪一样。

“刚才，敏郎说他发现了这么一样东西，于是就送了过来……”

说着，矶川警部从翻领衬衫的兜里掏出一张日本纸。虽然已经皱得不像样，但金田一耕助将这张纸在膝盖上展开一看时，不禁倒吸了一口气。上面写着：

泰子小姐，如果你想知道你父亲死亡时的秘密，请于今晚九点到樱佛堂后面来一趟。我要告诉你一个重大秘密。

放庵

“敏郎是从哪儿弄到这个的……”

“啊，他说啊，他到泰子的房间里去找与本案相关的证据，结果从桌上的一本电影杂志里发现了这张纸……”

“只有这一张纸，还是说是信封一样的东西……”

“啊……只有这张纸……”敏郎有如老牛反刍似的动着嘴巴，慢吞吞地低声说道。

金田一耕助再次将目光落到纸上。由于是日本纸，字当然也是用毛笔写的，但字迹却像是醉酒的人写的一样，难看极了。抖得厉害不说，线条还粗细不匀，粗的地方特别粗，细的地方却又无比细，实在是难以判读。

金田一耕助和矶川警部交换了一下眼色，此时浮现在他脑海中的，是放庵那比左手退化得严重、总是在发抖的右手。

“敏郎，据说令尊是在昭和十年去世的，得的什么病？”

“脚气性心脏病……”

“医生是谁呢？”

“这里的医生，也就是现在的本多老医生……”

“如果是脚气性心脏病，临死的时候一定十分痛苦吧？”

“是的……发疯般抓榻榻米……请这边的老医生打了好几针也不管用……”

敏郎说话含含糊糊，连语尾都说不清，慢吞吞的，十分不清楚，看人时还有眼珠上翻的毛病。但这笨牛般的样貌，却给人一种不容小觑的感觉。

“警部，敏郎所说的老医生，就是刚才让本多医生捎信的那一位吗？”

“呃，是的。我正想等解剖结束后去问问老医生呢。敏郎，你怎么看？你觉得令尊之死有什么秘密吗？”

敏郎慢腾腾地摇摇头。“怎么会呢……我从来都没这么想过……总之，他当时那么痛苦……”

说着，敏郎似乎也回想起了当时的情景，感到困惑。他一面用他一贯的语气咕哝着，一面纳闷地朝金田一耕助膝盖上的信瞥了一眼。

“他去世是昭和十年的什么时候？”

“啊，这个月的十日就是他的忌日……”

“正赶上最热的时候啊……”

“是的，听说那种病是最怕热的……”敏郎又扭捏了一会儿，说道，“那个……警部……”

“请讲。”

“泰子的尸体到底会如何处理……事实上，我们家想今夜就给她守灵……”

“啊，解剖一会儿就结束了，结束之后就会交给你们。”

“好的，好的……”敏郎仍一如往常，慢吞吞地摇动那粗短的脖子，“那个……关于这件事，我母亲让我给警部捎个信……”

“啊，什么事？”

“嗯，那个……”敏郎上翻眼珠看着金田一耕助，说道，“我母亲从龟之汤的阿姨那儿听说了这位先生的事……说是希望先生今晚能到我家来一趟……虽然没什么好招待的，可还是想请先生吃一顿饭……并且，顺便还有些事要说……”

矶川警部和金田一耕助飞快地交换了一下眼色。

“啊，是吗……我们这边的事情结束后，就立刻去府上一趟。只是我们这种样子实在是有些失礼……”

“啊……人出门在外都是这样……那我现在就回去跟我母亲先说一声……解剖结束后请给我们来个信。我们马上就来迎接。”

目送着敏郎那粗短的身影慢吞吞地走出本多医院的大门后，金田一耕助和矶川警部不禁又交换了一下眼色。加藤也从旁膝行一步凑过身子。

“警部，这下可不得了了。这案子还没头了……”他激动得脸都红了。

金田一耕助再一次仔细地看了一遍信，说道：“从信纸的折法来看，好像并不是寄来的。当然，如果使用的是横信封那就另当别论了……”

“加藤，你赶紧去调查一下放庵的茅屋，找一找有没有跟这一样的信纸。”

“好的，明白。我记得好像有一摞一样的信纸……”

加藤应命出去了。

“警部，立花先生他……”

“他去参加解剖了……到底是年轻啊，劲头也足。”

话音刚落，立花警部补就从手术室里出来了，来到二人面前。只见他脸色苍白，眉头紧皱，急匆匆地去了厕所，大概是恶心得身体发冷直想呕吐吧。

时间正好是六点半，泰子的解剖彻底结束。

这次解剖并没有新的发现，无非是确认了她是被勒死的而已。绪方医生和助手一刻不停回了冈山。大家一通忙乱，在将尸体运出去之后，金田一耕助这才被介绍给老医生。

老医生年逾七旬，长长的白发梳到脑后，看上去跟横山大观[1]有点儿像。

①本名秀麿（1868－1958），日本著名画家。

老医生对矶川警部怀念不已。当警部把那信纸拿给他看时，他不由得瞪大了眼睛。

立花警部补也吃了一惊，一面用猜疑的目光打量着矶川警部和金田一耕助，一面喋喋不休地缠住警部不放，问他手里怎么会有这么一封信，又到底是谁带来的等等。看来，这位搜查主任似乎是误解了金田一耕助的人品。

“对了，老先生，这封信您怎么看？”矶川警部随便应付了立花警部补几句后，又转向了老医生。

“我怎么看？矶川先生，你说的是卯太郎的死因吧？”

“呃，是的……刚才听他儿子说，他得的是脚气性心脏病，真是这样吗？”

“矶川先生，你说这话可不像是老朋友啊。是脚气性心脏病，没错。原本那家人似乎代代都心脏不好。那个叫敏郎的，青肿的脸色也是心脏不好的证据。不过，这还真是放庵的笔迹啊。”

“那老先生怎么看？放庵能用右手拿笔吗？”

“这个嘛。倒也不是不能，但左手恐怕也能拿吧。比起用右手，说不定用左手写会更快呢。”

老医生把信递给立花警部补，说道：“无论如何，矶川先生，卯太郎的死因是脚气性心脏病，唯有这一点是确信无疑的。你也知道，昭和七年那件事丢人丢大了。由于为那件事心痛，卯太郎的心脏就更差了。”

“老先生对放庵这人怎么看？”

“这个嘛……”老医生面露难色地皱起眉，“别人的事我不想说三道四，但说实话，我是看不惯他。他比我年长五岁，一副什么都看得透的样子，可我总觉得他老是斜着眼专盯别人的缺点。想想从前，他一直都玩世不恭，所以这倒也没什么好奇怪的。但这一切都是他咎由自取啊。”

本多老医生的看法似乎跟井筒老板娘阿纯和龟之汤老板娘里佳大体一致。

总之，放庵这人似乎就是个刺儿头。

八十三老妪

金田一耕助和矶川警部钻进由良家的大门时已是八点左右了，此时由良家的客厅里挤满了守灵的客人。

这一带房子的建筑样式别具一格，人称“三间流”，南侧是十叠、六叠、六叠的三个房间，北侧则是用拉门或栅栏门隔开的八叠、六叠、六叠的三个房间。据说住这种三间流的房子是这一带人的理想。

一般说来，一家人平常起居的北侧房间连大白天都是黑咕隆咚的，可它却有独到的好处。一旦家里有事，只要把拉门或栅栏门一撤，就能立刻造出一个面积四十叠以上的大厅。

由良家除了这三间流之外，北侧的八叠房间连着一条游廊，游廊另一端还有一处偏房，老婆婆五百子就住在那儿。

今夜由良家只把南侧的三间打通了，灵台设在十叠大小的房间的壁龛前。泰子的遗体头朝北横躺在灵台旁，守灵的客人则三五成群地聚集在下座。由于这一带的人说话声向来就大，就算是本人觉得已经很小心了，感觉上却仍然十分吵闹。

客人之间摆满了大盘的油炸豆腐皮寿司和大碗的卤拌黄瓜，人们可以随意食用。真不愧是世家，日用器具一应俱全。

由良家也属于没落阶层，不过跟城市里的没落阶层不同，并未经历过战后的饥荒和住房困难，所以并没有吃过连日用器具都要卖掉的苦头。就连那些酒壶酒杯，还有摆放在各处的盛菜用的漆盘和烟草盆等，也全都是上等货色。

在娱乐活动本不多的乡下，他人的不幸也会成为一种极好的慰藉。生活在那种人们喜欢聚在一起吃吃喝喝的村子里，无论办红事还是白事都是一笔不小的花费。

金田一耕助和矶川警部露面的时候是八点左右，正好经也诵完了，马上就该进入酒宴了。看到两人的一瞬间，大家全都惊讶地沉默下来，面面相觑。

矶川警部和金田一耕助在敏郎的妻子荣子的引领下，从正门沿着走廊被请进了上座的十叠房间里。矶川警部先是向灵台进了香，又递上二人联名封好的奠仪，荣子诚惶诚恐地致了谢。

侍奉在泰子枕边的，除了三名真言宗的僧人之外，还有敦子、敏郎夫妇、敏郎的妹妹夫妇以及两个孩子，另外还有一个捻着念珠的干瘪的老妇人，这不禁引起了金田一耕助的注意。这大概就是现在仍掌管着由良家的八十三岁老妪——敦子的婆婆五百子吧。只见她雪白的头发结成小小的寡妇髻，皮肤浅黑，脸上皱纹虽多，却是个利落的老婆婆。男人们穿着带有家徽的和服礼服，女人则全都穿着丧服。

“金田一先生，矶川警部，我们打算在别的房间奉膳，现在正在准备，请稍候。”敦子郑重其事地说道。

说话间，敦子丧服间的白色衣领露了出来，再加上身材原本就好，还真有那种大户人家夫人的风范。

“啊，给您添麻烦了……”

身穿短裤的矶川警部拘束地并起膝盖，频频摇着扇子——尽管来此之前他在本多家洗过澡，至少汗水是全洗掉了。

金田一耕助简单地吊唁之后，不动声色地巡视着二十二叠的大厅，跟脸熟的人们用眼神打着招呼。

由于今早发生的事情，嘉平并没有来，但正在跟本多医生和辰藏等一起喝酒的，大概就是嘉平的继承人、被公认有本事的直平吧。身材魁梧这点跟嘉平很像，他虽然才三十六岁，无形中透着一种大度。

他头发整齐地往左分着，白底蓝花上衣外面套着一件透明的和服外褂，里面的花纹清晰可见。辰藏在他耳边嘀咕了几句后，他便停止摇动手中的白扇，微笑着朝金田一耕助点头示意。金田一耕助也慌忙点头回礼。果然是直平。

直平的弟弟胜平则跟歌名雄、五郎等一起，在最下座伺候着。他们一直进进出出，很少有空能闲待在座位上，大概是杂事太多的缘故吧。

只有歌名雄一次也没有离开过座位。他不知什么时候已脱去了工作服，换上了整洁的翻领衬衫和裤线笔挺的毛卡其裤子，果然，无论是那五尺七寸的匀称体形，还是五官清晰的立体面孔，在一座人当中的确都是出类拔萃。但他看上去却有点儿恍惚，大概是失去泰子伤心之故吧。

“警部和金田一先生也都来了啊。”

突然有人打起招呼来。矶川警部和金田一耕助回头一看，歌名雄的母亲里佳正两手端着酒壶朝他们微笑。

“啊，老板娘，辛苦了。”

“哪里，招待不周……夫人正在那边为先生和警部做准备呢，粗茶淡饭，招待不周……敏郎，还不赶紧给两位先生拿酒杯……”

“啊，是，实在是失礼了……”

敏郎从漆盘上拿过杯子递给两人，妻子荣子则往小碟里分了一些卤拌黄瓜。

里佳为两人斟上酒，把酒壶放到漆盘上后，说道：“敏郎，你就先在这里陪两位一会儿吧。先生和警部请慢用……”

从十六岁起就跑曲艺场的里佳，在这种场合的确是应付自如。

“啊，那个……”矶川警部放下酒杯，“老夫人，好久不见。您一直都是这么硬朗啊。”

他突然跟五百子打起招呼来。八十三岁的老妪一愣，重新打量起警部的脸。

“恕我眼拙，您是哪一位啊？”

“哈哈，也难怪您记不起来了。都已经是二十三年前的往事了。您瞧，我就是昭和七年那案子发生时跟您见过面的矶川啊。当时我还是一个警部补呢。”

“哦，哦。”五百子不愧是现在仍掌管着由良家的人，尽管都已是八十三岁高龄了，记忆力却很好，“对对，听您这么一说，当时……我听说您经常去龟之汤啊。哎呀，真是多年不见了，您看着也很健康啊，这比什么都好。”

“哎呀，虽然我自己觉得还行，可也是好多事都不中用了。已经完全是散了架喽。”

“呵呵……”五百子噘起腰包般的嘴巴笑了起来，“可不能说这种丧气话，跟我这样的比起来您还年轻着呢。您今年多大来着？”

“啊，老夫人，咱们两个就别提年龄这事了。反正活到一百岁还早着呢。”

“没错，我就是这么想的。”五百子显得精神起来，“先不说这个了，矶川先生，那边的年轻人是哪一位？”

听到年轻人几个字，金田一耕助不禁苦笑起来。的确，在这位八十三岁的老妪眼里，像他这样的无疑都属于小字辈吧。

“啊，这位啊，老夫人，这位是金田一耕助先生，有名的私家侦探。老夫人您不读报纸吧？他就是完美地侦破了战后发生在本县狱门岛和八墓村的连环杀人案的名侦探啊。金田一先生，这位是五百子老夫人。”

“啊，见笑了……”金田一耕助在众目睽睽之下，害羞地红着脸，对五百子点头致意。

虽然五百子耳朵也很聪敏，但毕竟是在跟老人说话，矶川警部不禁提高了嗓门。一座的人全听得一清二楚。

“哦，哦。”五百子吃惊地审视着金田一耕助的脸，“这件事我倒是听敦子说起过，听说那案子挺吓人的，当时就是这位先生……”

“对对，就是这位先生破的。您别看他其貌不扬，他可是一眼就能看穿凶手的日本第一侦探啊。还有……”矶川警部不动声色地扫视起一座的人来，大概是想确认一下自己这番话的效果吧。他故意提高嗓门说道：“现在杀害您孙女的凶手，这位先生也会抓住的。老夫人，您就放一万个心吧。”

金田一耕助一面害羞地用五根手指挠着头顶乱蓬蓬的鸟窝，一面仍有意地四下环视。他在意的并不是矶川警部那番话引起的反应，而是摆放在客人间的大盘子。更准确地说，是盛放在那大盘子上的油炸豆腐皮寿司。

自从十日晚上那个奇怪的老太婆假冒阿凛来到这儿，放庵就失踪了，现场留下了十个油炸豆腐皮寿司。由于那寿司来源不明，金田一耕助一直推测有可能是老太婆作为土产礼物带来的。可刚才听敏郎说，十日是其父卯太郎的忌日。忌日肯定会做法事，而且从今晚守灵仪式上出现这么多油炸豆腐皮寿司来看，十日法事那天的席上也肯定出现过。

“那个……”金田一耕助问荣子，“恕我冒昧地问一下，这油炸豆腐皮寿司是您自己家做的吗？”

“啊，是啊……”荣子一脸诧异。

“啊，请恕我失礼，这么多的油炸豆腐是从别处定的吗？”

“不是……”荣子越发惊诧起来，“那也是我们家做的。奶奶就很擅长做这个。”

矶川警部也察觉了金田一耕助问话的意思，吃惊地把视线投向大盘子。

“啊，问您这种事情，您一定觉得很奇怪……”于是，金田一耕助就把有关放庵的茅屋里剩下十个寿司的疑问说了出来。

“哦，我当是什么事呢。”荣子大声地说道，“要说那油炸豆腐皮寿司啊，是那一天村长自己从我家带回去的啊。”

“村长从你家……”矶川警部也把紧张的目光凝聚在了荣子脸上。

“是的，没错。十日是我已故公公的忌日。为了招待参加法事的客人，就做了很多寿司。村长也来参加法事了，他说当晚会有神户来的客人住下，脸上还笑嘻嘻的。于是在奶奶的吩咐下，我就跟婆婆用竹皮包了些寿司给他，他就带回了家……”

“恕我再问一下，那油炸豆腐皮寿司，你们给了他多少？”

“奶奶说让我们每人包上六个，于是婆婆包了六个，我也包了六个，包成两包给了他。是吧，奶奶，是这样吧？”

“嗯，嗯，孙媳妇说得没错。怎么，那油炸豆腐皮寿司……”

“啊，没事，没事。”

金田一耕助高兴地用五根手指挠着蓬乱的头发，矶川警部眼里却浮现出了猜疑。

在放庵茅屋里剩的寿司是十个，因此可以断定那两个寿司肯定是分别进了放庵和那个奇怪老太婆的肚子里。从残留在茅屋的呕吐物中检出的洛贝林毒物，据说在这一带群生的石龙胆——俗名村长杀手的植物全株中都含有。而且放庵很可能一直由这村里的某人秘密提供生活费，说得更明白一些，就是放庵身背敲诈嫌疑。被敲诈者对敲诈者产生杀意是极自然的事。

“那寿司是您和您婆婆两人用竹皮包给他的吗？”

“是的，是奶奶用筷子夹着，一个一个地交给婆婆和我的。”

“老夫人，”面对这位利落的老妪，矶川警部眼里掩饰不住好奇，说道，“听说，您跟村长先生关系不错，是吧？”

“这个啊，矶川先生，像我这种能知道旧事的上了年纪的人越来越少了。所以啊，我和村长年龄上比较接近，自然就经常聊聊了。他那人虽然有些玩世不恭，可跟我倒还挺合得来，就经常来这里闲聊。先不说这个了，村长他到底是怎么了？”

“这个，我就一点儿也说不清楚了……”矶川警部定定地注视着五百子，他现在才不由得认识到放庵生死的重大意义。

“老夫人，有件事我想问您一下……”从一旁插话的是金田一耕助，“这一带有种叫村长杀手的植物吧？”

“啊……”不知为何，朝金田一耕助扭过头来的五百子眼睛里竟放出光来。

“村长杀手这名字听上去挺奇怪的，这里面有什么说法吗？”

“啊，这个啊。”五百子不知想起了什么，挪挪膝盖向前探了探身说，“是有种说法的，毕竟村长跟我合得来，什么都说。好像是……金田一先生，听说村长的祖先中有个多嘴多舌的人，官老爷很是讨厌他，于是就下药把他毒死了。听说当时使用的毒药就是从那种草中提取的，从那以后那种草就得了这么个名字。这是有一次村长对我说的。对了，金田一先生……”

五百子又向前挪了挪膝盖，说道：“我们小的时候，这一带还流行过这样一首彩球歌呢。”

说着，五百子一面用箭一样的目光盯着金田一耕助的眼睛，一面用发抖的细弱声音唱了起来：

我家后院大树上
停着三只小麻雀
一只麻雀如是说
我家村长甚兵卫

“太奶奶，太奶奶……”这时，五百子的一个曾孙跑了进来，突然抱住曾祖母的肩膀，“太奶奶，停停，你先停停。来了，来了，大空由加里来了……”

“哦，大空由加里来了……”

由于专心听她唱彩球歌的荣子，还有敏郎的妹妹都一起站起身来，五百子只好就此中断。事后想来，这实在是一个巨大的遗憾。当时，如果金田一耕助能完整听完五百子的彩球歌……

这些暂且不说，且说在满场的喧嚣中，只见三名人从入口处来到了走廊里，正是千惠子。文子和里子。三名同班同学跟千惠子的母亲春江一起为泰子守灵来了。

私生女

“啊，里子！”

事实上，当看到文子、里子，还有早就通过报纸杂志的照片、电视和电影等认识的大空由加里一起出现在走廊上的时候，就连金田一耕助都不由得感到了一种莫名的紧张。对于青池里佳来说，这种战栗无疑越发悲壮。她站在金田一耕助背后，竟两手捧着酒壶呆住了。

事后想想，从各自不同的意味上来说，这三名女子无疑都是焦点人物。千惠子就不用说了。文子呢，在泰子被杀害的现在，作为人们猜疑和好奇的中心人物，她的突然现身自然会引来一片哗然。虽然并不清楚文子究竟有多么倾心歌名雄，可歌名雄是整个村子的罗密欧，文子未必会讨厌他，这一点村民们也都清楚。甚至可以说，今晚的亡魂泰子应该就是文子的情敌。

里子也不例外，从另外一种意味上说，里子也是备受村民瞩目的女子。她是二十三年前案件遇害者的女儿。不，不仅如此，她自身还被认定为那次案件的受害者。村民们坚信，毁掉她美貌的红痣，正是怀着她的母亲在目睹了被烧得惨不忍睹的丈夫时遭受的强烈打击造成的。而且，平时都觉得这红痣丢人、从不将脸示人的里子，今晚竟将短处曝光于众，不觉羞耻了。

“啊，里子！”

这也难怪母亲里佳会扯着悲痛的嗓子。

这些暂且不说，且说在众人瞩目下从走廊被请进上座的十叠房间里的四人。首先是别所春江，她朝灵台进了香，然后又朝敏郎和荣子致哀。

昭和七年时才十七岁的春江今年应该四十岁了。可是，无论怎么看她都不超过三十五岁，除了天生丽质之外，另外一点，或许就是因为她现在生活的世界充满青春气息吧。

春江其实属于那种小巧的女人。可她身材丰满，反倒给人一种并不怎么小巧的印象。脸和下巴不胖不瘦，眼睛十分清澈。说她是美人，倒不如说她是妩媚可爱的那种类型。

女儿千惠子则完全继承了她这种妩媚。如果说美女一词意味着端丽的五官，或许今夜的亡魂泰子会更美。可是，如果从吸引回头率的妩媚这点来说，泰子和文子恐怕连千惠子的一根脚趾头都比不上。

尽管母亲长得小巧，千惠子却是一个身高起码有五尺四寸的高个子，身材也非常匀称。大概是在舞台上穿戴习惯了吧，那黑色的晚礼服在她身上显得十分得体。不愧是万人追捧的魅力女孩，举手投足乃至一个小小的眼神，都无不透着大胆和奔放。但金田一耕助还是一眼就看穿了她——本质上还是像她的母亲，终究是个平民姑娘。

“千惠子，真没想到你能过来。”

当大空由加里跟在母亲身后进完香，来到敏郎等人面前打招呼时，荣子不知为何竟感动得连声音都发抖了。

“快，快这边请。春江夫人也请。”说着，她便以关西人特有的夸张语调招呼着。金田一耕助和矶川警部则只好膝行着退后。

“不用了，少夫人，我在下座陪侍就行。”看来春江并未准备丧服，虽然在黑色绉绸上系了朴素的带子，可看上去似乎仍不太自然。

“哎呀，别这么客气，跟千惠子一起到这边来吧。这样恐怕连亡魂都不知会有多么高兴呢。”

荣子依然夸张地说着，认真地准备座位。她注意到文子和里子仍在走廊的门槛边欠着身，这才慌忙招呼道：“咦？哎呀，文子、里子，你们也都快到这边来烧炷香吧。然后跟千惠子一起，你们三人都待在这边吧。反正大家和泰子都是好姐妹。”

文子和里子对视一眼，彼此谦让了一番，最后还是文子先来到灵台前跪坐下。大概是来不及将照片放大的缘故吧，灵台上放的是泰子的小照片。当视线停留在照片上的时候，文子的肩膀不由得轻微地抖动了一下，这一点被金田一耕助看在了眼里。

“文子，你到这边来坐吧。”当烧完香的文子朝敏郎等人点头致意时，哥哥直平在下座冲她说道，言语中分明带着充满安慰的温情。

“哎呀，直平先生，您就别叫她了，快让她来这里吧。三个人好容易凑成一堆儿……”

“啊，是吗？既然这样，文子，那你就过去吧。不过，难得你能来。”

“啊，那个，是里子约我一起来的……”文子无疑也想去不起眼的下座。只见她缩着身子坐到千惠子的旁边后，用蚊子哼哼般的声音小声说道。

“所以，文子，你就把千惠子和姐姐也都一起邀来了？”从最下座的六叠房间欠身打招呼的是胜平。

“不是的……胜平，我们是在门口遇上的。三个人能凑到一起真是太好了。”春江代替文子回答。

跟在文子身后烧完香的里子也朝敏郎等人默默地行了一礼，然后坐到文子旁边。与文子的羞怯不同，里子大大方方，毫不在乎地把她吓人的红痣展露了出来，这不禁让在座众人都瞪大了眼睛。

就这样，上座这十叠的房间便以灵台为中心形成了相对的不规则的两列客人。在外廊最上首的是三名僧侣，然后是春江、千惠子、文子和里子，与她们相对的则是敏郎、五百子、荣子和敏郎的妹妹夫妇，金田一耕助和矶川警部则稍微靠下一点儿，退到了拉门的旁边。青池里佳不知到哪里去了，不见人影。她大概是不忍看到女儿的红痣吧。

“怎么样，千惠子，你要不要给我们来首歌？”

辰藏似乎已酩酊大醉，竟跟实际是外甥女、对外称妹妹的大空由加里胡搅蛮缠起来。面对他的胡闹，千惠子只是呵呵地笑着，并不理睬。

“笑什么笑。你不用装模作样。人家泰子为了迎你都跑到总社去了，你给人家守灵，还不赶紧唱首歌祈福。”

“话是如此，可今晚不行。”

“有什么不行？”

“人家吓坏了，唱不出声音来了。”

“你说什么？”辰藏故意夸张地拉下脸，但立刻就油腔滑调地笑了起来，“大家都听到了吧，还是春江教育得好啊，还真会找理由开脱。我是自叹不如啊。”他滑稽的样子让满座顿时热闹了起来。

“由加里。”

等大家平静下来后，歌名雄从下座打了声招呼。听到他异样的声音，大家一愣，一齐朝他回过头去。

只见他满脸沉痛，说道：“刚才，辰藏大叔说的事……”

“怎么？”千惠子也认真了起来。

“能不能请你认真地对待呢？毕竟泰子也是你的粉丝啊。”

大家又一齐回过头来，看千惠子如何回答。

“那恕我失礼了。”只见她微微一笑，双颊浮出酒窝，“那就待会儿再唱吧。先让我歇口气……我来得有点儿急，还没喘过气来呢。”

“啊，没事，只要在回去之前唱就行。”

这时，金田一耕助才不得不佩服由加里。真是一个聪明的姑娘。

电影上的由加里无疑是受过严格训练的，口音标准，不带一丝方言。可是，她分明也清楚，如果操着一口纯正的普通话，恐怕会招来村民反感，所以即使在对歌名雄所说的普通话当中她也不忘加上一些方言。

“那好，那好。泰子在黄泉路上一定会高兴的。”

“高兴的恐怕不是黄泉路上的泰子，而是你五郎吧。”

从刚才起就一直看歌名雄脸色的胜平也略微高兴起来。

“可以吗，奶奶？”由加里似乎很在意五百子，扭头问道。她的刘海垂在前额，头发并没有扎起来，披在肩上，酷似京町子的脸蛋看上去十分清纯。“我真的可以在这里唱歌吗？”

“可以，可以，你就唱吧。也不是说守灵就一定得哭哭啼啼才行。尽量唱吧。”五百子倒是比较开通。

“好的，多谢。”

“不过，千惠子……”

“怎么了，奶奶？”

“你可真漂亮啊。”

“哎呀，怎么连奶奶也……”

“没有，没有，我说的是实话。我们年轻那时候啊，模样长得好看的声音不好，声音好的模样又不济。你可是两样都占全了。真的是好人有好报啊。”

“哎呀，奶奶，快别这么说了。”

老妪突如其来的夸奖，让早已对他人的评价感到麻木的由加里羞得满脸通红，更是让现场一片沸腾。就在这时，青池里佳正好走了进来，跟矶川警部打了个耳语。

“啊，是吗？金田一先生，说是那边已经准备好了。”

于是，金田一耕助和矶川警部悄悄地消失在了隔扇后面，来到一间八叠大的房间。房间的北侧连着一条宽阔的走廊，再往北又接着一条游廊，游廊那头就是五百子所住的偏房。偏房里有三个房间，面积分别是八叠、六叠和四叠半。

青池里佳把二人请到八叠房间里后说道：“那么，夫人，有事的话请拍手。”

“好的，真是辛苦你了。快，快，警部、金田一先生，这边请。”

壁龛前摆着两桌正式的日本筵席，夏季蒲团早就摆好了。

“哎呀，给您添麻烦了，夫人，真是过意不去。”

“哪里哪里，实在是没什么好招待的。你们能来我就感激不尽了。来，先敬你们一杯。”

等金田一耕助和矶川警部落座后，敦子立刻拿起酒壶。

外廊的拉门和用于隔断的隔扇全都打开了，这恐怕不只是为了风凉，更主要的是防止隔墙有耳吧。而八叠、六叠和四叠半的三个房间全都打通，并且每个房间里都亮着电灯，恐怕也是为了防止有人溜进来。

青竹帘外面，风铃丁零丁零地响，蚊香的烟正袅袅升起。

“哎呀，到底是世家啊。在那边的房间里时就已经佩服得很了，这宴席更是丰盛。”

说着，矶川警部立刻冲盐烤香鱼动起筷子来。说实话，矶川警部和金田一耕助今天只吃了一顿饭，肚子正饿得咕咕叫。

“客气了，只是些摆不上桌的菜……啊，对了，听说今天在龟之汤那边也是吃的香鱼……”

“哈哈，这么好吃的香鱼就是连吃三顿都不会觉得腻啊。”

“啊，真是见笑了。”

“对了，夫人，听说您有话要跟我们说，到底是什么事？”

“啊，这事啊，”敦子一面为矶川警部斟酒，一面说道，“实在是难以开口。”

她故意犹豫了一下，大概是为了显示一下女性的矜持吧。

“夫人，像这种案子，有很多事情往往都是难以启齿的。可若是不告诉我们，我们这边的工作也很难开展。工作没进展，杀害泰子的凶手就永远都抓不到啊。您要说的是……”

“啊，这个我也知道……”敦子所顾忌地打量着四周，压低声音说道，“我今天早晨在凳子瀑布指责嘉平当家的的那些话，想必警部您和金田一先生也都听到了吧？”

“啊，是听到了……”

“也许二位会觉得我这个女人很粗野，但这里面其实有很深的缘由。”

“那就快把缘由给我们讲讲吧。”

“好的，事情是这样的……”说着，敦子依次给矶川警部和金田一耕助斟酒，“其实，我们家泰子跟歌名雄的亲事已经谈到八九不离十了。”

“啊，这事我们也听说了。仁礼家那边横插了一脚，想让歌名雄娶文子……”

“是的，是的，还有呢……”

“还有就是，龟之汤的老板娘开始犹豫……”

“警部，既然这样，那老板娘为什么还要犹豫呢？”

金田一耕助和矶川警部不禁因这句别有意味的话一愣，重新打量敦子，只见敦子的唇角挂着十分邪恶的微笑。

“夫人，您这话什么意思？”

“啊，这事啊……”敦子话刚说了半截，却忽然意识到什么似的改口道，“啊，酒壶里没酒了……请稍候，我现在就去拿热的。”

敦子突然中止话题并站起身来，除了要整理一下心情外，还有一点恐怕就是要确认一下周围的动静吧。

从刚才起，在六叠房间隔壁的四叠半房间的隔扇后面，就不断传来热水翻滚的声音，看来那是烫酒的地方。不久，敦子就拿着一个装了三百多毫升酒的大酒壶回来了。

“请随意喝，边喝酒边听我说就是。”

“啊，酒我们肯定会喝，那刚才的话……”

“好的，那个，金田一先生……”

“啊？”

“秤匠家和我们家，现在已经是云泥之差了。”

“云泥之差？”

“啊，我说的是身份。虽然这种事很难启齿，但我们家的确是越来越穷了。相反，秤匠家如今则是如日中天。那么好的人家低三下四地来向老板娘提亲，而且人家姑娘还那么漂亮，老板娘为什么还要犹豫呢？”

“这个啊，是不是怕在人情上对不住这边啊……”

“警部，这种事，现在这年头谁还在乎啊。”敦子绷着嘴唇，用嘲笑般的语气说道，“若是已经交换了聘礼那倒另当别论，可我们只是口头约定而已。”

“那就是说，夫人，龟之汤的老板娘之所以犹豫，背后还有其他的理由……”

“没错。您想，若是娶了文子，他们在经济上肯定会沾光吧？陪嫁肯定也会带过去不少吧？但这么做，却会沦为全村的笑柄。”

“什、什么意思？”

“那姑娘……文子那姑娘，其实是个私生女。”

“私生女……”

矶川警部差点被酒呛到。就连正嚼着红烧香菇的金田一耕助也衔着半块蘑菇，哑然望着敦子。

“没错，不信你们向村里人打听打听。这事谁都知道，只是害怕秤匠家的势力，没人敢吱声而已，背地里却都在议论呢。”

“您是说，文子并不是嘉平的女儿？”

“没错，金田一先生，其实文子是……”

话刚说到一半，敦子却不由得停下了，因为大空由加里的歌声正悠扬地飘过来。

黄色枯叶原野飘

飞逝夏日不留痕

似乎是法国民谣《枯叶》。

暴露的第一夜

“咦……”敦子竖起耳朵，忘我地听着缓缓飘来的歌声，过了好一会儿才说道，“这歌声，难不成是千惠子？”

敦子用求证的眼神打量着金田一耕助和矶川警部。

“恐怕是由加里。听那唱法，不像是外行人唱的。”

“那就是说，由加里也来了？”

“是啊，刚才跟仁礼文子和龟之汤的里子三人一起来吊唁。她妈妈春江也来了。”

“哎呀！”

敦子吃惊地望着二人，再次倾听起歌声来。可不知为何，此时她的眼睛里却像着魔似的燃起了熊熊火焰。

那歌声，低音中带着一丝沙哑，极富魅力，作为守灵席上的歌再合适不过了。

由加里用日语唱完之后，又用法语唱了起来。唱完之后，鸦雀无声的大厅里忽然传来狂风骤雨般的掌声和喊声。这时，不知为何，敦子的肩膀竟突然剧烈颤抖起来。

“真的，真的是。”敦子从丧服的袖口拽出衬衣袖子，不断地擦拭眼角。看来，大空由加里刚才的歌声完全把她打动了。“我居然一点儿都不知道由加里、文子还有里子一起来的事……”说话间，敦子哽咽起来。

“龟之汤的老板娘没说吗，这三人来这里的事……”

“是的，这事我真不知道……”

“好像是歌名雄要求的，要由加里献上一曲……”

敦子闻言突然咬住衬衣袖口，剧烈地抽泣起来，金田一耕助和矶川警部不禁面面相觑。

这位刚才还未见一行眼泪的女中豪杰，突然间内心竟如此激动，这究竟是怎么回事呢？大空由加里的歌难道就那么让这位八幡女神伤感吗？还是说……

“童年时的朋友全都这样活蹦乱跳的，可为什么唯独我家泰子遭此横祸，一想到这些，我就……我心里就难受，难受啊……”

从抽抽搭搭的呜咽声中断断续续流出来的话，是不是真的可信呢？

总之，由于变化太过突然，金田一耕助和矶川警部也略显惊讶地望着敦子剧烈发抖的肩膀。虽然，身为人母这种反应无疑很正常，可是……

敦子哭过一阵之后，终于擦干了眼泪。“实在是失礼了。都这把年纪了，不该这么感情用事，实在是让二位见笑了。”

“哪有的事。从夫人的角度来说这种悲叹理所当然，不哭反倒显得奇怪。对了，夫人……”

“请说。”

“那个，我们也知道，在您心绪不宁的时候谈这个可能不妥……但是，您刚才所说的那件事，仁礼家的女儿文子的事……那件事，您能不能更详细地给我们讲一讲？”

“哦……”敦子的脸上还是显出一些犹豫的神色，“既然文子本人都已经在那边了，现在再说这种事似乎有点儿残忍，我看还是不说了吧。”

“还是跟我们说说吧，好不容易说到一半了。您就别折磨我们了。”

“那好吧……那，到底该从哪儿说好呢……”

“啊，对了，警部，您看这样如何？”从一旁插话的是金田一耕助，“依我看，干脆就由警部一条一条地提问，然后由夫人一条一条地作答好了。您看这种形式如何？”

“好的，那就照金田一先生所说的来吧……”

“啊，是吗，那好。金田一先生，你也帮我来问问。”

“好的，明白。”

“呃……既然这样，夫人，那我就先问第一个问题了。您所说的文子并不是嘉平的亲生女儿一事，是不是可以理解为，嘉平的妻子行为不轨，也就是说，她有情夫……”

“不，那个，事情不是这样。”敦子慌忙否认，“我的意思是，文子并不是嘉平夫妇亲生的孩子。”

“那她到底是谁的女儿……”

“啊，这个……父亲嘛我就不清楚了，母亲却是知道的。嘉平当家的有个妹妹叫咲枝……是他们上一辈人的老幺。她现在已嫁到鸟取了，可村里人全都知道，文子是她亲生的。”

“原来如此。”矶川警部看看金田一耕助，继续问道，“那她父亲是谁，就一点儿也猜不到头绪吗？”

“啊，这个嘛……听说有件事挺奇怪的……”

“嗯？”

“是这样的。仁平大叔共有六个孩子，最大的就是嘉平。而咲枝，正如我刚才所说，是最小的孩子。兄妹六人中一个最大一个最小，纵然是兄妹，年龄上也相差近二十岁。咲枝从总社的女子学校毕业后，就被安顿在神户，去了J学院专业部。也就是说，由于嘉平当家的最大的妹妹嫁到了神户，就把咲枝临时安顿在了那边。可不久以后……也不知是谁的孩子，反正就怀了身孕。”

“原来如此，那然后呢……”

“然后……”敦子尽管有些迟疑，可脸还是逐渐发红，“由于事发地点不是村子而是神户，跟咲枝相好的男人也并不清楚是谁。不过，有一次听村长说……”

“咦，村长说……”

“有可能是恩田……”

“恩田——”矶川警部不禁鹦鹉学舌般冒出一句，声音如雷鸣般在偏房的三个房间里回荡。警部自己也似乎被这声音吓了一跳，慌忙环视了一下四周，然后又多此一举地压低嗓门。“恩田，那个骗子，杀了龟之汤的源治郎后潜逃的那个……”

“是的，就是那个男人。”郑重回答的敦子泪水已干，眼神里凝结着钢铁般的意志。

此时的敦子已不是刚才那个抽抽搭搭的温顺的敦子，而是一个无论多么伤害文子都能满不在乎说出来的敦子。她锋利而敏锐的眼神便证明了这一切。

“恕我冒昧……”经过一阵紧张而压抑的沉默之后，金田一耕助用咳痰般的声音打破了沉默，“放庵那样说，只是单纯的臆测，还是说有什么根据？”

“事情是这样的。村长在神户也有亲戚。有一次，他想去走亲戚，就从姬路坐上了火车，结果发现恩田和咲枝也在同一节车厢里。听他说，当时，两人装作不认识的样子。可后来，村长又一次在神户看见两人，而这一次两人则是并排走在一起。反正，照村长的说法，大概就是咲枝回乡探亲，在回神户的火车上邂逅了恩田吧，然后两人就相好起来。毕竟，恩田那么会耍嘴皮子，欺骗像咲枝那样的女孩还不是小菜一碟。村长当时就是这么笑着说的。”

“那个叫恩田的男人，夫人，您也应该比较了解吧？听说他曾一度在您家借宿过……”

“啊……只是很短一段时间而已……他的确是能说会道，大家全都上了他的当……”

“如此说来，嘉平先生恐怕也知道文子的父亲就是恩田几三吧？”

“啊，大概知道……”

事到如今金田一耕助才想起来，他第一次在龟之汤的浴池里碰到嘉平的时候，嘉平的语气也透着一种很希望他能重新调查昭和七年的案子的意思。

恐怕嘉平也对恩田几三那人的真面目非常在意吧。嘉平把那人的孩子当作女儿来抚养，自然就想了解其本来面目。

恩田几三究竟是何许人也？昭和六年的秋天，他忽然现身这个村子，引出诸多话题，又在次年秋天留下血腥罪行之后忽然消失，没有留下一丝证据能揭示他的身份和来历。可尽管如此，他却在让别所春江怀上千惠子的同时，又在仁礼咲枝的肚子里播下了文子这颗种子……

金田一耕助又想起，井筒的老板娘曾说过一番话：“我总觉得恩田这个人，怎么看也不像是会做出那种坏事来的人……正因为年轻吧，才造出那么多孽来。”

如此说来，阿纯无疑也知道这件事。正如恩田曾和春江在井筒幽会过一样，说不定咲枝也曾在那里和恩田幽会过。即使只有这一条线索，村长大概也获悉了恩田和咲枝的关系。这件事必须找阿纯再确认一下才行……

“这么说来，夫人，”由于太过意外，矶川警部一脸茫然，“屋子那头的大空由加里和文子是同父异母的姐妹？”

“是的，是这样。”敦子郑重其事地回答。她依然一本正经，僵硬的表情丝毫没有改变。

“那么，她们本人，还有村民们都知道这件事吗？”

“这个嘛，大概是不知道吧。尽管大家都知道文子并不是嘉平的女儿，而是外甥女，可谁也不知道她是恩田的女儿。嘉平也不愿将这件事告诉文子。”

“那他是怎么处理的？颜面总还是要的吧？”

“啊，事情是这样的。嘉平去年去世的妻子名叫秀子，是从兵库县的城崎嫁过来的。当时是她假托回城崎待产，把咲枝也一起安顿在了那里。当然，学校那边肯定是退学了。等婴儿出生后，秀子就当作是自己的女儿带回了这边。咲枝则直接被安顿在神户，不久就嫁到鸟取去了。不过，这件事还是立刻就暴露了。毕竟纸是包不住火的……”

敦子如此残忍地揭露事实，表情依旧冰冷。这种冷酷无情不由得令人联想起能剧中的假面。

“那么，夫人，”矶川警部生硬地干咳了一声，说道，“这件事跟这次的杀人案有关系吗？”

“不……”敦子的双颊有点儿发红，不过她立刻恢复了冷静，“我可没这么说。我只是说，在提亲的场合下，嘉平应该比任何人都清楚，文子比起我家泰子有这么大一个短处。”

“原来如此。”金田一耕助点点头，“所以，今天早晨在瀑布潭前面，您才情不自禁脱口而出，对吧？”

“是啊，实在是有失体统啊，事后回想起来都直冒冷汗呢。不过，除了他之外，我实在是想不出还有谁能对那姑娘做出那种残忍的事情来，因此才说漏了嘴……”

“啊，这其实也很正常……可是，关于这个案子，我有点儿事想问问夫人……”

于是，金田一耕助就询问了有关升和漏斗的情况。敦子也只是觉得奇怪，并未说出任何线索。即使对于“这一带是否有类似的传说或说法之类”的询问，她也只回答说她是从外乡嫁过来的，那些旧事并不清楚，还说，那种事情最好是去问问村长或她的婆婆。

话题自然而然地转移到了放庵身上，但敦子也强调，她总觉得放庵是一个让人不能大意的可怕人物，这一点跟龟之汤的里佳意见一致。对于在卯太郎法事的十日那天送给放庵的油炸豆腐寿皮司有问题一事，敦子却似乎是第一次听说，惊讶地瞪大了眼睛。

“在那些寿司里放村长杀手的毒汁？荒唐……荒唐……”她怒不可遏，“就算是真的，那也是事后有人放进去的。若说是村长杀手，村长那茅屋的旁边就长着很多。”

说完，敦子思考了片刻。

“无论如何，这跟我们家毫无关系。您看，正如荣子所说，那寿司是我婆婆一个一个地夹出来，由荣子和我分别用竹皮包了六个送给村长的。无论是我婆婆还是我，荣子就更不用说了，给村长下毒那种偷鸡摸狗的事我们是不会干的，哈哈。”

她最后加上的那声大笑带着一种假惺惺的意味，反倒让矶川警部和金田一耕助不由得交换了一下眼色。

当话题转移到放庵身上的时候，敦子竟明显地产生出一种微妙的抵触心理。及至问到放庵是生还是死，如果死了，从这儿带回去的寿司是否被人放入了村长杀手时，敦子竟突然歇斯底里起来。这究竟是为什么呢？

等剧烈摇晃着膝盖哈哈大笑的敦子终于收住笑容后，矶川警部说道：“先不说这些了，夫人，真的是非常感谢。还想请问一件事。”

“啊，请说？”

“关于那封把泰子骗出去的信……就是说要告诉她有关您已故丈夫的临终秘密的那封信。”

“啊……”

面对着矶川警部探询的视线，敦子调整了强硬的态度，语气变得含糊而又谨慎。

“泰子怎么会被那种信骗了呢……她父亲的死没有任何秘密。若是这件事，您最好是去问问本多老医生。”

“不是的，夫人……”

矶川警部正要开口，金田一耕助立刻从一旁插了进来，接过话茬说道：“这件事我们刚才已经咨询过老医生了。似乎一丝疑点都没有，可问题是，正如夫人您刚才所说，泰子小姐为什么会轻易被那封信骗出去呢……这才是问题的关键所在。关于这一点，夫人您是怎么想的？”

敦子用她一贯的钢铁般冰冷而坚硬的眼神，定定地回击金田一耕助的视线，答道：“金田一先生，那种年龄的姑娘，对尘世……也就是对人生往往会想得很复杂，对吧？如果有人对她说她父亲的死藏着秘密，在好奇心的驱使下，她肯定会稀里糊涂地赴约，对吧？那姑娘做梦也不会想到，居然会有人要她的命。”

敦子眼里忽然闪现出一丝淡淡的阴影，接着，那阴影便像雾霾一样蔓延开来，让她的眼睛再次湿润起来。

“说得是，也许是这样吧。”看到她的反应，金田一耕助坦率地点点头。

日下部是哉

事后得知，当天晚上，由良家发生了一件奇怪的事情。

时间在晚上九点前后，金田一耕助和矶川警部当时还在偏房的房间里跟敦子对坐。柴火不够了，前来帮忙的附近的姑娘正子就去后面的柴棚取。要去那柴棚，必须经过仓库旁边。

若说这升匠家的仓库，以前可是相当不得了，据说曾堆满了金银财宝，可战后十年，里面的东西应该大变样了。光是外表，从战争期间到战后就已经有十多年没有修缮过了，所以已是破败不堪，杂草丛生，在月光下都能清晰地看到有两三棵杂草在屋顶摇曳。

正子从厨房里推来独轮车，往车上装了大约五捆柴火，正要返回正房时，她无意间朝仓库的墙上看了一眼，不禁一下子惊呆了。

仓库的墙上映着一个巨大的影子。由于那影子大得几乎映满了整面墙壁，起初正子并没有弄清楚那影子的形状，可不久她就意识到了那是什么，心脏顿时冻结了。她发现那竟是一个腰弯得像弓一样的老太婆的影子。

尽管吓得膝盖直打哆嗦，正子还是环视了一下四周，想看清楚那影子的真面目。但那个老太婆在仓库对面的工棚后面，正子看不见她。那工棚是为佃户、用人等专门建造的，虽然现在升匠家已没有一个佃户了……

正子突然感到一阵恐惧。从老太婆的姿势来看，她分明就站在工棚后面，正朝正房那边窥探。

正子立刻丢下独轮车，悄悄离开了现场。她努力控制着颤抖的双腿，跌跌撞撞，好歹回到了正房的厨房。当跨过拉门的门槛、迈进土间的时候，她已经累得像一摊泥了。

“奇怪老太婆……奇怪老太婆……”正子只喊了两声，便一屁股坐在厨房一角，瘫软在地。

“阿正，你怎么了？你不是去取柴火了吗？”正在炉子上烧火的邻家主妇阿兼眯着被烟呛到的眼睛，惊讶地望着正子。

“坏了，坏了！那个奇怪老太婆来了，正从工棚后面往这边窥探呢。吓死我了，可吓死我了！”

“奇怪老太婆……”正好来拿酒壶的青池里佳一愣，追问了一句，“阿正，你说的是……”

“啊，龟之汤阿姨，那个奇怪老太婆到这边来了，就藏在工棚后面呢！仓库的墙上映着一个大大的影子。肯定是又来索人的命了。吓死我了，吓死我了。”

里佳默默地走向土间，趿拉上别人放在那里的一双草鞋。

“阿正，在仓库那边？”

“哎呀，阿姨，不行，不行，你一个人可不能去！”

青池里佳并未理会正子的劝说，径直冲了出去。后来碰巧又有两人也来到了厨房，从正子口中听说了老太婆的事后，决定一起去看看，于是连烧火的阿兼也拽上了。四人来到仓库旁边一看，只见青池里佳正在往独轮车上装滚落下来的柴火。

“阿正，你刚才说看见奇怪老太婆的影子，到、到底映在哪儿？”

“就是那边，那边的墙上啊。满满一墙，就像个秃头妖怪一样。”

四个女人看看正子所指的墙壁，面面相觑。那儿背对着月亮，就算是屋后有人站着，也不可能满墙都是影子。

“阿正姑娘，你不会是做噩梦了吧？还是说，屋子里点着灯？”

“我不是做梦，我不是做梦。我真的是看见了。墙上全是那秃头妖怪般的影子……”

即使正子连连跺脚坚称她真的看见了奇怪老太婆的影子，也没有一个人相信她。不过为谨慎起见，大家还是把仓库四周及工棚后面全都检查了一遍，但没有发现任何可疑的地方。

最终，大家都认为正子肯定是因恐惧而产生了奇怪的幻觉。听大家这么一说，就连她本人也没自信了，也觉得有这种可能。因此，这段小插曲在另一个案子发生之前，就这样被埋在了这五个女人的心里。

对于金田一耕助和矶川警部来说，这实在是忙碌的一天。从由良敦子那儿意外地听到文子的身世秘密之后又过了半小时，两人便再次换了地方。在大空由加里为其户籍上的父母所建的新房子，即所谓的由加里府邸的客厅里，两人跟由加里、春江，还有那个焦点人物日下部是哉相对而坐。

时间早已过了十点。

日下部是哉是个五十岁左右的风流男人，气色不错，肌肉发达，花白的头发拢在脑后。由于是从中国东北地区回来的，看上去略微有点儿野性。明明是在夜里，他却仍戴着紫色太阳镜，给人一种形迹可疑的印象。花哨的夏威夷衬衫配着短裤，衬衫袖口里露出来的胳膊非常健壮，左手腕上戴着手表，粗大的黄金表带十分惹眼。

“啊，久仰久仰，金田一先生，真是久仰大名啊，没想到竟在这儿遇上您了。”

金田一耕助和矶川警部是从由良家的守灵席上跟着由加里和春江来的，跟文子和里子则是在由良家门前分别的……

“啊，不敢当。”金田一耕助害羞的时候一贯如此，他用五根手指挠着鸟窝一样蓬乱的头发，点头致意，“都这么晚了还来打扰……”

“没什么，”日下部是哉朝壁炉上的时尚座钟瞥了一眼，说道，“才十点十分，要是在东京，天刚黑呢，请不要客气。夫人……”

“哎。”

“给两位先生来点威士忌吧。”

“啊，酒我们已经喝足了。”矶川警部显出一副真的喝腻了的样子，一面痛苦地呼气，一面说道，“今晚已经连喝了两家了。夫人，请给我来杯冰水吧……”

“妈妈，还是给他们果汁吧。”由加里依然穿着那身晚礼服，来到日下部是哉身旁，坐在椅子的扶手上。她撒娇般把胳膊缠在日下部是哉的脖子上。“老师，我今晚在守灵席上唱歌了。”

“什么?！由加里，你在守灵席上唱歌了？”

“是啊，泰子的未婚夫点名非要我唱不可……”

“是吗，她有未婚夫？”

“嗯，就是昨晚老师夸奖的那个人，说声音很不错的那个……”

“啊，是那个叫歌名雄的青年……”

“是啊，他的脸色十分悲伤。我一边唱一边偷看他，结果我都差点哭出来了。他啪嗒啪嗒地掉眼泪，却擦都不擦一下。”

“那你唱的什么歌？”

“《枯叶》。”

“啊，那很好。”

这时，春江用银盘端来了果汁，由加里便从椅子扶手上跳了下来，分别端给金田一耕助和矶川警部。看来她还是个懂规矩的人。

春江把果汁端给日下部是哉后，便要退下。

“夫人，你就别走了。金田一先生和矶川警部恐怕有事要问呢。对吧，警部，金田一先生？”

“是的……”

“我看我还是避一下嫌吧。”说着，日下部是哉就要起身。

“不，不。”警部慌忙用两手按住他，“您也别走了。昭和七年的案子，您大概也知道吧？”

“啊，当然知道。”日下部是哉刚抬起的屁股又落到椅子上，说道，“我们就是为了这事才来的。”

“您是说……”矶川警部用探询的眼神注视着日下部是哉太阳镜后面的眼睛。金田一耕助也兴致勃勃地盯着这名风流倜傥的男子。

如果矶川警部的猜测是正确的，此人就该是龟之汤的源治郎了，并且，里佳似乎也开始产生这种怀疑……

日下部是哉用漫不经心的语气说道：“啊，这个嘛，哈哈，夫人，可以说吗？”

春江不知为何红了脸，在膝盖上不断地扭搓着手绢，由加里却从一旁毫无遮拦地插进话来：“没事，老师，说吧。您不是一直念叨说，村长失踪很让人头疼，可巧的是矶川警部正好来了，不是吗？”

“啊，是吗？由加里，谢谢你。夫人，可以吗？”

“好吧，那就请说吧。”尽管声音很低，可春江似乎也下了决心，透着斩钉截铁的感觉。但她一度染红的脸颊却瞬间失去了血色，变得苍白而僵硬，而所有这些都没有逃过金田一耕助的眼睛。

“其实，警部，金田一先生……”

“怎么？”

“我想跟夫人结婚，由加里也劝我们结婚。而且，从法律上来说我们结婚也丝毫没有障碍，因为从户籍上来说夫人一直是单身。当然，除了她心中留有的那个心结之外……”

“心结……”

窥探着日下部是哉太阳镜深处的警部隐藏起在眼底燃烧的火焰，双眼露出锐利的光。金田一耕助也不由得觉得嗓子干渴得难受。

“也就是说，那个……怎么说呢，”日下部吞吞吐吐起来，“其实就是由加里爸爸的事情。”

“啊，原来如此，就是那个名叫恩田几三的人吧？可是，他对春江夫人在法律上应该是没有任何权利的啊。”

“呃，是的，我刚才也说了，从法律上来说我们结婚没有任何障碍。只不过，她有一个心结，那就是，如果由加里的爸爸还活着，并且有朝一日出现在我们面前，她对我的愧疚……”

“可是，这种情况是绝不可能的。毕竟他犯下了杀人重罪。”

“呃，从常识上来说是这样。可是，有些时候人的心理问题却不是只靠常识就能解决的。她的心结从根本上来说就在于由加里的爸爸究竟是生还是死。如果那人死了，那好，没关系，可以跟我结婚。可是，如果他仍在某一片天空下面活着，她就会永远思念着那个人，宁愿一个人过一辈子……她是非常传统非常专一的，而我喜欢的也正是她这一点。金田一先生，这够令人同情吧。问题很棘手啊，哈哈。”

“啊，说得也是。”金田一耕助一面点头，一面瞥了矶川警部一眼，只见警部眼中的光芒正逐渐黯淡下来。看来警部也意识到自己误会了。

“可是，您刚才说您是为了昭和七年的案子才来到这儿的……”

“这，这件事啊……”日下部是哉悠然地叼着烟斗，说道，“听夫人说，那个叫恩田几三的人，也就是由加里的爸爸，无论怎么看都不像是坏人。所谓有欺诈，也只是从结果上看来是那样而已。无论怎么看，都不像是一开始就有预谋的欺诈，更何况杀人潜逃……不，就算是情急之下杀了人，那也应该会告诉夫人，带她一起走。也就是说，纵然对方是杀人凶手，她也应该跟着他。并且，由加里的爸爸也应该知道她对他深深的爱。”

“啊，那倒也是。然后呢……”

“当时她还年轻。并且完全慌了神，不知所措，所以警察询问，也无法有条理地作答和应对。可是，战争期间她又被疏散到了这个村子。当时，那个村长告诉了她一个意外的事实，即当时负责办案的人员之一，也就是警部您，心里怀有一个疑问：被杀死的会不会不是龟之汤的源治郎，而是由加里的爸爸呢……对她来说这个新的事实无疑是痛苦而悲哀的。可是，对由加里的未来却是巨大的光明。因为如果是那样，她就不再是杀人凶手的女儿了。这件事，夫人直到最近才告诉我。既然这样，那就干脆趁村长还活着的时候，再具体问问到底是怎么回事。于是，我们才回到了这个村子。”

真遗憾，矶川警部的希望就这样彻底破灭了。这个不带一点儿关西口音的男子，分明不是龟之汤的源治郎，即无声电影解说员青柳史郎。

“对了，夫人……”由于过度失望，矶川警部似乎连说话的力气都没了，金田一耕助不得不充当起问话者，“由加里的爸爸知道您怀孕的事吗？”

“啊，当然知道。”

“那么，由加里的爸爸当时想怎么安置您呢……”

“反正就算是挑明了，家里的父母，也就是我的父母也肯定不会答应，所以我们就想干脆在工作告一段落之后一起去中国东北。等生下孩子之后，再祈求父母原谅。我们当时就是这么约好的。”

“所以她……”日下部是哉从一旁帮着解释道，“当她被疏散到这儿，从村长那儿听到这事的时候，她才想到，若是由加里的爸爸杀了人远走高飞，那也肯定会带上她的。”

“这么说，您并没有见过那个在村长家的偏房里被杀的人？”

“啊，没见过。因为当时都说那个人是源治郎。”

之后，金田一耕助又向春江询问了一些当时的情况。到了十二点左右，胜平和五郎突然慌慌张张地闯了进来。

“由加里，文子有没有来这里？”

“没有啊，我们跟文子两个小时以前就在由良家的门口分别了啊……跟里子一起……”

“胜平，文子不见了吗？”金田一耕助和矶川警部顿时不寒而栗，猛地站了起来。

“是的，听里子说，她们的确是在我家门口分别的。她还说确实也看到文子进了家门，可现在却哪里都不见文子的人影。难道又是那个老太婆……”胜平一脸焦急，浑身打着哆嗦。

于是，当天晚上，整个鬼首村又全体出动，高举着手电筒和火把进行了大搜索。文子的尸体被发现，已是次日黎明时分的事了。

第三部　第三只麻雀如是说

大小金币用秤称

鬼首村现在已名副其实地变成了遭恶鬼侵袭的村子。整个村子顿时混乱起来，然后完全陷入了麻木状态。

“这算个什么盂兰盆节啊。哎，你说，这到底算是个什么盆节啊……”年长者个个发着牢骚。

“那个老太婆到底藏在哪里？”年轻人也都红了眼。

发现文子尸体的是酒鬼辰藏。

经过连续两夜搜索，累得东倒西歪的辰藏为了喝杯酒提提神，就在黎明前后一个人离开了搜索队伍，来到秤匠葡萄酒酿造厂喝杯酸葡萄酒。

可当他扭开酒桶的龙头，咕咚咕咚地往粗沿的杯子里接那浓艳的紫红色液体时，发现对面有样东西在闪闪发光。当时东方的天空正开始发亮，工厂里也流淌着清爽的晨曦。辰藏发现晨曦中的地板上散落着两三片金光闪闪的东西。

“那是什么玩意儿？”

辰藏呷了一小口酒后，放下酒杯走过去一看，结果发现，在堆得像山一样的葡萄酒桶后面，在满是尘土的地板上，身着丧服的仁礼文子已被残忍地勒死，横躺在地上。

辰藏的震惊即是整个村子的震惊。

仁礼文子被杀的消息像电流般传遍了整个村子。在立花警部补的带领下，当金田一耕助和矶川警部等人爬上六道辻、赶到案发现场的时候，山谷里已经挤满了人，连秤匠葡萄酒酿造厂也都被无知的村民踩踏得不像样了。

立花警部补勃然大怒。除了辰藏被留下来，其他人都被他连吼带骂地赶到了工厂外面，然后他才把愤怒的目光投向葡萄酒桶后面。就在燃烧着怒火的目光投过去的一瞬，他呆住了，连呼吸都忘了。

一瞬间，人们鸦雀无声。金田一耕助、矶川警部、刑警和巡查全都呆呆地站在原地。

突然，立花警部补把因睡眠不足和愤怒而满是血丝的眼睛转向辰藏。“辰藏，是你恶作剧吗？”他的语气简直像要把人吃了一样。

“胡、胡说。我来的时候，尸体早已经冰冷了。”

“不，不是这个。”立花警部补气得直跺脚，“我问的不是这个。我问的是，往那带子里塞那些奇怪玩意儿的是不是你？”

“岂、岂有此理！我发现这尸体的时候，早就是那样了。”

立花警部补用气得几欲颤抖的眼睛狠狠地盯了一会儿横躺在地板上的尸体，又把愤怒的面孔扭向金田一耕助。“金田一先生，这到底是什么意思？凶手为什么要再次搞这种恶作剧？”

他的语气不容分说，仿佛完全是金田一耕助的责任似的。

“这恐怕有某种意味吧。对凶手来说可能具有某种重大意味。”

“重大意味……”

“昨天是升和漏斗，今天却换成了秤和茧形小年糕球啊。”

矶川警部叹息着咕哝了一句。大家再次把视线投向地板上的尸体。

也难怪立花警部补激愤，矶川警部叹息，因为恶魔又在尸体上搞出了奇怪的恶作剧。

文子俯卧在地上，带子里插着一杆秤，秤盘里放着寓意吉祥的茧形年糕球。刚才吸引辰藏的那发光的东西，就是附在小年糕球上的仿造的大小金币。虽说是仿造品，但也不是纸的，而是用金箔做成的，在夏季早晨的晨曦中闪闪发光。

“辰藏先生，”金田一耕助眨着睡眠不足的眼睛，问道，“昨天被杀的泰子家是升匠，今天遇害的文子家是秤匠，对吧？”

“是的，没错，所以才会叫秤匠葡萄酒啊。”

“金田一先生，这里面有什么含义吗？”

“应该有吧。但这漏斗和小年糕球究竟又意味着什么呢？”

金田一耕助念叨着弓下腰，仔细地查看文子的脸。大家的注意力全被恶魔那奇怪的恶作剧吸引了，都忘了确认一下文子的死因。

文子的脸贴在布满灰尘的地板上，虽然衣服有些凌乱，可还是一眼就能看出她是被勒死的。她的喉咙附近有一条可怕的细绳印痕，跟杀害泰子的手法如出一辙。

金田一耕助又朝秤上面的小年糕球望去，接着却突然皱起眉头，直起身子朝辰藏回过头来。

“辰藏先生，您碰过这尸体吗？”

“碰过……因为我本来是想把她抱起来……”

“那这小年糕球……”

“没有，这个我没有碰过。我当时想怎么又搞这种恶作剧……”

“这一带到处都有这种小年糕球吗？”

金田一耕助记起在龟之汤柜台的神龛上也有类似的小年糕球。

“是的，总社有座‘国士宫’，每到新年人们都去那里领取这种小年糕球。”

“在东京一带，一般来说除了挂上大小金币之外，还会挂一些色子或幸运箭之类。这茧形小年糕球上怎么只有大小金币？”

“啊，其实这边也是一样的。平常也会在金币上胡乱地挂上些色子、幸运箭、大福账、阿多福面具等……”

“这么说，那些东西有人揪走了？”

眼前的茧形小年糕球上只挂着一枚大金币和三枚小金币。

矶川警部也从旁瞧了瞧。“金田一先生，这肯定是最近才揪下来的。你看，连痕迹都还是新的……”

金田一耕助也注意到了这一点。新年伊始就被放在神龛上的年糕球已经被太阳晒得古色苍然，其他吉祥物被揪掉的痕迹是新的。

“也就是说，凶手需要的只是金币？”

“看来，这又是一起谜案，金田一先生。”

“是啊。”

“如此一来，这就越发让人想起狱门岛的案件。”矶川警部失望地皱着眉头。

立花警部补却从一旁探出板着的面孔说道：“是不是谜案还不好说，但既然如此那就是我的事了。凶手既然留下了秤和年糕球这种明显的证据，我就是把整个村子翻过来，也一定要把这两样东西的主人挖出来。混蛋！我不会让你永远这么胡作非为下去。”

立花警部补满脸怒气，不料他的希望和热情却在须臾之间像肥皂泡般化为泡影了。

由于本多医生、摄影组和鉴定科的人正巧都赶来了，金田一耕助和矶川警部就带着辰藏来到了外面。

“歌名雄，你该不会是因为泰子被害了，就又对文子做了那种残忍的事吧？”故意大声地说着风凉话的是胜平。

金田一耕助一愣，循声望去，只见秤匠葡萄酒酿造厂前面的广场上正杀气腾腾。

青年团的团长和副团长正严正对立，怒目而视，而胜平刚才吐出的那句话分明是说给金田一耕助和矶川警部听的。

“你说什么！”

“你对泰子那么迷恋。泰子被杀了，而且升匠家的阿姨又对我老爸说了些奇怪的话。歌名雄，你一定是信以为真，结果就把文子杀了吧？”

“你胡说！”

“谁胡说了，谁胡说了！你从昨晚起样子就有点儿奇怪。不，不是有点儿，是非常奇怪。年纪轻轻就哭得一把鼻涕一把泪。喂，你说，是不是你残害的文子？！”

“你胡说，你胡说，你老爸才是残害泰子的凶手！”

“你说什么？我老爸为什么要杀泰子？你说，你说，我老爸为什么要杀泰子？”

“我说了又能怎样，我说了你又能怎样？你以为我不敢说吗？你老爸为了把那个私生女硬塞给我，就把碍事的泰子杀了。”

“你说什么？”胜平一声怒喝，“你说谁是私生女，你说谁是私生女！”

“说了你又能怎么样？我说了你又能怎么样！我说的私生女就是你妹妹文子，就是在那工厂里被杀的文子。活该！”

“什么！什么！放开我，放开我，我要杀了他！我非杀了歌名雄这小子不可！”

“算了，算了，胜平，你误会了。阿歌平时那么老实，怎么可能会做那种傻事呢……”

“歌名雄也真是的，你干吗说得那么难听？你们两个平常那么要好……”

五郎等青年团的人拼命把团长和副团长拉开。

胜平气得满脸通红，凶神恶煞地蹦跳着叫嚷道：“放开我！放开我！我要杀了歌名雄这小子！我要杀了歌名雄……”

“胜平，你给我住嘴！”

忽然，一声怒吼从远远围观着这场争吵的村民们背后传来，像打了一个响雷。

接着，只见一个人拨开看客，怒气冲冲地插到二人之间，原来是嘉平。嘉平仍掖着浴衣的后下摆，露着雪白的绉纱短衬裤。在他背后，直平也推着自行车走下坡来。由于滑坡，通往樱村的下坡路仍没有修好。

“阿歌，你就原谅他吧。这小子火气是大了些，不过，阿歌，你说得也有点儿过分了。”

不愧是村子里最有威望的人。他委婉地责备了歌名雄几句后，又训斥起胜平来。“胜平，你这像什么样子……村里接连发生不幸，你居然还有空在这里瞎嚷嚷！啊，金田一先生，矶川先生……”嘉平神情忧郁，“刚才两人在胡说八道呢，请不要在意。他们晚上都没好好睡，年轻人嘛，火气都很大。”

嘉平的语气平静沉稳，不愧是村里最有威望的人。

“哎呀，这次你们家又摊上这种事……”矶川警部打着招呼。

“是啊。这个村子简直就像是被恶魔附体了啊。那，文子的尸体，我可以去看看吗？”

工厂里面的拍摄似乎也已结束，矶川警部说道：“啊，请。本多医生正在里面呢。”

“好的，直平，你也过来吧。”

跟父亲不同，直平到底还是年轻，面对新的变故，他的脸上难掩惊慌之色。他狠狠地瞥了歌名雄一眼，放下自行车便跟在父亲身后走进了工厂，不一会儿却又露出脸来。

“警部，金田一先生……”

“啊，怎么了？”

“有些事待会儿我想跟你们说说。能不能在办事处那边等一下？”直平的眼神里别有意味。

“啊，是吗？那，金田一先生……”

“我也一起去。”

多亏了嘉平一声怒喝，胜平和歌名雄的争吵平息了下来。金田一耕助跟在矶川警部的身后走进工厂内的办事处。办事处里到处是灰尘，连个坐的地方都没有，金田一耕助便站在窗边，呆呆望着从樱村朝阵屋旧址的方向。

“金田一先生，”这时，矶川警部从一旁走过来，压低了声音，“文子的事，看来全村都知道啊。”

“跟城市里不同，在村里，这种事是藏不住的。”

“这跟这次的案子有关联吗？”

“这……”金田一耕助支吾着，“好像又是个离奇的案子啊。”金田一耕助只说了这么一句，便默默地陷入思考。

当嘉平、直平与立花警部补结伴进来时，两人已等待了许久。

“本多医生呢？”矶川警部问道。

“回去了。说文子是被勒死的，手法跟昨天的完全一样。”沉着脸的立花警部补咣当一下，把关键物证——秤和年糕球丢到满是灰尘的桌子上，“警部，看来又得认输了。”

“怎么了？”

“请看看这个。”说着，立花警部补愁眉苦脸地把秤杆的基部塞到两人面前。两人一看，上面清晰地印着秤砣和山形图案，即秤匠家的标记。

一瞬间，金田一耕助感到耳畔似乎传来了凶手的嘲笑，不禁全身一阵战栗。这凶手是越发难对付了。

矶川警部也呼吸急促起来，说道:“啊，难不成，这是您家的秤……”

嘉平默默点头，眼里已渗出泪水。“既然烙着这烧印，那就肯定是我家的秤，可这究竟是什么人又是什么时候拿走的呢……”

直平的眼睛像着了魔似的直冒火。

“这秤是工厂里的吗？”

“不，不是的。工厂里用的一直都是台秤或磅秤。”

“这么说，那就是从您家拿出来的了？”

“嗯，是的，可到底是什么人又是什么时候拿出来的呢……”

“等等，还有这玩意儿……”说着，立花警部补激动地拿起年糕球，“就算是把整个村子翻个底朝天，我也要把这年糕球的主人找出来……”

“不，主任，”直平用愤怒的声音打断立花警部补，“请先看看这个。”

看到直平捧到桌子上的东西，金田一耕助、矶川警部和立花警部补不禁全瞪大了眼睛。

那分明是从年糕球上揪下来的各种吉祥物，有阿多福面具、幸运箭、元宝箱和大福账，还有色子和宝船。

“这、这究竟是从哪里找到的？”立花警部补的语气尖利起来。

“是在我家的院子里发现的，撒了一地。”

“您家院子……”

“是的，听到胜平的信儿后我正要从后门往外跑，却发现院子里撒了一地这玩意儿。听胜平说文子的带子里插着年糕球，我就怀疑会不会是我家神龛上的，结果一查看，那年糕球果然没有了。”

“那、那这年糕球也是您家的东西？”立花警部补脸色骇然，简直都快要吃人了。

“是的，好像是……这究竟是什么人什么时候拿走的呢……”

与矶川警部茫然相视的金田一耕助，耳边再次传来凶手海啸般的嘲笑声。

被用村长杀手放倒了

据本多医生的验尸结果，文子遇害的时间大致是昨夜十二点前后。

文子离开由良家时是十点左右。金田一耕助、矶川警部、大空由加里的母亲春江和龟之汤的里子也都和她在一起。金田一耕助、矶川警部和春江是在由良家门前分开的，里子则一直和她在一起，直到仁礼家门前才分别。

“文子的确进了家门，还说了句晚安后才和我分开。当时我也没发现什么异常的举动。”

面对立花警部补的询问，里子一次次重复着同样的答案。她似乎已忘记了要戴头巾，无论在谁面前都敢袒露红痣。

想来，里子不止一次——已两次成为最后一个目击到朋友临死前身影的人了，也不知她是否意识到了这一点。她把红痣完全暴露了出来，表情却很僵硬。

仁礼家没有一个人注意到文子回来。金田一耕助和矶川警部前脚刚走，嘉平后脚就到本多老医生那里去下围棋了，直平和胜平则去守灵仍未回来。直平的妻子路子则打着瞌睡，哄着还在吃奶的最小的孩子。跟由良家不同，这里虽有三名用人，却都在别院。从文子的草鞋仍穿得好好的这一情形来看，她似乎是先假装进了家门，接着又悄悄地出了门。这到底是为什么呢？会不会跟泰子遇害一样，也有一封叫她出去的信呢？大家带着这种猜测把她房间的角落都翻遍了，并没有找到类似的东西。

由良家的守灵仪式是十点半前后结束的。胜平帮着收拾完毕后，回到家已经是十一点多了。直平倒是提前一步回了家，可老爷子嘉平却仍没有回来。

就在嘉平回来稍早前，即十一点半左右，路子才发现不见文子的人影。正在家里到处寻找的时候，嘉平回来了。在让人检查了鞋子后，才发现文子穿着去守灵的草鞋不见了。

直平和胜平知道文子是跟里子等人一起离开由良家的，所以胜平就骑自行车去龟之汤找里子。里子出来说文子当时的确是进家门了。那时，歌名雄仍未回来，所以胜平认为这一点很可疑。

歌名雄是先于胜平等人一步离开由良家的，文子等人回去后他立刻就离开了。胜平对此再次提出了怀疑，认为歌名雄本该比胜平等人待得更晚一些才是。

当让歌名雄解释理由时，歌名雄说自己在听由加里唱《枯叶》的过程中，感到心如刀绞，于是在由加里回去后不久离开了由良家，摇摇晃晃地骑自行车回家了，途中还顺便去了一趟凳子瀑布。而就在他恍恍惚惚地跪在那里的时候，母亲里佳来找他了。

里佳说她十一点半前后回到龟之汤一看，早些时候已离开由良家、而且还骑着自行车的歌名雄竟然还没有回来，就猜测他去了泰子去世的地方。她到那里一看，果然，歌名雄正抱着头待在那里。歌名雄怎么也不愿离开，里佳好劝歹劝，终于把他拽回了家，结果就听到胜平来打听文子的事。歌名雄怄气直接钻进被窝睡觉，不久青年团的人就来了，他被拽起来加入了搜索队。

如果这一切陈述属实，事情恐怕是这样的：

里子在仁礼家门前跟文子分开后，匆匆忙忙地踏上了回龟之汤的路。途中有一条通往凳子瀑布的上坡路。里子刚通过这条路后，歌名雄就来了，并沿路向凳子瀑布爬去。

而另一方面，尽管文子与里子分开后一度进了家门，可不知出于什么理由，她又从后门出去了。这一推断是基于她的扇子掉在地上，跟被揪下来丢掉的吉祥物在一起。如此看来，她是从樱佛堂里侧通往六道辻的间道走的。当时歌名雄就算已经待在凳子瀑布了，到六道辻还有很远一段距离，并且山崖突兀，他未察觉也毫不奇怪。

可是，凶手呢……

歌名雄在凳子瀑布待了将近一小时，而在里佳来找他之前，他说没有看到过任何人。

再说从秤匠家拿出来的杆秤和茧形年糕球，由于都不是日用品，谁也没有注意到究竟是什么时候遗失的。唯一可以确定的是，那天傍晚之前，通往后门的院子里并没有吉祥物，说不定是文子自己带出去的。如果事实真是这样，又是为什么呢？她为什么要把那种东西带出去呢？

“这案子可真烦人啊，金田一先生，我觉得浑身直起鸡皮疙瘩。”

当人们一个个被叫进已变成搜查本部的龟之汤共同宿舍的娱乐室接受调查，然后又大致弄清以上事实时，已经是上午九点左右。当讯问大致结束、短暂休止的时候，矶川警部眨着疲倦的眼睛，战栗地耸着肩膀。

金田一耕助默默低着头，呆呆地思考着什么。不，不是呆呆地思考，而是在发动全部脑细胞，核对理论上的逻辑。可他毕竟也三天两夜没能睡个囫囵觉了，所以大脑里像灌了铅一样。

“警部，总之我们先睡一觉吧。这样身体可受不了。”

“啊，好吧。立花，剩下的就交给你了。连你都没法睡，真抱歉……”

“没事，毕竟我还年轻，没事。”

立花警部补依然没有松开那板着的面孔。在这名警部补眼里，金田一耕助的存在似乎很碍眼。

由良家出殡是在下午四点。毕竟是酷暑季节，下葬时间不能拖得太久。当两人拜托阿干及时把他们叫起来以免误了出殡时间、然后钻进被窝之时，已是九点半前后了。两人头一碰到枕头，就沉沉地睡去了。

两点半左右两人被阿干叫起来时，里佳、歌名雄和里子全都不见了。他们都去由良家参加葬礼了。

“老爷，听说今天还要解剖文子的遗体，是吗？”当两人坐到摆着分不清究竟是午饭还是晚饭的桌前时，阿干皱着眉叹息道。

“那有什么办法，毕竟是横死。”

“但还是太讨厌了。接连两天都……今天升匠家的葬礼之后还有秤匠家的守灵，看来今晚又把我一个人撇在家里了，一想到这些我就吓得要命，吓得要命。”阿干显得十分害怕。

“那你可得当心啊。听说，那奇怪老太婆专找美女下手呢。”

“哎呀，讨厌！净吓唬我。”说着，阿干做出要拿托盘打警部的样子，同时喜形于色。

“先不说这个了。阿干，有自行车吗？走着去可吃不消。”

“有，但只有一辆。你们俩就共骑一辆去吧。”

“啊，行，行。”

两人出发前又去共同宿舍瞧了一眼，去神户出差的乾警官已经回来了，正在跟立花警部补谈话。

“啊，警部。”一看到矶川警部，乾就站起来说道，“放庵对这儿的老板娘所说的果然是谎话。”

“嗯，就是他外甥送他生活费那件事吧？”

“是的，没错。他那个名叫吉田顺吉的外甥有个弟弟，名叫吉田良吉，是一个在神户做海上运输的人。听说他哥哥死后，放庵就去死乞白赖地求他，可最终还是被他严词拒绝了。他还扬言说，他那个舅舅就算死在路上也是自作自受，是哥哥为人太善良了。哪怕舅舅真的死了，他也不会去参加葬礼。”

“名声还真差啊。”

“是的，简直就是一文不值啊。连吉田顺吉的遗孀也是牢骚满腹，拿那个舅舅没辙。”

“原来如此，这样一来，放庵对生活费的来源说谎一事已经弄清楚了。”

“那么他生活费来源的问题肯定有鬼了？”

“应该是的。对了，立花，现场有什么发现？”

“工厂里留下了两三个无跟草鞋的鞋印，就这些。毕竟让村民们踩得一塌糊涂。”立花警部补依然心情不佳，刻在精悍眉宇间的皱纹越发深了。

“工厂外也够呛吧？”

“是的，经过连续的日晒，外面早已是硬邦邦的了，哪里还能有什么脚印……”

自从十日晚上那场大雷雨以来，最近一滴雨都没有下，所以也难怪立花警部补眉间的皱纹越来越深。由于这一带的土质是花岗岩质地，到了夏天，即使只晒上一天，地面也会像磨刀石一样坚硬。

“那剩下的就拜托了。我们得去由良家参加葬礼了。”

“啊，请便。”

“金田一先生，你坐后面吧。我穿的是西服，不方便。”

“啊，这怎么好意思。折磨您这老迈之躯……”

“你说什么？什么是老迈？什么是老迈……论力气，我还不至于输给你这样的吧。我还是柔道三段呢。”

“哈哈。真是老年人不自量力啊。那好，我就姑且坐在您屁股后面吧。”

大概是彻底睡足了的缘故，两人都心情舒畅。心情一舒畅，嘴巴就闲不住，两人便一面斗嘴，一面骑着一辆自行车出发了。目送着两人离去，立花警部补的脸色十分难看。

两人抵达由良家时正巧是临出殡的时刻，僧人们正高声诵经。这一带盛行真言宗，由良家当然也不例外，因而诵经的时间也格外长。跟昨天不同，今天全部房间都打通了，四十二叠的大厅里挤满了送殡者。

金田一耕助和矶川警部在末座跪坐下来，环视了一周，到底是重大仪式，连嘉平也来了。只见他穿着一件带有家徽的礼服，正静静地摇着白扇。今天是盂兰盆节的十五日，由于最近连续日晒，天热得让人浑身发软，所以乖乖听经的人无不汗流浃背，大厅里白扇挥舞。

正当金田一耕助擦着渗出的汗时，龟之汤的里佳分开人群来到他面前。

“那个，金田一先生，警部……”里佳留意着四周小声说道。

“啊……”

“有件事一直想告诉两位……可今天早晨看到你们太累了，就一直忍着没说……”

“哦？什么事？”

看着里佳意味深长的神情，金田一耕助和矶川警部交换了一下眼色，从座位上站起来。他们在里佳的带领下绕到后面一看，只见正子等四个女人正站在仓库旁。

“喂，正子，先生和警部来了，你就把昨晚的事说一下吧。”

“是。”正子战战兢兢地说起昨晚映在仓库墙壁上的奇怪老太婆的事来，“我没有直接看到那奇怪老太婆的人影，可从映在仓库上的样子来看，她似乎正在这样窥探客厅那边。”

说着，正子模仿了一下动作，仿佛那情形就在眼前似的颤抖着肩膀。

“仓库这边的墙壁，是吧？”矶川警部打量着仓库和工棚的位置。

“是的，几乎映满了整面墙。由于那影子太大了，一开始，我反倒没弄清到底是什么。当我看清是一个弓着腰的老婆婆的影子时，差点没吓死……”正子仿佛又看到了当时的情形，吓得不敢喘气，眼珠瞪得浑圆，惊恐不已。

“那个，金田一先生，”里佳接过话茬说道，“听到正子的话后，我第一个冲了出来。可我到这里时，哪里也没有看见那老婆婆的人影，只有正子弄倒在地的独轮车。我正在收拾车，她们几个就跟正子一起过来了。我们向正子反复询问，结果她说是那边的墙壁。当时月亮升到了这边，那边的墙上根本就不可能映上影子。于是我们都嘲笑她，说她肯定是被吓坏了，连狗尾巴草都看成幽灵了，结果不了了之。现在想来，那个老太婆肯定是打着灯笼之类的吧，所以那影子才会映满整面墙。”

“没错，没错，肯定是这样。就像龟之汤阿姨说的那样。她一定是来查看文子的样子的。可是，大家都嘲笑我，没有一个人相信我说的话，所以才会发生那种事情。这可不关我的事，我可没有责任。”

说着，正子抽抽搭搭地哭了起来。这种年龄的女孩大概泪腺很容易受刺激吧，动辄就会流泪。围着正子的四个女人全都愧疚地面面相觑。

“没错，的确不是正子的责任。那是几点左右的事？”

“几点左右呢……对对，就是金田一先生和警部还待在偏房里的时候。哎，当时我要是跟你们说一声就好了，结果还错怪了这孩子……”

里佳似乎也回忆起当时的情景，害怕起来。

金田一耕助不时地计算工棚到仓库之间的距离，又不时走到工棚旁边做提灯笼的姿势，似乎在反复思考。不久，大厅那边吵嚷了起来。人们这才注意到，诵经声不知何时已停止了。

“啊，警部，似乎要出殡了。老板娘，这件事待会儿再好好琢磨吧。正子，你也别哭了。这的确不是你的责任。”

金田一耕助和矶川警部安慰了一下仍在哭泣的正子后，返回大厅一看，客人们已站了起来，其中多半甚至来到了院子和大门口。

金田一耕助和矶川警部也混在其中来到走廊上，这时，敏郎的妻子荣子过来说道：“啊，金田一先生，警部……”

“有事？”

“我奶奶说，如果方便，她有件事想告诉你们。请往这边来一下……”

“哦，是吗？”

金田一耕助和矶川警部一面交换眼色，一面走进大厅，只见八十三岁的老妪五百子端坐在棺材前，像腰包口般皱皱的嘴角挂着谜一样的微笑。旁边则是敦子和敏郎等人，仁礼家一族也奇怪地守在一旁。那些站起来的送殡者也不知怎么回事，纳闷地俯视着五百子。其中还有歌名雄和胜平的身影。

“金田一先生，矶川先生，难得你们也来了。”

“是啊，听说您有话要跟我们说……”

“是啊……金田一先生，昨晚我正想说来着，结果被曾孙们搅了……是吧，嘉平当家的？”

“啊？”嘉平莫名其妙地眯起眼睛，忘了摇扇。

“因为在你和敦子的那个时代就已经衰败了，你们大概并不知道吧，在我还是一个小姑娘的时候，村里曾流行这样一首彩球歌。”

说着五百子从袖子里摸出一样东西，大家一看，不禁瞪大了眼睛。竟是一个用毛线缝成的漂亮的彩球。

“啊，金田一先生，请仔细听好。”

说着，五百子稍微欠了欠身，用左手抓着右边的袖口，一面咚咚咚地在榻榻米上拍球，一面用悦耳的声音唱起来：

> 我家后院大树上
> 停着三只小麻雀
> 一只麻雀如是说
> 我家村长甚兵卫
> 阵屋老爷要他求美人
> 他伊势去了有七次，熊野去了有三次
> 吉备津神社是一月拜一次
> 姑娘求来了，多嘴的村长却到处说
> 说得太过了

就被用村长杀手放倒了

放倒了

民间承传

在众人的疑惑中唱完这一节离奇的彩球歌后，五百子用两手抱着彩球，得意地望着金田一耕助，嘴角挂着微笑。

她的脸庞浮现出少女般的天真神情，却也流露出历经八十多年岁月的老女人的狡黠和恶作剧。实际上，她那像腰包口一样收紧的嘴角浮出的微笑就正在暗暗捉弄着金田一耕助等无知的人。

可是，金田一耕助对于这彩球歌的重要性却缺乏清醒的认识。正如围在五百子身边的其他人那样，他也只是呆呆地注视着五百子。

只有嘉平一人，大概是被从遥远的记忆之梦中唤醒了。“老夫人，”他不禁用力甩了下白扇，说道，“如此说来，好像还有一节提到升和漏斗吧……”他说着向前膝行了两三步。

“跟我想到一块儿去了。”五百子回过头笑眯眯地看着他，说道，“嘉平当家的，想起来了吧？是这样唱的，金田一先生……”

“哎……”

“还有矶川先生……”

“在、在。”

“你们也一起听听吧。”

五百子再次欠了欠身，用左手挽了挽右边的袖口后，又在榻榻米上一面拍着球，一面用动人的声音唱了起来：

我家后院大树上

停着三只小麻雀

第二只麻雀如是说

我家阵屋大老爷

好狩猎好酒好女色

最爱好的是女色

女色谁最好？升匠家姑娘

姑娘长得美，却是个大酒鬼

用升量用漏斗喝

整天泡在酒缸里

这样还说不过瘾，结果就被返还了

被返还了

“啊！”一座人等顿时全发出惊叫声，金田一耕助也不由得直起身子。

五百子却对众人的骚动毫不理会，又专心地拍着球说道：“还有呢，金田一先生。”

“啊，啊。”金田一耕助目不转睛地盯着这位八十三岁的老妪，从喉咙深处挤出沙哑的声音。

“还有这样的歌呢，嘉平当家的，你也好好听听吧。”

说着，五百子又咚咚咚地拍着球，用富有穿透力的声音继续唱了起来：

我家后院大树上

停着三只小麻雀

第三只麻雀如是说

我家阵屋大老爷

好狩猎好酒好女色

最爱好的是女色

女色谁最好？秤匠家姑娘

姑娘长得美，却是个大抠门

大小金币用秤称

每天忙着算账忙

连睡觉的空儿都没有，结果就被返还了

被返还了

我只是借给他临时一用啊

五百子唱完歌，抱着用毛线缝制的彩球，面带少女般的天真笑眯眯地环视众人。满座的人像被冻住了似的，鸦雀无声。

不用说由良家的人，就连嘉平、直平及其妻子路子——不，不，所有在场的人都露出了被妖魔附体般的眼神，呆呆地注视着五百子的脸。就连向来沉着的嘉平似乎也被这意外的揭秘吓破了胆，握着白扇的手在夏季裤裙上不住地发抖。

金田一耕助非常亢奋。一阵阵奇怪的战栗蹿过脊背，腿下意识地哆嗦着。

“老、老夫人，”他用哽咽的声音说道，“抱、抱歉，能否把刚才的彩球歌再给我们唱一遍？”

“呃，当然可以。既然你喜欢，唱多少遍都行。”

五百子不慌不忙地欠了欠身，挽了挽右袖口，咚咚咚地拍着球。

“我家后院大树上……”

她又唱起了跟刚才一样的彩球歌。那细微又清脆的歌声在静静的大厅里如丝如缕地流淌。不久，当这恐怖的彩球歌以“我只是借给他临时一用啊”结束的时候，四十二叠的大厅里顿时像捅了马蜂窝似的骚乱起来。人们纷纷谈论着感想，对五百子的询问也如雨般倾泻而下。

“啊，安静，安静，请少安毋躁。”

这时矶川警部直起身子，用力拍着两只大手制止众人。

“大家吵闹也没用，更重要的是这样只会把老夫人弄得晕头转向。依我看，金田一先生似乎有话要问。我们还是先交给金田一先生吧。嘉平先生，怎么样？”

“啊，我看这主意好。金田一先生，那就由您先问吧。”

“好吧。”

所有的视线刷地全汇集到了金田一耕助身上，他有些害羞，可现在根本就不是害羞的时候。

“那么，老夫人……”

“请讲……”

“您的意思是说，这次的杀人案就是根据刚才的彩球歌来上演的？”

“不，我可没这么说。刚才的彩球歌跟这次的案件有没有关系，做判断的恐怕只有金田一先生和矶川警部吧。我只是让你们听听以前村里有过这么一首彩球歌而已……”

“是，非常感谢。”金田一耕助点头致谢，“对了，您刚才说这歌现在已经不流行了，那么知道这歌谣的人一般都多大年纪？”

“这个嘛，嘉平当家的……”

“嗯？”

“虽然只是隐隐约约，可你好像还记得嘛。”

“啊，照您这么说，老夫人，您大概还记得吧，我小时候死去的姐姐富贵子就曾经一面唱着这种歌一面拍球。您刚才唱到‘就被用村长杀手放倒了，放倒了’的时候，我忽然想了起来，的确是很久以前的事了。”

“敦子夫人，”金田一耕助朝敦子转过身来，“那您知道刚才那种歌谣吗？”

“不可能，金田一先生，敦子是从外乡嫁进来做媳妇的，恐怕不知道。敦子，你知道吗？”

“是的，我刚才也是第一次听母亲说呢。我嫁过来的时候，要说彩球歌，当时都是些‘西条山雾蒙蒙，千曲河波浪翻’之类——对了，好像是叫川中岛之歌。大家是不是都在唱那种歌来着？”

“对对，就是那个就是那个。”嘉平也敲打着白扇说道，“我最小的妹妹小时候也唱那首歌，‘西条山雾蒙蒙，千曲河波浪翻，远处传来阵阵声……’要说光站着拍球倒还说得过去，可她却经常轮换着抬脚，让球在大腿下面钻来钻去地拍，所以我记得当时我母亲曾十分感慨，说这都是什么年头啊，女孩家的居然还流行这种不雅的拍球游戏。”

“如此说来，能清楚记得刚才老夫人所唱彩球歌的人，即使在这个村子里也没几个了？”

“嗯，差不多。对了，辰藏……”

“哎？啊是，是。”冷不丁被喊了一声，一直呆立在下座的辰藏一愣，慌忙往前挪了两步。大概是又喝了几杯酸葡萄酒吧，他鼻尖通红。

“你母亲松子，虽然比我小三岁，可她一定记得。”

“她肯定不行，老夫人。”

“为什么？”

“为什么？要说我娘啊，她可没法跟您比，她早就老糊涂了。”

“咦，是吗，哈哈……”五百子收起腰包口一样的嘴唇，优雅地笑起来，“话虽这么说，可辰藏啊，我也是一样啊。我也是完全忘记了。”

“瞧您说的，您刚才不是唱得挺好吗。”

“哪儿呀。我刚才唱的那些啊，还是前年在村长的刨根问底下好歹才想起来的呢。”

“村长……”金田一耕助一愣，朝矶川警部飞快地瞥了一眼，然后说道，“村长曾来找您询问过刚才那首彩球歌吗？”

“嗯，是的。好像是前年的事了。”

“老夫人，”矶川警部眼睛里放出惊奇的光，膝盖向前挪了一步，说道，“村长为什么要问这种事呢？”

“啊，这个啊，事情是这样的。”五百子笑眯眯地说道，“金田一先生也请听听吧。”

“是，正洗耳恭听呢。”金田一耕助乖乖地回答道。

尽管嘴上乖乖地答应，可金田一耕助心里却十分奇怪，内心翻腾。矶川警部恐怕也是如此吧。

“那个，”五百子捻着念珠环视众人，说道，“今天来这里的诸位可能都知道，村长那个人啊，有点儿风流，所以才把钱财都赔上了。可是前年……名字是什么来着我倒是记不起来了，反正是有一本很薄的杂志，专门刊登什么乡下的传说啦、奇怪的习俗之类的东西，说不定现在还有呢……村长就说想写写鬼首村彩球歌的事，给那杂志发过去，于是就来问我。是这样的吧，辰藏？”

“是的，是的。”

“虽然你刚才那样说，可其实我也一样老糊涂了。”

“怎么会呢……”

“不，不，我说的是真的。毕竟都是很久以前的事了，近年来也从未听过那首歌，所以就算是村长来问，我也一点儿都想不起来了，反倒是村长记得更清楚。于是，我们就你一句我一句地拼命回忆起来。就在把村长的模糊记忆和我的拼凑在一起的过程中，我渐渐想了起来。毕竟多少年都没听过了，我早就忘光了。”

“那，老夫人，”矶川警部用哽咽的声音说道，“村长就把那玩意儿发给那个很薄的杂志了吗？”

“没错。而且啊，矶川先生，”五百子像个孩子似的微笑着说，“没想到，那杂志竟然完全照村长写的刊登上去了。村长啊，简直就像是立了大功似的高兴得不得了，拿着那杂志第一个就来到了我家，高兴地说：‘你快看啊，你读读这个。’可就算是让我读，那么小的活字，像我这样的老年人怎么能看得清呢。我说看不清，于是他就说‘我读给你听，你好好听着’。他把同一首歌给我读了不知多少遍。当时的村长啊，真是个大好人啊。”

看来五百子和村长还挺合得来，说话间，她不时流露出追忆往昔的陶醉眼神。

“事情就是这样的，矶川先生。”

“哦，哦。”

“听说，村长去世的事还没有完全弄清楚？”

“是啊，我们现在正为这事头疼呢。老夫人，您对这事怎么看啊？村长到底是活着，还是已经死了？”

“这个啊，虽然那彩球歌里说，村长是被村长杀手毒死的，可这位放庵先生可不是个容易对付的人。他是不会那么容易就上当死去的。嘉平当家的，你又是怎么认为呢？”

“是啊，我也跟老夫人同感。尤其是您家的泰子，还有我家文子被用那么残忍的方式杀害，那手法又跟这村里以前流行的彩球歌一模一样……”

“能够想出这种奇怪手法的，除了村长之外恐怕再也没有旁人了。”

敦子深有感触地表达了同样的感受后，众人纷纷赞同。

“警部，我看，无论如何，必须得大规模地搜一次山才行。”直平振奋地说道。

“没错，没错，喂，阿歌，”胜平也随声附和起来，“现在不是我们两个打架的时候，我们就先和好，然后我们青年团全部出动，从鹰取山到姥之岳，来个地毯式大搜索。”

“阿胜，说得好。这下有好戏了。”

歌名雄也略微恢复了一点儿生气。最让人高兴的是，鬼首村青年团团长与副团长就这样和解了。

“对了，老夫人。”等齐呼着搜山的青年团稍微安静下来后，金田一耕助又往前挪了一步，说道，“您刚才说，彩球歌里说村长是被村长杀手毒死的，这么说，‘被用村长杀手放倒了’就是被人用村长杀手杀死了的意思？”

“是的，没错，金田一先生。”五百子也兴奋地往前挪了挪，“虽然这都是跟村长现学现卖的，可正如我昨晚所说，村长的祖先中的确有一位当村长的让官老爷给下了毒，放倒了……这里面说的正是被杀死的方法。听说那官老爷是个十足的暴君，经常假借狩猎之名在领地内巡视，一旦发现有姿色的女人，不管对方是黄花闺女还是已为人妻，都统统抢到阵屋里糟蹋，玩够了就杀掉，埋进阵屋内的井里。刚才的彩球歌就是讽刺这个。那个，金田一先生……”

“您请说……”

“在歌的结尾处，全都带着如何如何被返还了的一句，听说，这全都是如何如何被杀死了的意思。村长就是这么写了发给杂志的。”

“那杂志的名称您还记得吗？”

“呃，名字嘛……您知道《家之光》那本杂志吗，正好跟它差不多大，页数也就五六十页吧。对了，若是这个，金田一先生……”

“嗯？”

“去神户那边问问不就知道了吗？”

“到神户找谁问？”

“神户那边有个人叫顺吉，是村长的外甥，就是村长妹妹婆家的后嗣啊。”

“吉田顺吉，对吧？”

“对对，吉田家是神户须磨的大地主，有的是钱。那顺吉是早稻田大学毕业的。顺吉大学时的一个朋友，对民俗学非常着迷，战后潜心研究，成为民俗学著名的大家。”

“是柳田国男先生吗？”

“对对，村长就是柳田先生的忠实读者。”随声附和的是敦子。

“对对对，就是那柳田先生，顺吉的好友。就在那位先生的支持下，以什么会员组织的形式创办了那本杂志。当时毕竟是好友嘛，顺吉也多少出了些资金，所以那位先生每月都从东京往顺吉那儿寄杂志。村长去神户的时候，就是看了那杂志，才想着也写写鬼首村的彩球歌——对了，我想起来了，标题是《鬼首村彩球歌考》……我记得就是这样的字样。当时就以这个标题发了出去，没想到杂志还真刊登了，还把样刊寄给了村长。村长非常珍惜，视如宝贝。对了，他没有给嘉平当家的看过吗？”

“没有，这事我还是头一回听到呢。”

“真的吗？他那人也的确是很固执，自己写的东西直接变成了印刷活字，他非常自豪。我就劝他给村民们也看看，可他却说，这种东西就算给村民看了也没人会懂……这件事敦子不知道吗？”

“不知道，我也是第一次听到。”

“啊，对了，当时，你娘家的阿重正好生头一胎。”

“这么说，也就是前年的八月了。阿重生孩子是八月二十七日。”

“对对对，反正是天正热的时候。”

“啊，您，跟我们说了这么多真是非常感谢——还是别让大家老等着了。”

由良家的出殡竟比原计划延迟了近一个小时，但没有一个人对此发牢骚。

因为，人们终于发现了这离奇杀人案的蛛丝马迹。

文子的母亲

正如离开龟之汤时阿干所说的那样，今天参加完由良家的葬礼后还有仁礼家的守灵。

金田一耕助和矶川警部接受了嘉平的邀请，答应参加守灵。他们利用此前的时间，共骑一辆自行车去了吃人塘边放庵的茅屋。

自放庵失踪以来，茅屋已被搜查了若干次，可谁会想到那么一本小册子里竟隐藏着如此重大的秘密呢。他们决定再次去寻找那杂志，但共骑一辆自行车而去的两人连榻榻米都掀起来了，还是没有发现类似的杂志。

“听由良家的老夫人说，放庵那家伙对那本杂志可是视如宝贝啊……”

“如果是前年，那不是放庵还住在蓄水池旁边的时候吗？”

“对对，难道是在搬家的时候遗失了……”

“不，警部，这种情况不大可能。如果只是一本小册子倒不好说，可那毕竟是刊登着自己所写文章的东西，正如老夫人所说的那样，他肯定小心珍藏着。”

“可是，这儿却没有……”

“如果说那本杂志不在这茅屋里，那恐怕并不是遗失，而是被人有意拿走了。”

“你觉得是放庵拿的吗？”

“警部，现在下这种结论还为时尚早。我连放庵是生是死都还没弄清楚。”

“可是，金田一先生……”

“请说。”

“我对你的直觉或者说是慧眼，真是佩服得五体投地啊。”

“哈哈，什么意思？”

“啊，就是你从看到泰子尸体的那一刻起，逢人便问这一带有没有有关升或漏斗的传说之类的事。”

“啊，这件事啊……可是，我做梦都没有想到那竟是一首彩球歌。”

“那也无可奈何，又有谁会料到有那么奇怪的彩球歌呢。想不到很正常。可是，金田一先生……”

“嗯？”

“由良家的老夫人昨晚为什么没告诉我们呢？不然也许我们就能提早发现凶手盯上的下一个目标是文子了。”

“她不是说让曾孙们搅了吗？”

“就算是被曾孙们搅乱了，可我们在她家待了那么长时间……更重要的是，既然事情那么重要，她就应该早通知我们才是啊，托人捎信也行，专门来告诉也行。可是她却一直拖延到今天才说出来，说句不好听的，这不就等于是等着文子被杀吗？”

“是啊，说难听点就是这样啊。”金田一耕助站在放庵茅屋的圆窗边上，望着吃人塘水面上盛开的白菱花，呆呆地咕哝了一句。他不知想起了什么，突然打了个冷战。“喂，警部……”

“嗯，你说。”

“请赶紧在全村暗中调查一下老年人，看看还有没有其他类似的彩球歌。”

“金田一先生！”矶川警部简直要把金田一耕助吸进去一样瞪着眼睛说道，“你的意思是，还有其他类似的奇怪的彩球歌？”

“警部，刚才由良家的老夫人所唱的彩球歌，您不觉得有点儿奇怪吗？”

“奇怪……”

“警部，那种彩球歌一般都是三五七的排比罗列形式。我知道的彩球歌中就有这么一首。”金田一耕助稍稍运了口气，然后说道，“一好丝线店姑娘……”

接着他轻轻地打着拍子，念了起来：

“二好玩偶店姑娘，三好卖酒铺姑娘，四好卖盐店姑娘，五好绸缎庄姑娘，挑着绸缎嘿哟哟，嘿哟嘿哟嘿哟哟……也就是说，从一到五全都是姑娘。这就是一般彩球歌的形式。可是，刚才由良家的老夫人所唱的彩球歌当中有三只麻雀在讲故事，一只麻雀讲的是村长的事，第二只、第三只讲的是姑娘，对吧？你看，这种形式的彩球歌不是很奇怪吗？三只麻雀在说的时候，应该是都说姑娘的事才对啊。”

“有道理，有道理，那……”

“所以我在想，这个村里会不会以前就有两种类型的彩球歌呢？一种属于村长系列，另一种则属于姑娘系列。由此说来，应该是还有一个姑娘如何如何后被返还了的彩球歌。而且，这个村的人一般都有商号，比如说，阿干家是笊篱匠，由加里降生的人家是锁匠。所以我想，应该还有一段才对，而且应该是‘女色谁最好？某某匠家姑娘，如何如何，结果就被返还了，返还了’的形式。”

“金、金田一先生！”矶川警部只觉得身体发抖，嗓门都不由得尖了起来，“那、那你的意思是说，这里还将有一位姑娘被盯上？”

“不，不不！”金田一耕助用力摇摇头，“是不是被盯上、是不是没命了这个姑且不管，可您不觉得我们很有必要提前了解吗？”

“没、没错，当然如此，当然如此。”矶川警部加强了语气，“并且，这种凶手往往都会认死理。尤其是在升匠家的姑娘和秤匠家的姑娘这两个案子中已经完全成功了。”

“是的，没错。正因如此，这个凶手的危险性更是倍增。”

“好！”矶川警部握起拳头，“金田一先生，你提醒得好。没错，你说得没错。既然有三只麻雀在说，那么将村长和姑娘掺和在一起确实奇怪。应该还有一位姑娘。啊！”

“怎么了？”

“金田一先生！”这位诚实善良的老警部眼睛有点儿湿润，“我应该再次向你脱帽致敬才对。刚才你说了，如果这房子里没有杂志，那并不是遗失了，而很有可能是被人有意拿走了，我现在才明白这句话的意思。放庵发表在那本杂志上的文章中，肯定还清楚地写着第三个姑娘的事。”

“我也觉得应该是这样。”

“如此说来，由良家的老夫人也应该知道这些。而且，明明其他的彩球歌她都记得那么清楚，可唯独这最重要的，而且极有可能暗示将被杀害的姑娘的一段她却忘了，岂不是更奇怪了！”

“所以她才频频强调自己也老糊涂了。”

“可恶的老太婆！”矶川警部不由得大声咒骂了一句，可立刻像意识到这一点似的慌忙扫视四周，又压低了声音，“那金田一先生，你觉得她跟这次的案子有关联吗？”

“没有，恐怕是没有吧。”金田一耕助缓缓地摇摇头，“其实，她昨天晚上是真的想把彩球歌的事告诉我们。只是我们一时疏忽，注意力全被大空由加里吸引过去了，错过了机会。但正如警部您所说，这么重大的事情，她托人捎信也好其他什么也罢，都应该通知我们，可是她却没有这么做。大概是人一旦活的年头久了，心眼就会变坏的缘故吧。与其说是人坏，不如说是从是非善恶当中超脱了。村长和孙女都按彩球歌所述被杀了，说不定接下来就会是秤匠家的姑娘。好好好，既然自己家摊上这种惨事，那就让秤匠家也尝尝苦头吧……大概就是这样一种心理。”

“有道理，有道理。”矶川警部用力点点头，说道，“秤匠家的姑娘也果真如彩球歌所说那样被杀了。如此一来，应该又有一人被盯上了，那老家伙早就期待着后面这场好戏了……”

“对对对，怪不得那个老夫人总让人觉得有股妖怪的气息呢。”

“妖怪老太婆？都一把年纪了还不把一家的财政大权交给敦子，自己紧紧地捂着钱袋子。可是，如此一来，金田一先生，彩球歌里的另一个某某匠家也应该有一个妙龄姑娘了？”

“是的，没错。如果没有，老夫人大概当场就会把第三个姑娘也唱出来吧。”

“太棒了！”矶川警部啪地击掌合十，“如果弄清楚这一点，撒网的手段自然也就有了。金田一先生，你又给了我一个重要的提醒啊。”

矶川警部感激涕零地用厚厚的手掌握住金田一耕助的手，用力地摇着。

“说得是。”金田一耕助低头想了想，说道，“如果是这样……那我刚才所说的暗中调查全村的建议就先取消吧。这事最好跟辰藏的母亲偷偷商量一下。”

“明白。那今晚秤匠家的守灵咱们提早点结束，再去一趟由加里家看看？还是说守灵的事干脆就算了……”

“秤匠家守灵的情况我还是想看一眼。”

“为、为什么？”

“我想，说不定，文子的生身母亲咲枝也会从鸟取赶来。”

“啊！”警部猛地咂了咂舌，“对，没错！如果上午发电报，今晚的守灵完全可以赶上，你说得没错。那金田一先生，咱们就赶紧去秤匠家的灵堂看看吧。”

“啊，警部，请稍等。”

“怎么，金田一先生……”

“嗯，只是不知那山椒鱼还在不在……”

说着，两人来到厨房往水缸里一瞧，只见那丑陋的动物仍在那里，犹如冬眠一样一动不动，瘆人的皮在深处闪着光。

“没想到这种动物没有食物竟然也能活。”

“没错，金田一先生。”矶川警部用探询般的眼神望着金田一耕助的侧脸，压低了声音，“你好像对这动物很感兴趣啊，难不成这玩意儿跟这次的案子有关……”

金田一耕助轻轻地摇摇头。“我现在也还不清楚。放庵捉来这动物恰好就是在案发前夕。说不定，这东西也跟案子有关呢……”

两人盯着在水底一动不动、阴森森的动物，沉默了一会儿。

“听说吃这玩意儿能增强精力……”警部咕哝了一句。

金田一耕助一面听着，一面盖上盖子，说道：“那警部，咱们走吧。”

金田一耕助果然猜中了。

仁礼家的守灵仪式比昨晚由良家的还要盛大，金田一耕助和矶川警部共骑一辆自行车赶到的时候是七点左右，当时就连仁礼家宽大的入口处都被脱掉的鞋子填满了，连个插脚的地方都没有。

两人一进去，在入口处负责接待的歌名雄就说道："啊，金田一先生，警部，你们到哪儿去了？大叔早就在找你们呢。"

"啊，是吗。那，歌名雄，你赶紧给我们通报一声。"

"明白。"

虽然这里也照例是三间流的建筑样式，却跟由良家不同，从守灵的晚上起，所有房间都被打通成了一个大客厅，里面挤满了人。两人刚从入口处走进走廊，就感到一阵令人喘不过气来的闷热。

两人穿过走廊走进上座的十叠房间，灵台的豪华程度远超昨夜的由良家，供品数量也极多，且极尽奢华。

矶川警部递上两人联名封好的奠仪，正跟金田一耕助并排进香时，身着礼服的直平走过来打招呼："金田一先生和警部都来进香，我代家父向两位致谢。"

"啊，言重了……那个，刚才听歌名雄说，令尊在找我们……"

"嗯，已经恭候多时了，斋食也另外准备好了……路子，你带路。"

"好的。二位请吧。"

好不容易穿过坐满守灵客人的大客厅，进入一条和由良家一样的游廊，穿过去则是三间偏房。这里的偏房比由良家的更气派，一间十叠，两间八叠，由于所有隔扇都被拆卸下来，从令人窒息的大厅一来到这里，顿时便感到舒了一口气。

十叠的房间里摆着四桌有第二份副菜的正式宴席，金田一耕助和矶川警部刚被安排在背对着壁龛的两桌宴席前坐下，主人嘉平便跟一名四十四五岁的妇人从里面一起出来。看来这偏房里还有数个房间。

“啊，金田一先生，警部，欢迎光临。请不必客气，不必拘礼。”嘉平得体地打完招呼后说道，“路子，你到那边去吧，只不过温酒的事就交给你了。至于这边的客人，拍拍手也能听到。”

“是，知道了。那金田一先生，警部，失陪了。”

“多谢。”

“请慢用。”路子跪拜行礼后退了出去。

“就算是为了亡魂，金田一先生和警部今晚也要好好喝上几杯才行啊。但在此之前，有个人想先请你们见一下。”说着，嘉平回头看看同行的妇人，“这是咲枝，是我最小的妹妹。咲枝，这两位就是我刚才对你提起的金田一先生和矶川警部。你也赶紧打个招呼吧。”

“是。”说着，身穿丧服的咲枝伏身行礼，“幸会。我是亡者的母亲咲枝……”

话还没有说完，咲枝便哇的一声哭倒在地。

暴露的第二夜

咲枝哭过一阵后，擦干眼泪说道：“刚才实在是失礼了，刚见面就让二位见笑，实在是惭愧。我不哭了。还请你们为我可怜的女儿报仇……”

咲枝话音刚落又眼泪汪汪，勉强忍住呜咽。

“啊，金田一先生，矶川警部……”

“呃……”

“也难怪她哭得这么伤心。”嘉平从一旁打圆场，“要说可怜，死去的文子确实可怜，可被撇下的人更可怜啊。最终她们母女都没有相认，文子就这样撒手人寰……就连我也是深感遗憾呢。”

嘉平也哽咽起来，不住地抹着眼泪，可接着他却忽然回过神来似的说道：“啊，我怎么老糊涂了……连缘由都还没讲就发起牢骚来，给二位添堵了。啊，请二位慢慢用，边喝边听我说吧。”

说着，嘉平拿起酒壶，轮番为两人斟上一杯。“也没什么好招待的，粗茶淡饭，不成敬意，请不用客气……咲枝，快给警部斟酒。”

“啊，真是太不好意思了。”矶川警部端起斟满的酒杯喝了一小口，然后放下酒杯说道，“这么说，这次遭遇不幸的文子，果真如外面风传的那样，并不是您的女儿，而是令妹的……”

“是的，的确是这样。可事到如今，金田一先生……”

“呃，呃。”

“现在哪还是顾及名声的时候啊。这些我也早就想好了，我把一切都告诉您吧。金田一先生也好好听听吧。”

“呃，那就洗耳恭听了。”

金田一耕助为嘉平斟上一杯，嘉平双手接过酒杯，一饮而尽后，往前挪了挪膝盖，说道：

“虽然这话由一个当哥哥的来说是有点儿奇怪，但咲枝在我们兄弟姐妹中的确是最聪明的一个。我们兄妹七人——不过，正如我在由良家的葬礼上所说的那样，我上面本有个姐姐富贵子，年幼的时候就死了，长大成人的只有兄妹六人。我这个最小的妹妹是头脑最聪明的一个，学业也很不错。从总社的女子学校毕业的时候，她自己也表示希望继续上学，学校的老师也觉得学习这么好的孩子若是只念完女子学校实在有点儿可惜。于是，老爷子也终于动了心，把她送到了神户。幸亏我妹妹次子也嫁到了神户，就把她安排到了那里送进了J学院专业部。事后看来这是一个重大失误，因为就算她头脑再怎么聪明，也不过是一个十九二十岁不谙世事的小姑娘，又是情窦初开，一旦进了城肯定会被那些专找小姑娘下手的色魔盯上。可那些为人父母的却总是很愚蠢，明明知道这些，却仍天真地以为唯独自家的女儿不会摊上这种事。于是，我这妹妹就被安排去了神户，当时是昭和六年的春天。”

说到这里，嘉平歇了一口气，分别为金田一耕助和矶川警部斟上酒，顺便自己也斟了一杯。

“可到了第二年，大概是昭和七年的年底吧，她回来探亲的时候，次子也一起跟来了，说‘实在是抱歉，都怪我监督不力，咲枝似乎怀孕了’。挑明这些的时候，我父母的惊讶之情可想而知，警部……”

“嗯，那倒是。”

“毕竟是老幺，父母视如掌上明珠。再加上一个女孩，竟去了比女子学校还高的学校，这种情况在我们这一带是绝无仅有啊。她长相也不差，父母也都为之骄傲。没想到，她竟怀了个野种回来，结果令我父母都很沮丧。”

“哎，哎……”矶川警部喝着让父母失望的当事人——咲枝亲自斟的酒，模棱两可地附和着。

“不过我呢，金田一先生……”

“呃，呃。”

“我妹妹和我在年龄上相差十七岁。就算是兄妹，如果相差了十七岁，感觉就不像是兄妹而更像是父女了。妹妹出生的时候，我天天背着她抱着她，还经常帮她换尿布，所以说她是我最疼爱的妹妹。她却做出这么丢人的事回来，我真是气坏了，警部。”

“呃，那是，那是当然。”

“可是，既然都怀上了，我们也不能折磨她啊，连孩子都有了，说什么也没用了。既然是你情我愿的，那就干脆让他们成家吧。于是大家好说歹说追问那男人的名字，可是她却打死也不说。还说如果再逼问，她就咬舌自尽。你们说愁不愁人……”

“嗯，说得是啊，那后来呢……”

说着，矶川警部回头看了金田一耕助一眼，只见他正低着头，默默地吃着烤鲷鱼。大概是为了避免直视咲枝吧。

“既然她死活都不开口，那就调转矛头责问一下次子试试，可次子也说毫无线索。既然这样那就没辙了，也不能就放任不管啊。最后我们只好决定孩子生下来之后，就当作我的孩子来养。幸好我那去年过世的妻子的娘家是在城崎开温泉旅馆的，于是我就把妻子和妹妹送到了那里，后来生下了一个女孩，就是文子，时间是昭和八年五月四日。就这样，我们家总算保住了一些颜面。可乡下跟城里不一样，这世界实在是太小了，不知不觉间村里人知道了，流言满天飞，说文子并不是我的女儿，而是咲枝生下的私生女。随着文子逐渐长大，她每天都为此感到痛苦，觉得没脸见人，现在想起来都觉得她可怜呢。”

说着，嘉平竟哽咽起来，咲枝也咬住手绢强忍呜咽。

咲枝后来便带着这种不光彩的经历嫁到了鸟取，丈夫也知道这事，但仍然十分爱她，据说现在已经有三个孩子了。让咲枝做梦都难以忘怀的自然就是这不幸降生的文子。作为私生女，文子一直忍受着屈辱没脸见人，可最后，她竟连花季都还没等来就悲惨地凋零了。一想到这不幸的女儿，咲枝就肝肠寸断。

“幸好哥哥嫂嫂真的是把她当作自己的孩子一样来疼爱，而无论是阿直还是阿胜，他们都处得很好。哥哥也说最近会给她挑一个好丈夫，让我只管安心，所以我不知有多少次朝着这儿跪拜祈祷啊。可谁想到竟落得这田地……”

咲枝强忍着呜咽又唠叨起来，这也难怪。

“好了好了，让你这么一哭，连我都很难受。客人都还在呢，让人家酒都喝不下去了。好了好了，别再哭了。”

“抱歉。我并没有指责哥哥的意思。我只是太悲伤了，想请金田一先生和矶川警部为文子报仇。”

“啊，关于这个，有些事我想问一下……”同情是当然的，可是早已对咲枝的唠叨和眼泪有点儿受不了的矶川警部趁机向前探探身子，说道，“通过刚才的话，文子降生的过程大致上是了解了，那文子的生父是……”

“啊，这件事啊，警部，”嘉平瞪大了眼睛反复打量着金田一耕助和矶川警部，说道，“听说，昨晚在由良家守灵的时候，敦子夫人曾跟二位密谈过什么。金田一先生，你们难道就没谈到这件事吗？”

“啊，倒是听说了。”

“那有关文子父亲的事情也……”

“嗯，也听说了。”

“关于这件事，敦子夫人是怎么说的？”

“啊，说好像是骗子恩田几三……”

嘉平飞快地瞥了一眼咲枝，说道：“啊，她果然知道。可是，她到底是从谁那儿听说的呢？”

“啊，这个嘛，嘉平先生……”

见金田一耕助难以回答，矶川警部便从一旁帮他解围道：“是听村长说的。”

“哦，怪不得。”嘉平点点头，嘴角浮出一丝苦涩的微笑，“金田一先生……”

“呃。”

“那彩球歌啊，就是刚才由良家的老夫人唱的彩球歌……”

“啊，怎么……”

“那歌唱得实在是太绝了。‘姑娘求来了，多嘴的村长却到处说，说得太过了，就被用村长杀手放倒了，放倒了’……哈哈。”嘉平从喉咙深处发出一阵嘲讽的大笑后又说道，“啊，金田一先生……”

“请讲。”

“警部也请好好听一下。我很久以前就听村长说起过，这次被杀的泰子，其实也是恩田的种……”

“啊，哥哥，可不能乱说……”

咲枝脸上顿时浮出恐怖的神色，几乎同时，金田一耕助和矶川警部也吓了一跳，条件反射般望向嘉平。

嘉平脸上仍带着苦涩的微笑，露出一丝恶作剧般的眼神，打量了一会儿金田一耕助和矶川警部，又朝咲枝这边回过头来，说道：“咲枝，你放心。我根本不是为了给你泄愤报复她，才说出这种事的。我又不是小孩子。我只是想把这个传闻告诉今天在场的二位，好让他们做个参考，这才说出来的。你根本用不着担心。”

“对对对，嘉平先生，”矶川警部仍惊魂未定，往前挪了两下膝盖说道，“这么说……如果您刚才所说的是事实，那泰子和文子就是同父异母的姐妹了……”

“啊，啊，警部，”金田一耕助也不由自主地哆嗦着膝盖，说道，“不只是泰子和文子，大空由加里也是……”

“啊！”

矶川警部大叫一声，眼角都要崩裂了似的，从金田一耕助到嘉平，再到咲枝，他依次望着三人。咲枝连嘴唇都没有血色了，惊讶地沉默不语，脸上满是恐惧，肩膀瑟瑟发抖。看来，她也是头一次听说这事。

“那么，嘉平先生，这事有根据吗？”就连矶川警部的眼神中都闪出了刺人的光。

“村长大概有确切的证据吧。当然，能够清楚孩子父亲是谁的恐怕就只有孩子的母亲了，所以村长是否真的握有泰子是恩田孩子的证据也很难说，只不过，对于恩田和敦子夫人有染一事，村长似乎握有确切的证据。这么说来，由良家共有兄妹四人，最大的敏郎今年三十五，其次是战死的次郎，如果还在世今年应该是三十三；接着就是嫁到姬路的房子了，今年三十一。敦子夫人每隔一年生一个，可她却在生下三子后停了下来，到了第八年才生下泰子。为了文子的事我今天去村公所办事，顺便查了一下由良家的户籍，发现房子出生于大正十三年三月七日，然后又隔了七年，到第八年也就是昭和八年四月十六日才是泰子的生日。金田一先生……”

“呃。”

“但别说是第八年了，就是隔上十多年再生一个在这世上也毫不稀奇，在我亲戚中就有这样的情况。可是，在第八年突然降生的泰子却是那样的长相，跟兄弟姐妹中的任何一个都不像，而且，还跟恩田有关系。如果是这样，那她会不会就是恩田的孩子呢？所以我觉得村长的怀疑也在情理之中。”

“这么说，跟恩田有关一事，村长掌握确切证据了？”矶川警部单刀直入。

“是的，没错。至于村长是什么时候在什么场合告诉我的……”嘉平害羞地笑了笑，用硕大的手掌抹了把脸，说道，“这件事啊，看来又得让咲枝吓一跳了，但为了赎罪我也不隐瞒了。上次跟金田一先生也说起过，就是我和敦子夫人有一段时间曾相好过。是在卯太郎去世后的一年前后，差不多是昭和十一年前后吧。当时，对方有情，我也是头脑发热，对村子里的议论根本就不当成一回事，一直跟她幽会。我父母对这件事很恼火，经常数落我，但从父母的角度来说，由于文子那孩子我已经当作自己的孩子收养了……虽然这事说起来对咲枝很残忍，但站在父母的角度来说，他们唯有这件事觉得有愧于我，所以就算是心里有话，却连一半都说不出口。当然，我并没有将此当成违背父母的借口，但当时，我的确是被她迷倒了。大概是听了母亲的诉苦吧，村长就说‘那好吧，这件事就交给我吧’，随后找到了我。他对我说‘这件事我只对你一个人说，就算是你的父母也千万不要告诉他们’，再三叮嘱之后他就把刚才那件事告诉了我。当时我惊讶极了……这话说起来有点儿像秃子笑和尚，可二位别见笑，毕竟无论怎么说我的情况也是发生在她守寡之后。而与此相反，如果村长所说是真的，那她就是在丈夫还在的时候跟人通奸了。光是这些就够让人恼火了，再加上我这边还养着恩田那男人的女儿，如果说她也生下了恩田的孩子，我们俩再这么私通下去，一旦再生出个孩子，麻烦可就大了。一想到这些我就厌恶、心烦，于是，多年的爱情也一下子冷却了下来。”

一段长长的坦白结束后，嘉平的脸也不由得微微发红，但他继续说道：“啊，金田一先生……”

“请说。”

“这么揭一个女人的老底是有点儿残酷，我也深知这一点。可是我想，恩田的两个私生女都被杀了，这会不会就是该案的谜底所在呢？所以我才咬牙把一切都说了出来。当然，如果这件事跟案子并无关系，那就当我什么都没说过。咲枝，你也是一样。”嘉平细心地叮嘱道。

金田一耕助赴神户

“啊，您的心情我十分理解。”金田一耕助郑重其事地说道，“那么，当时村长有没有具体讲恩田和敦子夫人的关系……”

“哎，村长刚要说，我就怒不可遏了，哪里还有心思听这种龌龊事，就把村长赶了出去。现在回想起来……”

“现在回想起来……”

矶川警部催了一句，嘉平有点儿脸红，苦笑着说道：“啊，是这样的，虽然我气势汹汹地把村长赶了出去，可事后仔细一想，不管恩田的事是不是真的，也许还是一刀两断为好，于是我就痛下决心分手。决心虽然下了，到底找个什么由头好呢，我十分苦恼。毕竟我很爱她，她也很喜欢我。可身为一个男人又无法婆婆妈妈地去问那些听风是雨的事。俗话说车到山前必有路，我提心吊胆地提出分手，没想到她立刻就答应了。男人嘛，总是为所欲为的，可如此一来我却觉得十分沮丧，十分扫兴，当时的心情我至今还记得。我希望看到她发狂般抓住我的衣襟，说什么也不答应之类的反应。哈哈，不开玩笑了。所以我现在想，如果敦子夫人知道文子的父亲是谁，大概也是当时听村长说的吧。可无论村长多么嘴碎……说实话，他并不是一个话特别多的人，可就算他像彩球歌中所唱的那样能说，也不可能毫无来由地到处宣扬这种事吧。”

“你的意思是说，他是为了让你对敦子夫人死心才说出泰子的来历……或者说，在向你挑明了有关身世的疑惑后，又把文子的身世告诉了敦子夫人，让她也对你死心，是这样吗？”

“对对对，没错。村长这个人啊，一旦要起心眼来一般人是玩不过他的，但他本质上却是一个热情的人，也很爱管闲事。无论怎么说，如果我俩继续保持那种关系，也没法给村里的年轻人做表率啊，所以我现在想，估计村长就是担心这一点，才使出了那种非常手段吧。”

“有道理，明白了。”矶川警部连连点头，说道，“这么说，就算泰子那边还有一些疑问，可文子是恩田孩子的事已经板上钉钉了，对吧？”

“是的，这是当时已生下文子的妹妹说的。至于是什么时候交代的，应该是以我们夫妇孩子的名义给文子上户口的时候。当时我已经不生气，也不责骂她了，但我还是絮絮叨叨，说最起码也得把孩子父亲的名字告诉我才行，她才极不情愿地说了出来。当时我也吓了一跳，听她一说我才知道，原来是她赶赴神户的时候在火车里被那男人搭讪，然后逐渐中了圈套。当时那男人一来这边就住到了由良家，并且自称是敦子夫人的亲戚。既然是她的亲戚，家世肯定没得说了，还是从神户的高商毕业的……就这样，妹妹轻而易举就中了人家的圈套。”

然后，嘉平又替咲枝说起具体是如何上钩的。咲枝仍无地自容地听着，可此时她已经不再脸红，也没有再掉眼泪，大概是出于为女儿报仇的决心，把一切都置之度外了。

“原来如此。对了，夫人……”

“请讲。”

“说不定您已经听您哥哥说过了，这位矶川警部从很久以前就对昭和七年的案子抱有很大的怀疑——被杀死的会不会并不是龟之汤的源治郎，而是恩田？”

“啊，若是这件事，哥哥刚才也跟我说起过……”

“那么，您怎么认为？”

“我怎么会知道呢……不过像他那样完全失踪，现在想来也的确是很奇怪。”说着，咲枝露出怯生生的眼神。

嘉平向前探了探身子，说道：“是啊，警部，结果还不是都一样？”

“结果都一样？”

“啊，我的意思是说，就算被杀死的是恩田，杀人潜逃的是龟之汤的源治郎，源治郎就那样完全销声匿迹，不也很奇怪吗？”

“嘉平先生，那可不一样。”金田一耕助从一旁平静地插上一句。

“不一样……”

“在前一种情况下，警方已经把恩田作为凶手全国通缉了。所以，如果凶手换成源治郎，那就跟发送到全国的画像和照片不一样了。所以，凶手若是源治郎，他会比恩田更容易逃跑。”

“哦，有道理。”嘉平用力点了点头，说道，“那，警部是从什么时候起怀疑凶手有可能是源治郎的呢？”

“啊，因为恩田已经完全销声匿迹了，我就开始怀疑，当时被杀的人会不会是恩田呢？至于时间，大概是案发后三四个月。”

“原来如此。可是，您当时为什么没有通缉源治郎呢？”

“这个嘛，因为我当时还年轻，还只是个打下手的。虽然在会议上也提议过，可上边并没有采纳。并且，当时若是能有一张源治郎的照片，我或许也能想想办法，可不巧的是我却连一张都没有。”

“啊！”金田一耕助忽然惊讶地回头望着矶川警部，说道，“一张源治郎的照片也没有？”

“是啊。”

“这难道不奇怪吗？源治郎可是在神户都红极一时的无声电影解说员啊。居然连一张照片都没有……”

“哎，正因为红才一张照片都没有。源治郎的父母是非常守旧的人，他们觉得儿子做电影解说员名声不好。所以，据说在返回老家的时候，把所有的照片都烧掉了。”

“原来如此。”

金田一耕助默默地沉思了一会儿，突然把视线转向咲枝，说道：“夫人……”

“您请讲。”

“您在神户有没有见过源治郎？”

“没有，一次也没有……”

“啊，就算是没有直接见过，可毕竟是同乡啊，他的电影解说就没有去听过一次？”

“可是，金田一先生，事情并不是这样的……”

“不是这样的……”

“龟之汤的儿子做电影解说员的事情，其实是在源治郎被杀之后才传到村里的。正如警部刚才所说，龟之汤的上一辈是非常传统的人，他们觉得丢人，就一直隐瞒这件事。所以，当源治郎被杀之后，人们才知道他是神户当红的电影解说员，大家甚至又一次大跌眼镜呢，所以怎么可能知道呢……”

“啊，是吗？是吗？”金田一耕助拍着膝盖苦笑道。

因为他忽然意识到自己犯下了一个错误——由于昨天喝酸葡萄酒的辰藏油腔滑调地模仿过电影解说的情形，他误以为在源治郎生前，全村人都知道他做这一行当。

“这种事情啊，金田一先生……”

“怎么？”

“或许您会嘲笑我们太封建，但是以前……直到二战结束前，像那种营生——龟之汤那样的温泉旅馆，开那种旅馆的都是些很低贱的人，这儿的老百姓都瞧不起。不过，龟之汤的上一辈却是一个很狂妄自大的人，一直很要面子，从不示弱。正因如此，就越发会隐瞒儿子做电影解说员一事了。事实上，得知源治郎的艺名叫青柳史郎，在关西是数一数二的当红电影解说员的时候，我们惊讶得连嘴都合不上了。”

“听说源治郎小学一毕业就离开了村子，嘉平先生还记得他吗？”

“一点儿都不记得了。我甚至是在发生了那样的案子后，才知道龟之汤竟还有这么一个儿子。听说他小的时候是个阴郁的孩子，在学校里也不起眼。这样的孩子不知什么时候竟变成了当红电影解说员，因此大家就越发吃惊了。”

“可是，嘉平先生。”金田一耕助来回看着嘉平和矶川警部，说道，“龟之汤的源治郎之所以会冲到恩田的住处，听说是受了您上一辈的挑唆？”

“哎？”嘉平瞪大了眼睛，“这是谁说的？”

“啊，我是听面前这位警部说的。”

“警部，那可是冤枉啊。”嘉平当即否认道，“哦，也就是说，您的意思是，由良家向村民们推荐的丝缎副业发展不错，所以我父亲十分忌妒，就挑唆源治郎去找碴儿……”

“啊，反正当时是听到一些议论。”

“如果是这样，警部，那肯定是有人编造的。我父亲这个人，做事能力强，比一般人要强。可另一方面，他也是个顽固的老爷子，最讨厌拐弯抹角。像那种给别人家的工作泼冷水胡捣乱之类的事，就算是有人挑唆，他也干不来。事实胜于雄辩，那个案子发生的时候，我父亲甚至也吓了一跳呢，说龟之汤居然还有这么个儿子。”

“啊，那实在是失礼了。”矶川警部有些羞愧地说道。

“没事，没事。”嘉平豁达地摆摆手，“如此说来，当时，怎么说呢，虽然大家都认为由良家跟我家是死对头，可由良家如何且不说，反正我父亲是个埋头干活的人。那个，为我父亲的辩解就先说这些吧。金田一先生，您还有别的问题吗？”

“啊，对了，我还想再问夫人一个问题……”

“好的。”

“恕我冒昧地问一下，就是恩田那个人，他身体上……有没有某种明显的特征？比如说，虽然从外面看不到，可实际上体毛比常人浓一倍啦、右手比左手长啦……”

听到金田一耕助的询问，咲枝不禁有点儿眼圈发红，但她没有畏缩，说道：“这个嘛，金田一先生……”

“请说。”

“虽然这话实在是难以启齿，但他和我就只有三次肌肤之亲。三次就怀上了孩子，听起来他简直像弁庆和尚[①]一样厉害，但这却是实话。我们根本就还没有发展到无话不谈的地步，所以即使您问我，我也给不出像样的回答。若是这种事情，我想由加里的母亲也许会更清楚些。”

“啊，是吗？明白了。那我过后再问问由加里的母亲吧。”

说曹操曹操到，这时大厅那边正巧就传来了《枯叶》的歌声，金田一耕助和矶川警部不禁交换了一下眼色。

“啊，那是……”

众人不约而同地倾听。不久，咲枝仿佛受惊一般，声音颤抖起来。“大概是大空由加里吧。对了，听说昨晚在由良家守灵时那姑娘也是唱这首歌……”

“果然是那首歌。”

“啊！”

咲枝听得眼睛湿润了，连呼吸都忘了，不久，她终于忍不住用

① 日本镰仓时代（1192－1333）高僧，以武勇著称，常用来指代强者。

手绢擦拭起眼睛。

“由加里，她……大概还什么都不知道吧，三人是同父异母的姐妹……”说着，她颤抖着身子哭了起来。

金田一耕助和矶川警部又相视了一下。两人都想起昨晚在泰子的守灵仪式上，听到由加里歌声的时候，敦子的眼睛里浮出犹如着了魔般的强烈火焰。他们同样也想到那位从未流下一行眼泪的八幡女神在听到由加里的歌声后竟潸然泪下的理由……

“啊，警部……”

当大空由加里唱完一段《枯叶》，大厅里传来暴风雨般的掌声时，金田一耕助忽然回过神似的朝矶川警部看过来。

“盛情难却，我们就在这儿吃点饭，然后告辞吧。您也有很多事要忙。”

“哎呀，你看看……连酒都没怎么喝就……咲枝，赶紧喊一下路子。”

“是。”咲枝慌忙擦擦眼泪站起来。

又过了四十分钟，金田一耕助和矶川警部像昨晚一样，在由加里府邸的客厅里跟春江和日下部是哉对坐。由加里则去守灵仍未回来。

可是，二人造访这里的最重要目的落空了。辰藏的母亲松子已经完全老糊涂了，只剩下一口气而已。虽然父亲蓼太还很健康，可他毕竟是个男的，对那种古老的彩球歌自然是没有记忆。听说蓼太还是外乡来的养子，所以，若说仍记得那彩球歌的人，只能是松子了。

“金田一先生，听说彩球歌跟这次的案子有关系？”在客厅对坐时，日下部是哉燃起了极大的好奇心。

“真是太吓人了。”春江的眼睛里也带着紧张。

“是的，没错。所以，夫人，你们这边也要对由加里多留心才行。”

“啊，千惠子……”

“您是说由加里也被凶手盯上了？”

坐在椅子上的春江和日下部都懵了，身体僵硬起来。

“啊，也不是，但毕竟是无头案。像由加里这样既漂亮又年轻的姑娘，最好多加防备着。只不过……”

“只不过……”

“保护由加里的事情，最好不要让凶手知道。”

“哎呀，那我该怎么办呢。”春江脸色苍白，惶恐地站起来，说道，“既然这样，那我还是跑一趟去接她吧。”

“对了，夫人，有点儿事我还想咨询您一下……”

“这样吧，”日下部是哉当即起身，说道，“就由我去接她吧。夫人，没事的，现在还不到八点呢。”连日下部都一脸严肃。“我去找个借口把由加里领回来，你们就慢慢聊吧。”

“拜托了……”极度害怕的春江眼睛湿润，连拿手绢的手都抖个不停。不久，等日下部是哉离去后，春江说道：“金田一先生，您想问我的事情是……”

“啊，我想问您一个更私人的问题，您看……”

当金田一耕助问出恩田几三有什么身体特征后，春江沉思了一会儿，忽然抬起头说道：“您这么一说我倒是想起来了，他那个人，脚趾跟别人有点儿不一样。”

“脚趾？”矶川警部似乎想起什么似的，惊讶地探出身子，问道，“怎、怎么个不一样？”

“啊，就是两只脚的中趾都比一般人长。我记得，无论是一般的袜子还是短布袜，他刚穿上那地方就立刻先破洞了，脚趾最先从那儿露出来。”

矶川警部突然从椅子上站了起来。金田一耕助和春江不禁一愣，朝他转过头来。

“警、警部，有、有线索？”

“不，不，不是。”矶川警部用力摇着头，说道，“虽然在这里我还不敢断言，但如此说来那尸体……昭和七年的秋天，在放庵的偏房里被杀的死者的脚，好像的确是这样的……金田一先生，这个问题我们还是问问本多老医生吧。因为是他写的尸检报告，说不定他还记得呢。”

就连这老练的老警部都为这意外的发现而满面通红，额头上渗满了汗。

“警部，那尸体是怎么处理的？夫人，这一带是土葬吧？”

“是的，大家全都是这样的……”春江吓坏了，手绢简直快要揉成碎片了。

“啊，金田一先生，这也是引起我怀疑的原因之一。唯独源治郎的尸体解剖完之后，刚交还给龟之汤，他们就立刻匆匆火葬了，说什么横死的人不吉利之类……”

“那警部，当时被杀的果真就是恩田……”

“啊，夫人，”金田一耕助也站了起来，说道，“现在下结论还为时尚早。不过无论如何，您早晚还会听到各种让人震惊的消息，就请先做好心理准备吧……警部，我们告辞吧。”

两人扔下惊吓至极的春江来到外面后，金田一耕助说道：“警部，抱歉，那辆自行车能否借我一用？”

“金田一先生，你要去哪儿？”

“啊，我想跑一趟仙人岭，从总社去神户，差不多还能赶上末班汽车。”

“神户？去吉田顺吉那儿吗？”

“这也是目的之一，此外还有很多其他的事情……我总觉得这案子的源头在神户。”

矶川警部注视着金田一耕助，说道：“金田一先生，既然这样，那我也一起去。”

“不、不行，您请留下来。并且，还要好好保护大空由加里。”

“你是说，大空由加里还是被盯上了？”

“警部，虽然这只是我的臆测，但我想，彩球歌应该还有一段是‘第三只麻雀如是说……女色谁最好？锁匠家姑娘’……”

矶川警部在黑暗中默默地呆立了一会儿，说道：“明白了。”然后，他又用哽咽的声音说道：“那你就去吧。剩下的都交给我吧。”

“好。本来我还想去一趟本多老医生那儿，可那样就赶不上末班汽车了，所以就拜托了……还有，我去神户的事请不要告诉任何人。”

“好的，也答应你。”

“那我走了。自行车我会寄放在井筒的……”

就这样，金田一耕助挽起裤裙下摆，跨上自行车，越过繁星点点的仙人岭径直朝总社奔去，向着最后的确证前进……

电话·尾巴·影集

矶川警部目送金田一耕助直奔仙人岭而去后，立刻造访了本多医院。年轻的本多医生去仁礼家守灵后没有回来，对矶川警部来说，这样反倒更合适一些。

本多老医生很是怀念矶川警部，一听说他来访，立刻就把他领进了后面的偏房。房间的芦苇拉窗全都打开，十分凉爽。这里似乎是作为老医生退休后的住处而建的，不像仁礼家那样夸张，但反倒给了客人一种从容和自在的感觉。

颇有一番横山大观风采的老医生酒量不差，逢人就拽着喝上两盅。

两人落座打完招呼后，老医生笑眯眯地打量着警部，说道："怎么了，矶川先生？听说你去仁礼家参加守灵了，但看样子这神酒好像是没喝啊？"

"哈哈，老先生真是三句话不离酒，可我现在哪有闲工夫喝酒啊。这人命案是一件接着一件，我现在已经滴酒不沾了。"

"喂，别啊。喝点酒提提神。一子，快去准备，警部可是海量啊。"

"别、别费心了，老先生，少夫人，真的不用客气。我是在仁礼家吃过饭才来的。"

"哎呀，警部，别这么说，就陪老爷子喝两盅吧。父亲，您不是刚才就嚷嚷着没人陪您喝酒吗？"

一子是本多医生的妻子，人长得漂亮，待人接物也十分得体。警部曾听龟之汤的里佳提起过她，据说本多医生在阪大念书时与她恋爱并结婚，娘家是船厂附近有名的老字号，大概是入乡随俗吧，如今此地的方言她已经说得有模有样。

一子起身去备酒后，老医生重新朝矶川警部转过身子，说道："对了，矶川先生，金田一先生怎么样了？"

"啊，他啊，到别处去转了，毕竟现在忙得不可开交。"

"那倒也是。情况到底如何？是不是有凶手的眉目了？"

"啊，这个嘛，"矶川警部含糊其辞地说道，"金田一先生如何尚不得而知，但我这边是毫无头绪……完全就是掉进了五里雾中啊。"

"可是，你不是一直跟他在一起做事吗？"

"嗨，别提了，他那个人可不是省油的灯，不到谜底完全揭开的时候断不会开口。他似乎的确有一些想法，跟我却绝口不提……"

"这案子还真是蹊跷啊。听说，似乎跟什么彩球歌有关。"

"对对对，关于这彩球歌，老先生，您知道还有其他内容吗？比如说女色谁最好，某某匠家姑娘之类？"

"呃，这个啊，矶川先生，我也曾努力回忆过，可是怎么也想不起一点儿。刚才听我儿子说起这事的时候我倒是想起，很久以前村里的确曾流行过那种彩球歌。可惜我小的时候顽皮捣蛋，从不跟女孩子玩耍。若是去世的那些老婆婆还活着，说不定还能记着呢。"

"请恕我冒昧，您今年高寿？"

"去年就已是古稀之年了，今年七十一。"

"这么说，比由良家的老夫人差了一圈啊。看来，这村里是再也没有跟她同龄的老婆婆了，真让人头疼。"

“是啊，那些老婆婆最近两三年还真是一个个都没了。别所家的老婆婆你问了没有？”

“快别提了，她都，跟行尸走肉差不多了……”

“哈哈，那倒也是。不过……”本多老医生用探询的眼神盯着矶川警部，说道，“那你的意思是说，那种彩球歌应该还有其他类似的，并且必须要弄清楚？”

“是的，是金田一先生这么说的。”

这时，由于一子已准备好酒菜端来，矶川警部立刻改口道：“啊，如此一来，倒让我想起了狱门岛的案子啊。”

由于矶川警部突然岔开了话题，老医生瞪大了眼珠子望着警部，说道：“一子，酒肴准备好了的话，你就先去那边待一下。有事我会拍手叫你。”

“好的。那，警部，不好意思，也没什么好招待的，请陪父亲慢慢用吧。”

尽管一子谦虚地说没什么好招待的，矮桌上却摆满了海胆、海参肠、乌鱼子、咸烹紫菜、醋拌黄瓜等，全都是酒客喜欢的好菜。

“来来来，全都是人家送的东西，对不住了。来，干一杯。”

“哎呀，实在是客气了，居然这么丰盛……”

老医生为警部斟完酒后，说道：“别别别，我自己来斟就是。”说着，他一面自斟自饮，一面再次打量警部的脸。“对了，矶川先生，你今天来找我是不是有什么事啊？”

“老先生，真是没什么能瞒过您的……说起来您或许会见笑，其实，我对昭和七年的案子仍是不死心啊。”

“啊，从你的角度来说那是当然，那么……”说着，老医生不失时机地给对方斟上酒，也不忘自己的酒杯，探询般解读着警部的神色。

“是啊，虽然当时跟您说的时候也遭到了嘲笑，但我对亀之汤匆匆将尸体火葬的做法一直不解。”

“对对对，你当时的确怀疑过，说那尸体会不会并不是亀之汤的源治郎，反倒是被视作凶手的恩田呢。”

“对对，没错，老先生，”矶川警部放下酒杯，注视着本多老医生，说道，“我当时是这么怀疑的。您是当时写尸检报告的人，所以我想，您对那尸体还有记忆吗？”

本多老医生定定地望了矶川警部一会儿，浮出一丝苦笑，说道：“矶川先生，关于这一点，有件事我必须向你道歉。”

“向我道歉？”

“是啊，当时，我还年轻，写杀人案的尸检报告也是头一回。所以，当你事后那样问起来，问那尸体会不会不是源治郎而是恩田的时候，我感觉像是受到了侮辱一样。仔细想来，无论那尸体是不是源治郎，我其实一点儿责任都没有。我只是写明了死因、死亡时刻和推定凶器而已。尽管如此，当事后你问起那种事的时候，我却误以为你是在指责我的失误，心里当然很不舒服，对你的质疑也爱理不理，所以我就一口咬定那就是源治郎的尸体。事后仔细想想，我才发现，根本就没有一丝证据可以断定那就是源治郎的尸体。除了亀之汤当时的户主夫妇、源治郎的哥嫂，还有源治郎的妻子，即现在的亀之汤老板娘的陈述之外，没有一丝证据能证明那就是源治郎。既没有提取指纹比对过，脸也烧成了那样。尽管如此，我当时还是对你的质疑一笑了之，说到底，都是因为觉得你的想法太离奇了，另外一点就是我误解了，觉得自尊心受到了伤害。总之，这一切都是源自我对你怀有恶意，我最近已意识到了这点。我要向你道歉的就是这件事。”

“那么，老先生，”矶川警部向前挪挪膝盖，说道，“事到如今您是怎么认为的，对那尸体的事……”

本多老医生盯着矶川警部，说道：“啊，我的看法现在也仍没有改变，那尸体恐怕就是源治郎。因为光是从龟之汤老两口当时那悲痛欲绝的情形看来也不难明白。还有，你的想法也太离奇，太像侦探小说了，我对你的这种印象仍未改变。可是，我最近发现了一点，即我上面说的只是一般常识。如果完全忽略常识，用钻牛角尖的方式来考虑，就算那并不是源治郎的尸体也说得过去。”

“那就是说，您也承认那有可能是恩田的尸体？”

“不，不。我的意思是说，从理论上来讲，根本就没有一丝科学证据可以断定那就是源治郎的尸体。但鉴于当时龟之汤家人悲痛欲绝的神色，结果恐怕仍是源治郎的尸体。在这一点上，我的看法跟刚才所说的一样，从过去到现在都没有改变。”

“啊，明白了。”矶川警部用力点了点头，端起杯子接受老医生斟酒，“究竟是不是源治郎，这件事我们姑且放在一边。那个，老先生，您记得那尸体有什么奇怪的身体特征吗？”

“奇怪的身体特征……”

“比如说，只从外面看不出来，可一旦剥光了衣服就会发现体毛比常人浓厚一倍啦，或者右手比左手稍长一些啦，或者手指的样子很奇怪啦，等等。”

本多老医生默默地望了矶川警部一会儿，说道：“当时的尸检报告……”

“在战火中被烧毁了。”

老医生正要为矶川警部斟酒，发现酒壶已经空了，于是拍拍手叫来了一子。一子拿着酒壶出现后，老医生说道：

“一子，你先陪一会儿客人，我去去就来。矶川先生，我稍微离开一下，马上就回来。”

看到本多医生的脸上露出动摇的神色，矶川警部抑制着激动的心情，说道：“啊，啊，请便。”

本多老医生过了老半天都没有回来，而与此同时，在总社井筒旅店的一间秘密偏房里，金田一耕助正一面留意末班车的时间，一面跟老板娘阿纯对坐着聊天。

“那个，金田一先生，”阿纯恐惧的神色越来越浓，肩膀也在微微发抖，“我们做的可是旅店生意……谁和谁在这里幽会之类，我们是不能说的。当然，如果是警察来询问，就另当别论了。这件事，在您上次来的时候我好像也说起过……”

“对对对，你是说过，当时你还在世的丈夫正为春江的事苦恼时，村长就说别管了别管了之类。”

“呃，对对，但春江的事……春江和恩田的事，当时已经被外面知道了，所以我们的心情还能轻松一些。可这件事却还没有一个人知道，所以我更不能说了，否则就砸了买卖。”

“你说的这件事是……”金田一耕助死死地盯着对方说道，“你是说恩田跟由良家的夫人在这里幽会的事？”

“是的。所以，这件事并不是村长告诉我的，而是我主动告诉村长的。当时村长还把我狠狠地骂了一顿，我至今都忘不了当时的情形。他说，这种事绝对不能告诉别人……”

金田一耕助难以抑制激动的心情。他做梦都不会想到，敦子竟在离村子这么近的地方和男人幽会。其实，他只是对上一次阿纯说话的口气有些感兴趣，便在临去神户前顺便过来一趟而已，想问问她有没有从村长那里听到什么关于敦子和恩田的事……

“那么，他们经常在这里幽会？”

“也谈不上经常，就是五六次吧。”

“那么，到底是春江在前，还是由良家的夫人在前？”

“是春江在前。我想他肯定是从春江那儿尝到了甜头，就又把由良家的夫人带来了。”

“由良家的夫人都是不化装前来吗……”

“怎么会呢……”阿纯害怕地垂下肩膀，说道，“都是用头巾把脸捂得严严实实的，所以一开始我也没注意到竟是由良家的夫人。有一次她去厕所，我无意间瞥见了她的侧脸，当时就惊讶极了。这也太大胆了吧，都是有丈夫的人了……幸好她没发现我。我吓坏了，连孩子他爸都不敢告诉。后来我就留意起来，无论她再怎么用头巾捂着脸，可那身影的确是由良家的夫人无疑。这样一来，我们不就成了开色情旅馆的吗？这会不会给我们带来麻烦啊？我越想越担心，于是才找村长商量。”

“你是什么时候找村长商量的？是在案发之前还是之后？”

“是之前。结果我被村长臭骂了一顿，说是这种事不能透露给任何人。即使露了馅儿，只要一口咬定并没有发现是由良家的夫人，就不会有任何麻烦。他还说我们家孩子他爸胆小，这事万万不能告诉他，我这才稍微安心下来。后来，估计两人是分手了吧，由良家的夫人不再来了，我这才彻底安下心来。”

“啊，老板娘，多谢。这件事请先保密。”

“那是当然。像这种龌龊事我是不会轻易说出口的。”

没过多久，金田一耕助就坐上了末班车赶赴神户……

而在鬼首村这边，矶川警部等了大约三十分钟后，本多老医生这才夹着一本破旧的影集返回原先的偏房。

“啊，让你久等了。一子，辛苦了。这里没你的事了，你先去忙别的吧。”

“好的，那酒壶我就放在这边了。有事请拍手。”

等一子的身影消失后，矶川警部往前挪了挪身子，说道：“老先生，那影集是什么？”

“矶川先生，那份尸检报告我好像留过一个副本，所以刚才回去找了一通，可是怎么也找不到，看来是真的弄丢了。不过，我却忽然想起了这东西……”

“照片？”矶川警部好奇地睁大了眼睛，甚至都把身子探过了矮桌。

“啊，对。当时正好是我迷恋摄影的时候，处理那种案件也是头一次，我就拍了照片留作纪念……是在你们从冈山那边赶过来之前拍的。”

“那么，也有尸体的照片吗？”

“有啊，但跟所谓的现场照片不同。这是我在这边的警察拍完现场照片之后，等你们来的时候拍摄的。”

老医生再次掸了掸影集上的灰尘，隔着矮桌递给矶川警部。警部一把夺过，用兴奋得直发抖的手指打开影集。

第一页是从外面拍摄的放庵那熟悉的偏房的全景。矶川警部立刻翻开了第二页，一瞬间，他惊讶地倒吸了一口气。

那照片是从脚的斜上方拍摄的，拍的是头探进地炉里的死者被抱起来仰面横放在棉被上的情形。死者脸上盖着白布，两只袖口也被烧焦了，从袖口露出来的从手腕到手指的一部分全被严重烧毁。这情形早已深深地烙在矶川警部的脑海里，无论经过多少年也无法抹去。而如今，二十三年前的那一幕又活生生地展现在了眼前。

矶川警部把锐利的目光聚集到死者的双脚上。由于死者身穿夹衣系着腰带，双脚从衣服下摆里完全露了出来。幸亏没有穿短布袜，加之照片是从脚的方向拍的，所以两只脚掌又大又清晰地展示出来。两根中趾全都比一般人的要长半个关节左右。

矶川警部不禁猛吸了一口气。

"矶川先生，怎么……"

"老先生，"矶川警部两眼放光地看着老医生，说道，"您难道不觉得，死者的中趾比一般人要长很多吗？"

"啊，这个啊，我倒是早就注意到了。"

"早就注意到了……"

"啊，不只是注意到了。就在你提出那种疑问的时候，我还找龟之汤的家人问过了。龟之汤的父母和哥嫂夫妇，还有现在的老板娘众口一词，说源治郎脚的中趾要比平常人长。还没等我问那件事，他们就这么说了。"

由于龟之汤一家都见过尸体了，所以，死者中趾偏长的情形也有可能是在看到尸体后才发现的，如此一来就很难作为真实证言了。

"可是老先生，源治郎中趾长这件事，还有其他证言吗？或者说，还有这类证据吗？”

“啊，这一点就不好确认了。我又不像你这样多疑或是想象力发达，这种证言就已经能让我满足了。我刚才也说过，直到最近，我才意识到根本没有一点证据能证明那就是源治郎的尸体。”

龟之汤一家分明在撒谎。具有这种脚部特征的人不可能有很多。被害者与加害者的脚也不可能一样，否则也太巧了。

死者肯定是恩田。因此，昭和七年案件的凶手依然如自己一直怀疑的那样，就是源治郎。正因如此，龟之汤才立刻将尸体匆匆火化了。

警部不由得对自己的明察秋毫感到骄傲和兴奋，这时本多医生也回来了，一看表，已十点多了。

由于本多医生回来了，矶川警部谈话的兴致也高涨起来，不由得多喝了几杯。虽然本多医生比较自重并不怎么多喝，可已经退隐的老医生只要有酒友，多少酒都喝得进去。

“矶川先生，今晚就住在这里吧。你刚才不是说自行车让金田一先生抢去了吗，这样的话你怎么也赶不回龟之汤了。我看今晚咱们就干脆喝个通宵吧……”

这地方的人还真是热情好客，老医生连这种不拘礼的话都说了出来。

最终这句话还真的变成了事实，十二点左右的时候，矶川警部真的醉倒在了正房里铺好的床上，可没过半个小时，他又被本多医生叫了起来。

“警部，警部，快起来！听说又有一个人失踪了。”

“你说什么？”

矶川警部立刻从被窝里跳起来，他突然感到一阵悔恨和惭愧，身体顿时像火烧一样。

“这、这、这么说，大空由加里不见了？”

“不，不是由加里。听说是龟之汤的里子还没有回家。”

锁失灵钥匙就打不开

矶川警部昨夜不仅酒喝多了，还几乎没有睡，所以那些原本在熟睡时可以发散掉的酒精直接潜入了他全身的细胞。尤其是脑细胞严重充血，这一点就连他自己都能清醒地意识到。

警部悲哀地摇着头，被害者并非由加里而是龟之汤的里子，还是稍微让他减轻了一丝愧疚感。但他转念又想，连被害者出乎意料都会让他感到些许安慰，可见这是个多么可怕的案子。就在这恐怖案件发生的时候，他却烂醉如泥，对于自己的怠慢，他无法抑制惭愧和激愤。事实上，昨夜他坐上前来接他的青年团的自行车，被摇摇晃晃地载回村公所见到立花警部补的时候，连头都抬不起来。

即使警部并没有喝醉，恪尽职守，这次的案子恐怕也是防不胜防。就连金田一耕助似乎都没有预料到里子竟会被盯上。即便这样，警部也无法为自己的醉酒开脱。他痛苦至极，迷迷糊糊地听着立花警部补的审讯，只觉得一切都像在梦中一样。

审讯室是驻在所里面的一间简陋的和室，面积有六叠大，中间放着一张油漆脱落光了的漆艺桌子，隔着桌子与立花警部补对坐的是龟之汤的歌名雄。旁边另一张桌子前坐的则是乾，他正记录着两人的一问一答。

时间是昭和三十年八月十六日上午十点多。

里子的尸体是在早晨六点左右被胜平和五郎发现的，地点是樱佛堂后面到六道辻的途中。樱佛堂隔壁是仁礼家，仁礼家的后栅门正对着间道。沿着间道穿过仁礼家的后面，道路就逐渐变成了坡道，两侧全是成片的葡萄地。胜平和五郎这对搭档往葡萄地的架子那边一看，发现一只狗正在地上嗅来嗅去，狂叫不已。两人前往葡萄架下，看到了一个裸体的女人。死者正是里子。

里子的死因与此前二人不同。泰子和文子都是被勒死的，里子则是后脑遭钝器猛击致死。从她头盖骨上的巨大裂缝不难看出，她恐怕是被人一击毙命。

另外，这次的杀人案跟前面的两起还有一处明显的不同，即此前的杀人案都是尸体被遗弃在杀人现场，而这次的尸体则从现场被稍微移动了一下。

里子尸体被发现的葡萄架上方就是六道辻，这十字路口立着一尊真人大小的地藏菩萨。看来，凶手就是躲在地藏菩萨的背后，从台座上朝背对地藏菩萨而立的里子抡下钝器的。系着红布的地藏菩萨胸部到腹部全溅满了骇人的血迹。不错，如此一来凶手就不会沾上血迹了。问题是夜都那么深了，里子为什么站在那里呢？

将里子一击毙命的钝器也被发现了。那是个装满沙子的秤匠家的葡萄酒空瓶，为了防止手握的地方打滑，上面还特意缠了一层绷带。凶手倒握酒瓶将里子一击毙命后，就将酒瓶丢弃在了地藏菩萨背后的草丛里。瓶子稍微裂了点缝，沙子却没有漏出来。不用说，瓶子的表面肯定也沾着血迹了。

凶手为什么独独要在这一次把里子的尸体隐藏起来呢？不，在回答这个问题之前还要先回答另一个疑问，即凶手为什么独独要把里子的衣服剥光呢？

当矶川警部得知里子被发现并匆匆赶到现场的时候，看到尸体的惨状，一瞬间就连他都不由得把脸背了过去。

惨不忍睹的不只是那像石榴一样崩裂开来的伤口，还有里子那只穿着内裤的身体。覆盖了全身近三分之一处、像不规则地图一样的红痣全被惨不忍睹地暴露了出来。这惨状在看穿着衣服的里子时根本无法想象，现在却被大曝于天下。

这一身红痣里子恐怕一辈子都不想让任何人看到吧，凶手为什么却要如此残忍地侮辱她呢？里子不仅活着不愿让人看到这些红痣，即使在死后恐怕也羞于示人。

“那，你是说你骑着自行车，把你妹妹一直送到了家附近？”

立花警部补刺耳的声音钻入了矶川警部又红又混沌的耳朵，警部不禁一愣，收紧了松弛的神经。在这正进行审讯的房间一角，警部背靠在墙上，抱着膝盖。体内充满酒气的他全身无力，十分难受，可神经的某一部分却绷得紧紧的，十分不安。

“是的。”

“你为什么没有把妹妹送到家呢？反正都已经送到附近了，为什么不干脆送到家门口呢？”

“呃，我也正为此感到后悔呢。”

歌名雄穿着工作服，用胳膊擦了擦眼泪，抽了抽鼻子。

在这个案子中最经受考验的恐怕就是歌名雄了。他前天失去了恋人，今天妹妹又被人杀死了。正因为他怜悯这个可怜的妹妹，才更加深爱着她。面对接二连三的打击，今天早晨他似乎连眼泪都干了似的茫然自失，如今面对警部补的指责，他才如梦初醒般意识到，正是自己的疏忽和怠慢才酿成了这样的惨剧。忽然间，他再也控制不住眼泪。

“可当时，妹妹软磨硬泡说送到这里就行了，而且我当时也很着急。”

“很着急……”

“啊，主任，您也知道，我们都是青年团的人，要准备搜山。为了讨论和准备搜山的事，我们早就约好昨晚九点前到村公所集合。”

“啊，是吗？那你们……你和你妹妹离开仁礼家是几点左右？”

“大概是八点十五吧。日下部先生，也就是由加里的经纪人，他来接，由加里就回去了。里子忽然感到很寂寞，就跟我母亲说也要回去。于是母亲就把我叫了过去，让我用自行车把里子送回家。里子还说用不着这么担心之类。”

“当时你妹妹穿着什么？”

“啊，当然是丧服。”

“然后你把你妹妹送到家附近后让她下了车，自己就回到了村公所，是吗？”

“是的，途中我又去仁礼家看了一眼，见阿胜……胜平和五郎都还在，于是大家一起去了村公所。”

“那你真正回到家是……”

“十二点多一点。正好我母亲也先一步回来，说里子还没有回来，不会是出事了吧。我也吓了一跳，就说不可能出事，可一问阿干，里子果然没回来，我就又骑自行车赶到村里的驻在所，结果出了这么大的乱子。”

歌名雄用工作服的袖子擦了擦眼睛，用力地抽了抽鼻子，然后掏出手巾擦拭起眼泪来。可无论怎么擦，热泪总是止不住地滚落下来。

“这么说，你妹妹先是假装回家，然后又折回了六道辻？”

“是的，应该是这样。”

“她为什么要折回六道辻？”

“那我就不清楚了。我、我……”说到这里，歌名雄眼泪又涌了出来，“我的脑子，已经完全傻了。”说着，歌名雄用手巾擦拭着眼睛，发出肝肠寸断的呜咽。

矶川警部一面同情地点着头，一面凄凉地嘲笑自己——自己的脑子也何尝不是傻了呢。

审讯结束，歌名雄前脚刚出去，山本刑警后脚就走了进来。

“主任，我们在现场附近捡到一样东西，不会是跟这次的案子有关吧？”

“什么东西？拿给我看看。”立花警部补伸手接过，“是钥匙和荷包锁。这钥匙跟锁眼对不上啊。”

刑警手里拿的正是一把小荷包锁和钥匙。他怎么也没法把钥匙插进锁眼里。这也难怪，钥匙比锁眼大很多。

“这是什么啊，捡了个什么怪玩意儿？拿给我看看。”乾从一旁一把夺过，咔嚓咔嚓地试了几下，说道，“喂，这根本就不是这把锁的钥匙，你看，这钥匙大这么多。”

“锁……”一直闭着眼睛、为脑袋充血的沉重和自责自己的怠慢而痛苦不已的矶川警部突然一愣，睁开眼睛朝乾转过头来。“乾，那、那锁怎么了？”

矶川警部的声音听起来并不高昂，却透着异样的热情和敏锐。三人一愣，连忙朝他回过头来。

“啊，这个啊，是山本刚才捡回来的。”

“山本捡回来的……”话音未落，矶川警部就一下站了起来，走过去一把抢过锁和钥匙，说道，“山本，这玩意儿你是在哪儿捡到的？”

“啊，是在六道辻地藏菩萨后面的草丛里捡到的。警部，这玩意儿跟这次的案子有关吗？”

矶川警部并不回答，而是凝视着托在手心里的锁和钥匙，眼睛里布满血丝，眼角看起来像要崩裂似的。

“警部，警部，”立花警部补皱着眉，担心地喊道，“您从这钥匙和荷包锁上想到什么线索了吗？”

矶川警部依然没有回答，只是紧咬着牙，死死盯着荷包锁。

此时，矶川警部耳畔回响的是昨晚分手时金田一耕助的那句耳语：“警部，虽然这只是我的臆测，但我想，彩球歌应该还有一段是‘第三只麻雀如是说……女色谁最好？锁匠家姑娘’……”

可是，锁匠家的姑娘是由加里而不是里子。听说，里子出生的地方有龟之汤这个名称，就没有另外取商号。既然这样，那这钥匙和锁恐怕就不单纯是某种巧合，而是要在里子被剥光衣服的情形中暗示某种寓意了。

当天晚上六点左右，人在神户的金田一耕助突然给鬼首村驻在所内的矶川警部发来了如下电报：

晚报看了　保护好那姑娘　我马上回去　耕助

送神火

鬼首村现在似乎是完全被恶魔附体了。

八月十日傍晚，自从一个老太婆翻过仙人岭，跟金田一耕助等数人打招呼说“打扰了，我叫阿凛。已经回到村长那儿了。还请多加关照”，并消失在薄暮中以来，村里就接二连三地发生命案。

就算是村长放庵仍生死不明，泰子、文子和里子却接连在三个晚上被依次血祭，并且所有这些杀人案似乎都跟当地从前流行的一首彩球歌有关联。如此一来，村民们自然都恐慌起来，担心被来路不明的魔物缠上了。

今晚是盂兰盆节的十六日。家家门口都燃着送神火，被做成船形的茄子、黄瓜与麻秆、莲叶等东西散放在一起，就连烧送神火的人们都立刻逃进了家里，整个村子陷入了紧张的气氛。

龟之汤后面的房间里传来了肃穆的钟声，今晚是里子的守灵仪式。毕竟这里距离村中心有将近一小时的路程，再加上门第观念开始抬头——虽然并没有战前那么严重，可随着战后秩序逐步恢复，这里反倒刮起了一股复古风——所以，今晚参加守灵仪式的客人同前两夜相比，身份和地位出现了明显的下跌。

可是，毕竟里佳经常参加村里的红白事。只要一有什么事，她总是第一个赶到，非常勤快地帮忙，所以今晚的客人居然也很多。其中仁礼家来的是一家之主嘉平，由良家露面的则是当家的敏郎。这当然是看在跟歌名雄有婚约的面子上，此外大概就是因为同病相怜吧，他们无法装出事不关己的样子。

守灵席上的话题还是集中在这次的连环杀人案上，但谁都没有提出明确的意见，结论最终还是落在了要看搜山结果而定，这不能不说人们在潜意识之中仍对失踪的放庵抱有深深的怀疑。事实上，如果说谁与这离奇的案件最有关联，村民们脑海里浮现的只有放庵一个人。

“听说泰子和文子的情形都跟那彩球歌有关，那么这次里子的案子又如何呢？难道仍跟彩球歌有关吗？”

面对本多医生的疑问，辰藏依然红着鼻子答道：“喂，医生，肯定也有关系。说不定就是‘女色谁最好？龟之汤姑娘’呢，末尾肯定是‘剥光衣服被放倒’之类的。难道不是吗？”

辰藏跟里佳一样，村里一有红白事也是第一个赶过去，但他却是冲着喝酒去的，这不免有些可耻。

“老板娘，你听说过有那种彩球歌吗？”嘉平不紧不慢地询问道。

“啊，从来都没有……大家都知道，毕竟我是外乡人。”尽管里佳已经用香粉掩饰过哭得通红的眼睛，可她垂着瘦削的肩膀、身穿丧服的样子还是跟平时不同，招来了人们的同情。

“啊，我觉得彩球歌里没有龟之汤姑娘。”

“为什么，敏郎？”嘉平饶有兴趣地望着这个平时很少吐露意见的笨牛一样的男人。敏郎很少在这种场合主动发言。

“为什么？大叔，听说像龟之汤这样的营生，以前是最下贱最让人瞧不起的，官老爷怎么会喜欢上这种出身的姑娘呢……”

“哈，敏郎，你这么说话对老板娘实在很失礼。你说的可是差点就要成为你妹夫的歌名雄的生身之家啊。”

被嘉平委婉地责备了一句之后，敏郎连忙答道："啊，大叔，我说的是以前。现在哪还有这种事……"他慌忙予以否认，可脸还是红得像煮熟的章鱼。

这时，本多医生打圆场似的叹了口气，说道："仁礼大叔，这种事到底会持续到什么时候呢？接连三晚守灵，连续三天葬礼，就算我的生意是建立在别人的不幸之上，可照这样我也无法忍受啊。"

"啊，真是给您添麻烦了……"里佳无精打采地垂着肩膀，说道，"我们家也是明天举行葬礼，所以今晚守灵最多到十点左右就结束。"

"啊，那就好。"嘉平当即赞成，说道，"我家的葬礼虽然办完了，可还剩下一大摊子事需要打理。敏郎，你们家也一样吧？"

"是啊，一大摊子事……"

"对了，老板娘，"忽然，从最后面露出头来的本多医生环顾着房间说道，"好像没看见歌名雄的影子啊，他怎么了？"

"啊，他跟警察和青年团的人一起去搜山了。他说，比起守灵，还是抓住凶手更能告慰亡灵……"

"啊，是吗，那可真难为他了。"

本多医生一脸怃然，而一旁的辰藏则卷着已有醉意的舌头说道："那些警察到底在瞎搞什么呢？事到如今搜山还有什么用，就算是把山翻过来也于事无补。一群笨蛋。"

"哈哈，辰藏你说话也太冲了，警察又没有袖手旁观，只是凶手技高一筹而已。"

"既然老爷您这么说，那我问您，那个人如何？那个叫金田一耕助的私家侦探……"

"如何？你的意思是……"

“没什么，那种人天天晃来晃去，反倒是妨碍了破案，我说得不对吗？立花先生好像极不痛快啊。”

“可是，矶川警部好像很信任他啊。虽然你这么说，可那种人说不定就是老滑头呢。俗话说不叫的猫才逮老鼠。”

“就算是不叫的猫才逮老鼠，可像他那样呆头呆脑的人……”

“对对对，说起金田一先生啊，也不知是怎么回事，今天一整天好像都没看见他。”

听到里佳的询问，本多医生给出了回答：“啊，老板娘，金田一先生啊，听说他昨晚去冈山了。”

“哎？去冈山干什么？”嘉平皱起眉回头问本多医生。

“啊，好像是觉得这次的案子仍跟昭和七年的案子有牵连，就去调查当时的一个什么文件去了，这是今天白天时矶川警部告诉我的。”

“昭和七年的案子……”

大家的视线不约而同地集中到了脸色苍白的里佳脸上，里佳话音刚落，阿干就进来报信说警部来访。矶川警部并不是一人，而是跟春江和由加里母女俩一起，大概是在半路上碰到的吧。

“警部，听说金田一先生昨晚去冈山了？”

等三人跟里佳寒暄完，又烧完香之后，嘉平盯着矶川警部的脸说道。

“是的，他突然想起点事来。”

“那么，他什么时候回来……”

“这个嘛，昨晚刚动身，我看至少得两三天吧。毕竟，这儿跟冈山几乎没法联络。”

“那就是说，金田一先生还不知昨晚里子遇害的事？”说着，里佳不由得眼睛湿润了。

“啊，这个啊，大概他已从晚报上看到了吧。但总之他跟这边还没有一点儿联系。”矶川警部板着脸，抚摩着连头皮都露了出来的短白发说道，“先不说这个了，在此我想先提醒一下大家，我们决定，从今天晚上起警察将会跟村里的青年团联手进行搜山。因此，村里的警备势必就会变得薄弱，因此大家一定要各自负责，保护好自己。”

“既然这样，警部，”连笨牛般的敏郎眼里都放出光来，他往前挪了挪膝盖，说道，“您的意思是说，这种可怕的事情还会继续？”

“不抓到凶手一切都不好说。比如说，那边的阿干，你也得当心才行。这次的凶犯似乎对像你这样的美女特别青睐啊……”

“哎呀，别说得那么吓人好不好！”刚好端来酒壶的阿干顿时呆立在了下座。

“哈哈，不，这不是在开玩笑。春江夫人，你也要照看好由加里。”

“是。”春江一脸惊恐，双肩颤抖地说道，“恐怖的案子接二连三，我想在明天里子的葬礼结束后立刻返回东京。”

“什么，春江，这么说，你想逃走？”辰藏怒气冲冲，对着春江大叫起来。

想让妹妹的钱包大出血的想法看来是完全泡汤了，辰藏动辄就对春江横眉立目，瞪着她的白眼里也露出一条条血丝。

“这也算不上是什么逃跑，反正墓也扫完了，而且东京那边也一直在催。”

“东京那边再怎么催，你也不能在这节骨眼上逃走。你如果要走，那犯罪嫌疑肯定会落到你的头上，难道就算是这样你也不在乎？”

“哥，你别胡说……”

“谁胡说了，本来日下部是哉那个男人就很奇怪。村里只要一进来这种来路不明的男人就会发生杀人案。昭和七年的时候是这样。而这次又是一个叫日下部是哉的男人……”

“啊，算了算了，别说了。”嘉平用两手按下暴跳如雷的辰藏，说道，“你们俩啊，光看看脸就知道不合。真是一对奇怪的兄妹啊。就算日下部再怎么可疑，警察总会有办法的，也用不着你们在这里说三道四。不过，由加里……”说着，嘉平把平和的笑脸转向大空由加里。

“是。”

“你回来得也真不是时候，好像就是专门为了在守灵席上唱歌才回来的一样。今天晚上你也要唱吗？”

在今晚出席仪式的村民中，只有嘉平知道前两夜由加里参加的守灵仪式上的亡灵都是她同父异母的妹妹。可是，今晚的亡灵却不一样，是由加里杀父仇人的女儿。虽然矶川警部对此事持不同看法，但至少从表面上来看是这样的。所以，里佳究竟会不会允许她唱，这正是嘉平关心和好奇之处。

“啊，这个……”由加里在众目睽睽之下身体不免有点儿僵硬，“这就要看阿姨的意思了。阿姨说希望我唱我就唱。如果阿姨说讨厌我的歌，那我现在就退下去……”

这个回答实在是有水平，但辰藏当即就用他那烂醉时特有的嘶哑声音叫了起来：“笨蛋，得了吧！今晚又没有青年团那些家伙，那种奇怪的歌就算是听了也没人会高兴的。”

“喂，辰藏先生，”里佳从一旁阻止道，“你可不能说这么失礼的话。”说着，她用袖口擦拭了下眼睛。“可以，可以，由加里，那你就唱吧。可不能只把里子一人丢下。”

“好的，阿姨，那我就先休息一下，然后再给里子唱吧。”

就这样，由加里接连三晚都唱了《枯叶》。

这时，矶川警部忽然想起什么似的看看手表，说道：“哎呀，坏了。马上就八点半了。那，老板娘，我这就告辞了。”

“哎呀，警部，用不着这么急，请再待一会儿吧，就算是为了里子。”

“啊，我倒是很想这样，可还有搜山的事，今晚就此告辞。”

“这么说，警部也要去搜山？”嘉平睁大了眼睛。

“啊，虽说是搜山，可你们也都看到了，我已经是这把年纪，也无法像年轻人那样满山乱跑了，但也不能老待在这儿逍遥自在地喝酒啊。尤其是昨晚在本多医生那里刚吃了败仗……”

“在本多医生那儿吃了败仗？”

“啊，你们就直接问本多医生吧。我失陪了……”矶川警部再一次为亡魂进香后，说道，“那么，各位，我先失陪了……”

说着，他便辞别了龟之汤。此时是八点半。

从十日晚上那场大雷雨以来，天气一直很好，但近几日也似有变坏的趋势了，今晚的天空就阴沉沉的，看不见一颗星星。矶川警部骑着自行车在干巴巴的路上风尘仆仆地赶路，连吹打到脸上的风都是燥热的。

穿过通往放庵茅屋的上坡路，绕过山脚，再穿过被漆黑夜幕笼罩的鬼首村山丘，眼前现出了点点灯影。看来搜山的队伍已经出发了，缓缓行进的灯光在阴沉沉的天空下若明若暗，仿佛为三个横死的姑娘燃起了送神火。

矶川警部不由得心情激动起来，他回到村里的驻在所一看，没想到，在昏暗的里间里，金田一耕助正和立花警部补还有乾凑在一块儿，悄悄地说着什么。

“啊，金田一先生！”

“啊，警部，大空由加里她……”

就在矶川警部叫起来的同时，立花警部补和乾也大喊着站了起来。

“啊，我故意把大空由加里留在了龟之汤……”

“没、没问题吧？警、警部，大空由加里……”乾的牙齿在咯吱咯吱地响。

“没问题。我看见有一个便衣在监视，日下部是哉似乎也潜伏在龟之汤附近的黑暗处……对了，金田一先生，在神户那边有没有什么收获……”

“警部，请看这个。”

说着，立花警部补愤怒地把一样东西塞给了他——就是我们在故事的开头介绍的会员制发行的小册子《民间承传》的合订本。幸好放庵的外甥吉田顺吉把这些小册子订成了合订本。矶川警部顺着立花警部补哆嗦着手指所指的地方一读，不由得握紧双拳。

第三只麻雀如是说
我家阵屋大老爷
好狩猎好酒好女色
最爱好的是女色
女色谁最好？锁匠家姑娘
姑娘长得美，却是个小町姑娘

姑娘的锁不灵
锁失灵钥匙就打不开
钥匙打不开，结果就被返还了
　　　　　　　　　　被返还了

跟火和水一起

八月十七日上午十点，金田一耕助和矶川警部正茫然站在焦土中央。

曾让当地人艳羡不已的由加里府邸，现在已面目全非，烧毁的废墟中仍冒着紫烟。这刺眼的烟似乎渗入了睡眠不足的警部的眼睛里。尽管黎明时来袭的暴雨已经离去，天气仍没有放晴，细雨像人的眼泪一样倾洒在由加里府邸的废墟上。

金田一耕助茫然呆立在废墟中央，一阵萧瑟的秋风掠过他的心口。那是一种虚无感，任何人在经过剧烈的肉体活动和精神搏击后，得知一切已结束时都会感受到的虚无感。既没有胜利的陶醉，也没有光荣的自负。对于现在的金田一耕助来说，一切都是空的。

“金田一先生，”矶川警部呆呆地凝视正冒雨默默挖掘废墟的青年团的身影，满是懊悔地低声说道，“难道我昨晚部署的战略错了？”

“不，警部，”金田一耕助惊讶地回过头来，看着警部憔悴的脸，略微加强了语气，“你所有的安排都是正确的。因为你的坚韧和执着，连二十三年前的案子都一举解决了。这件事……”

金田一耕助环视着化为焦土的由加里府邸的残迹，说道：“是任何人都无法阻止的。这并不是警部您的责任。”

“听你这么一说，我也稍微好受了些……”尽管嘴上这么说，警部依然用悲哀的眼神注视着金田一耕助的侧脸，说道，“你刚才说，我把二十三年前的案子都一举解决了，这么说，昭和七年案子的凶手也是那个人……”

看到金田一耕助默默地点了点头，矶川警部眼里闪过一丝惊讶的神色。“可是，这到底是……”

“警部，这件事我以后再慢慢跟您说。啊，本多医生的夫人到那边了。”说着，金田一耕助安慰般挽住警部的胳膊，“她一定是烧好洗澡水来迎接我们了。无论是警部还是我，现在最需要的就是洗个澡然后再舒舒服服地睡上一觉。老医生好心好意，我们就领他一个情吧。”

金田一耕助挽着矶川警部的胳膊，离开细雨蒙蒙的由加里府邸废墟，朝带着伞来迎接的一子走去。

其实，昨晚让矶川警部深感痛苦的战略是这样的。

十五日晚上，金田一耕助暗示矶川警部被盯上的很可能是锁匠家的姑娘，可出乎意料的是被血祭的居然是龟之汤的女儿。矶川警部一度慌了神，既惊讶又困惑。可等到后来山本从现场附近发现了失灵的锁后，警部才猜测出凶手盯上的目标很可能依然是锁匠家的女儿，只是由于阴差阳错才杀了龟之汤的女儿。

如果这猜测正确，凶手肯定还会再次对锁匠家的女儿下手。矶川警部把希望押在了这上面，并且在这种设想下拟定了战略：让村里的警察和青年团的人全都赶去搜山。这样就会给凶手留下一种村子暂时没有警备的印象。他还让春江声称由加里母女将会在十七日下午离开村子返回东京。

矶川警部早已知道，文子和里子都是在守灵后立刻被杀害的，所以凶手肯定也参加了守灵仪式。因而，里子的守灵仪式凶手当然也会参加。即使不是本人出席，也肯定会安排便于即时了解守灵情况的近亲出席。

幸亏春江帮他演了一场好戏。在这种状态下，对于春江母女受到惊吓想尽早逃离村子的想法，恐怕没有一个人会怀疑。如此一来，留给凶手的唯一机会就只有十六日晚上了。而且，这天晚上整个村子还处于毫无防备的状态。

以上就是矶川警部的妙计，参与这计划的只有立花警部补及其心腹乾两人。连这两人在搜山队伍出发的时候也若无其事地混在其中，半路上又偷偷折回驻在所。当两人返回驻在所等矶川警部的时候，金田一耕助竟提前一步从神户回来了。

金田一耕助也赞成这个计划，就连此前一直有些怀疑的立花警部补在读了《民间承传》中放庵的文章后，也突然对这个计划感兴趣起来。

至于后来的事情，矶川警部恐怕终生难忘。

十点左右跟踪由加里的一名刑警回来报告说，由加里母女和日下部是哉一起平安到家了。由加里母女离开龟之汤的时候，里子的守灵仪式似乎还没有结束。矶川警部接到报告后非常重视，立刻指示对由加里府邸实施警戒。

由加里为其户籍上的父母别所蓼太夫妇新建的房子就在环绕鬼首村的山丘稍高处，除了住在前面的辰藏一家的破房子之外，五十米以内再无人家，周围全是葡萄地。

金田一耕助和矶川警部赶到能俯瞰由加里府邸的葡萄地里的指挥岗位时，是十点十五左右。站在那里往下面一看，只见对面约三百米处有个地方在影影绰绰地发着光，似乎是上一次从秤匠葡萄酒酿造工厂前面望见的蓄水池。蓄水池周围堤坝环绕，那一带也没有一户人家。

十点半左右，樱村方向出现了自行车灯和手电筒的光，大概是里子的守灵仪式结束，客人正离去。那些灯光还没到由加里府邸附近，就在途中钻进各自的巷道和门内消失了。给这些客人殿后、最后一个回家的则是辰藏。

辰藏所骑的自行车车灯东倒西歪，晃晃悠悠地从昏暗的村道爬上来，他还不时用嘶哑的声音扯上两嗓子，或是不着调地唱上几句，所以一下就知道是他了。辰藏来到自家的门前，骂骂咧咧地叫起老婆。放下自行车，他又摇摇晃晃地爬上坡，穿过葡萄地下面来到由加里家后院。

“喂，春江，你给我起来，我有话要跟你说，你给我起来。”

说着他在房子周围绕了两三圈。里面自然没有回应。事实上，稍早前由加里府邸里的灯还亮着，可当辰藏那跑调的歌声从远处传来后，灯立刻就灭了。看来是怕了这辰藏了。

“臭娘儿们，装睡是不是？我看得真真的，刚才还亮着灯呢。不起来是吧？再不起来，我就一把火把你这老狐狸熏出来。”

“他爸，他爸！”大概是辰藏的妻子从葡萄地的下面发出几乎要哭出来的声音，“快别在这儿丢人了，有话明天再说。你看，你把孩子都吓醒了。”

坡下的破房子里果然传来了孩子焦灼的哭声。辰藏大概也退缩了，只听他说道："今晚就先饶了你。但明天你想回东京我可不答应。不信你试试，你看看我敢不敢控告你们就是凶手。"

辰藏发着酒疯踉踉跄跄地返回坡下的破房子后，似乎又冲妻子叫嚷了一阵子。声音平静下来后不久，婴儿的哭声也停了，灯也灭了，看来辰藏也昏昏沉沉地睡了。

金田一耕助看看手腕上的夜光表，正好是十一点半。

如果凶手要行动，估计会在此后的半小时到一小时之间。搜山的人们恐怕也不会彻夜瞎碰乱撞地搜吧。说不定到了十二点左右就会收兵，陆陆续续地下山。凶手肯定会在这以前下手。

尽管警方是在这种设想下一直警戒，而且还有五人在监视，可那五人还是让凶手轻易钻了空子。事后想来，凶手极有可能就是趁辰藏大放厥词的时候轻松地溜进由加里府邸的。

前文已述，当时，金田一耕助和矶川警部就潜伏在由加里府邸上方的葡萄地里，立花警部补和山本则潜伏在门内两侧的绿化带里。虽说是门，可由于在乡下，只是做做样子而已，并没有门扉，所以那里通常被视为最危险的地方。而乾当时应该在警戒着辰藏爬上来的葡萄地一带。

所以，这么一来就产生了一个死角，即金田一耕助和矶川警部潜伏位置的下方。那里建着一间巨大的仓库，屋檐跟正房几乎紧挨着，所以金田一耕助和矶川警部根本就看不到屋顶下的动静。恐怕凶手就是趁着大家的注意力都被辰藏吸引的空当，穿过后面的葡萄地，溜进仓库下面等待机会。

辰藏家的灯熄灭后半小时，正好是深夜十二点，由加里府邸的人也刚刚入睡。突然，伴随着噼里啪啦的声音，由加里府邸的侧面竟亮了起来。一瞬间，仓库里起了火。

凶手究竟是一开始就蓄意要放火，还是受到了辰藏发酒疯的启发，事到如今已无从知晓。可无论如何，所有监视人员都没料到凶手居然会放火。

不过，凶手似乎并未察觉到这座房子已被置于严密的监视下，一听到四处响起的喊声，顿时就狼狈地跑进了坡下的葡萄地里。金田一耕助瞥见凶手的背影，立刻意识到那就是十日傍晚在仙人岭与他擦肩而过的老太婆。

灭火与追击凶手，金田一耕助当即选择了后者。

“警部，您留下来叫醒房中的人。我去追凶手……”

“起火了，起火了，快起来，快起来！”金田一耕助也一面连连喊着，一面挽起裤裙下摆，钻进葡萄地里。乾同时发起了行动，立花警部补却并未效仿，而是跟矶川警部和山本一起留下来救人，事后金田一耕助对此深表敬意。

凶手在葡萄地里钻来钻去，最终跳上了坡下的村道。凶手的腰已不再像弓那样弯着了。可是就奔跑的速度来说，无论如何也敌不上追击的二人。不久凶手眼前便出现了环绕蓄水池的堤坝。凶手似乎费了九牛二虎之力才爬过那道堤坝。

这时火已经烧到了正房，由加里府邸已化为一团火焰，四周被照得亮如白昼。

一瞬间，凶手那包着头、身穿条纹裤子的身影清晰地浮现在了堤坝上面，可立刻又像被砍倒的枯树一样从堤坝上滚落下去。金田一耕助和乾一前一后爬上堤坝，只见凶手已经陷入水量减少的蓄水池那深深的淤泥中，再也无法动弹。

打捞凶手是在大约一小时之后开始的。淤泥很深，不敢轻易靠近，只能等青年团的人搜山回来，而这时由加里府邸已经完全化为乌有。

由于连日天旱，所有东西都干透了，火势蔓延得出奇地快，再加上消防团的人也全都被赶去搜山了，参加灭火的人手严重不足。这件事也成了矶川警部自责的原因。不幸中的万幸是人畜都没有伤亡，火也只是在烧毁由加里府邸一家之后就被扑灭了。而由加里等人全都只穿着身上的衣服，形同裸体般跑了出来。毕竟还要抱着一个形同活死人般的松子婆婆，大家全都惦记着救出她，所以忘了抢救其他东西。

打捞凶手是在大家看到火势至多只会烧毁由加里府邸后才开始的。

前来参与打捞的数名青年团成员中有龟之汤的歌名雄。金田一耕助一看到他，顿时脸色大变。

“啊，歌名雄。”金田一耕助用哽咽的声音叫住他，“你到那边待着吧。这里有三四个人就足够了。”

“为什么，金田一先生？”

“为什么？因为火灾现场比这里更重要。毕竟那边打水不方便，多一个人手就能多救出点东西来。谁也不敢保证什么时候还会再着起来……”

“不，先生，我还是要留在这边。您要往那边派人请派别人好了。我要第一个看看杀死泰子、文子和里子的凶手究竟是谁……”

金田一耕助默默地注视着歌名雄的脸，不久，他轻轻地叹了口气，说道：“啊，是吗？那就随你吧。”

金田一耕助又动了动嘴唇，想要补充点什么，可他忽然改变主意转过脸，来到矶川警部背后。矶川警部正默默地听着两人的对话，可是在看到金田一耕助脸上浮出的痛苦神色后，他突然深吸了一口气，紧紧地握起双拳，连指甲都嵌进了手心里。

矶川警部大概一辈子也不愿再看到那种情形吧。

堤坝上火红的篝火在燃烧。旁边早就搭起了架子，看来是想借此用滑轮打捞凶手的尸体，否则谁也无法靠近栽倒在泥底的尸体，太危险了。

不久，被从滑轮上放下来的绳索一头就被歌名雄绑到了凶手的腰上。歌名雄从堤坝下用力向淤泥探出身子，胜平和五郎则在左右两边帮他按住腿。

"阿歌，没事吧？"

"没事没事，阿胜，五郎，你们好好帮我按着腿。"

"好嘞。"

身高臂长的歌名雄又使劲伸长手臂，把手探到淤泥下。在凶手的腰上结结实实地系了两个扣后，又试了试绳结，然后才说道："好，阿胜，五郎，把我拉起来。"

"好，我也帮一把。"说着，立花警部补也下了堤坝，抱住身穿工作服的歌名雄的腰。

"可以了吗？一、二、三！"

当歌名雄被三人抱起并终于在堤坝上重新站起来时，额头的汗水早已像瀑布一样流个不停。

"好，负责滑轮的，拜托了。"

"好嘞。"

随着声音从堤坝上响起，滑轮开始转动，凶手终于被一点点地从泥中吊了起来。

“喂，再加一把劲儿。再加把劲儿，好不好？”五郎斥责着，“真可恶！”堤坝上的青年团也不由得加大了力气。

不久，伴随着扑哧一声，凶手弯曲的身体被从淤泥里一下子拽了出来，吊到了一米多高的空中。

“啊，等一下。”胜平一把抓住绳子说道，“喂，歌名雄，你和我都被这家伙害死了可爱的妹妹，我们就第一个看看这家伙的脸。五郎，你去找个地方用水把手巾沾湿一下。”

“慢着。我表妹的房子也还让这家伙烧了呢。”

从淤泥中被吊上来的凶手脸上全是泥巴，根本难辨长相。歌名雄用异样的眼神凝视着泥巴下面的那张脸，不久，五郎拿着打湿的手巾返了回来。

“阿歌，给你……咦，怎么了？你怎么哆嗦起来了……”

“五、五郎，给我手巾。”

胜平也咬牙切齿。

“啊！妈妈！妈妈！”

当胜平用颤抖的手把凶手脸上的泥巴擦掉一半的时候，歌名雄尖叫的声音让矶川警部一下从梦中惊醒过来。

“啊，警部，您是不是做噩梦了？”

听到一旁的招呼声，矶川警部回过头一看，发现金田一耕助正担忧地从旁边的床上探过身子。

这里是本多医生家的内厅，看来跟金田一耕助洗完澡后便沉沉睡去的矶川警部梦到了昨晚那可怕的一幕，被魇住了。

“啊，原来是做梦啊。”矶川警部长舒了一口气，用浴衣的袖子擦着额头的汗，说道，“啊，见笑了。”

警部苦笑一下，又深深地叹了口气，说道：“被滑轮吊起来的龟之汤老板娘沾满泥巴的脸，还有歌名雄悲痛欲绝的叫声，我一辈子都忘不了。”

“是啊，没错。”金田一耕助也神色凝重地点着头，但为了鼓励对方，他立刻又微笑着说道，“不过，警部，我们终于睡了一个好觉啊。已经是晚上七点了，该起床了吧。”

两人于是从被窝里爬了起来。正匆匆忙忙地叠被子的时候，本多家的少夫人出现在走廊上。

“啊，您醒了？被子就请先放着吧。那个，金田一先生……”

“啊？”

“有个叫吉田让治的人从神户过来，好像是您要的东西找到了，给您送了过来。”

“啊，是吗，太好了，太好了……”

矶川警部望着金田一耕助兴奋的脸，问道：“那吉田让治是谁……”

“就是吉田顺吉的弟弟吉田良吉的长子。警部，我们就再努力努力，拿出干劲来吧。”

最后的惊愕

昭和三十年八月十七日八点，所有相关者都汇集到了本多医院的内厅里紧张地等待着，想听一听这次连环杀人案的真相。

在场的人中，警方有矶川警部、立花警部补，还有乾和加藤两名警官；其他相关人员则有仁礼嘉平及妹妹咲枝、别所春江与女儿千惠子，还有观察员身份的日下部是哉。后面三人昨晚只穿着身上的衣服从大火中跑出来，就临时向一子借了浴衣来穿。另外在场的老医生和金田一耕助就不用说了，本多医生则在龟之汤。

房间里摆着啤酒和下酒小菜，还有果汁和成盘的水蜜桃等，但似乎并不怎么受关注。大家现在并不饥渴，他们渴望的是讲话。大家正翘首以待，等待金田一耕助讲出真相。

“山本怎么这么慢……”

看到立花警部补频频看表，还焦急地咂着舌头，老医生问道：“山本……啊，对对，就是刚才去接由良家的警官吧？如果是这样，立花，我看恐怕是够呛了。”

“够呛……”

“啊，听说现在全村的人都知道泰子是恩田的女儿了。由良家颜面扫地，这阵子怎么敢露面？金田一先生，我看就赶紧开始吧……”

“那好吧，但由于我事先拜托了敏郎一些事情，等知道结果后……不过，到时候大家可以随便问。”

“哈哈，还真是小心啊。”老医生把笑脸朝向矶川警部，说道，“那就先不说这个了。矶川先生，我听我儿子说，龟之汤的老板娘在投蓄水池前还喝了点农药？”

“啊，是的，她大概是事先就想自行了断吧。”

“龟之汤的老板娘……那么和气的一个女人竟……”

这恐怕不只是老医生一人的感慨，而是所有在场的人乃至整个鬼首村的人的惊愕和感慨吧。

“先不说这些，金田一先生，”眼看话头就要开启，嘉平也往前凑了凑，说道，“我听胜平说，金田一先生似乎早就知道凶手是龟之汤的老板娘了。您究竟是从什么时候开始察觉的呢？”

“啊，这个嘛……”金田一耕助有些害羞，挠着头顶的鸟窝说道，“对于这种案子，我想任何人都会隐约怀疑，比如说凶手会不会是那个人，又会不会是这个人之类。问题是这样的怀疑何时才能跟确定的事实联系起来。而这次的案子，若说隐约的怀疑，其实从泰子遇害后我就对老板娘起疑了。”

金田一耕助的话让满座的人一片哗然，立花警部补一下子脸红了，他正要开口说话时，却被矶川警部抢了先。

“可是，金田一先生，”警部说道，“你刚才说到了隐约怀疑，可你毕竟是眼光独到，所以我想问问你当时有什么根据吗？”

“啊，我是有根据的。”

“那能否给我们简单透露一下？我们到底忽略了什么？”

“说来惭愧，”金田一耕助苦笑一下，说道，“根据之一来自辰藏先生的话。关于泰子被杀的十三日当晚的事，辰藏先生是这么说的。他说七点左右自野外回来时从凳子瀑布前面穿过，顺便去秤匠葡萄酒酿造工厂喝了杯酸酒，然后在八点左右再次返回瀑布前面，却在那里发现了来时还没有的升和漏斗。而且据他事后回忆，他在上坡前往工厂的途中，好像看见一个手拿漏斗状东西的人跑进了六道过附近的葡萄地里……”

“这些话我们也都听到了啊……”

“可是，让我们从凶手的角度再来思考这番话。为了给当夜的杀人行动做准备，凶手从工厂里偷出了升和漏斗，然后在下坡到六道过的时候看到了辰藏先生的身影，于是逃进了葡萄地。当时，我想凶手肯定已发现那人就是辰藏先生。可尽管如此，凶手为什么仍要做这种傻事，要把升和漏斗留在瀑布潭让辰藏先生拿走呢？凶手会不会以为辰藏先生是要从工厂下到樱村那边去呢？对于山体滑坡导致从工厂到樱村的路已经不通的情况，凶手或许并不知情……可是，那山体滑坡从樱佛堂的前面是完全能看到的。因而，凶手并不是从樱村到这一带之间的住户。而且，由于樱村在行政村中最靠边，如果再往前，住户就只有放庵先生和龟之汤了。”

大家鸦雀无声地听着。本多老医生连连点头，说道：“原来如此，听你一说倒真是这样，可你又是凭借什么从两人当中确定凶手就是龟之汤的里佳呢？”

“啊，这是从里子的态度看出来的。”

“里子的态度……”

“众所周知，在此之前里子绝不让人看到她的肌肤。可是从案发后第二天起，她毅然扔掉了头巾和手套。要让那么一个花季姑娘下如此重大的决心，必须有重大的理由才行，于是我试着将其跟前一夜的杀人案联系起来思考。”

“这么说，金田一先生，”立花焦急地从旁插进一句，“您是说里子已经知道了杀害泰子的凶手是谁？”

“……我想是的。里子恐怕是这样理解的：她觉得自己生得丑陋，而且过于在意这一点，致使母亲对美丽的泰子产生了忌妒。如果是这样，那她也用不着再在乎什么美丑了，她就算是丑陋也仍是幸福的，所以请母亲不要再犯错误了……这也可以说是可怜的里子做出的唯一抵抗吧。”

“这么说，金田一先生，”矶川警部也探出身子说道，“你是说，那天晚上，里子、阿干跟泰子和里佳擦肩而过的时候，里子就已经察觉到那老太婆就是自己的母亲……”

“不，警部，若当时就察觉了，里子恐怕就不会去阵屋旧址了。”

“那究竟是什么时候……”

“啊，我想那山体滑坡就是凶手犯下的一个致命错误，正因如此事先准备好的升和漏斗才会被辰藏先生拿去。因此，凶手只得在杀死泰子后再一次去工厂偷升和漏斗。这样一来，在时间上就超出了凶手的预计，而同时泰子的失踪又被过早地发现，导致里子回家的时间比计划提前了。里子极可能先凶手一步回到家，然后，恐怕就在仓库里目击到了打扮奇怪的母亲骑自行车从后面悄悄回来的情形。”

金田一耕助解释道，里子当时大概还不知道这到底意味着什么，而当第二天她得知真相的时候，无疑就下了决心，把头巾和手套全都扔掉。

“我隐约怀疑的就是以上两点，虽然我很早就怀疑龟之汤的老板娘，却一点儿也弄不清动机。她总不会为了让儿子娶文子就把泰子杀死吧。可还没等我说出这些的时候，就发生了这种大事……在这一点上我实在是抱歉。”

当金田一耕助怅然点头致歉的时候，立花警部补从一旁凑过来说道：“啊，这并不是您的责任。可是先生，这个案子的动机到底是什么呢？如果说里佳盯上的泰子、文子和由加里，这三人全都是恩田的孩子，那对她来说就全是杀夫仇人的女儿了。仇人的女儿每个都是美女，而自己的女儿却因果报应生得那么丑。因此，她平日里就忌妒不已，再加上由良家和仁礼家也不知是否知道这一点，竟把仇人的女儿塞给自己的儿子做媳妇，于是她忍无可忍，火冒三丈，是这样吗？”

立花警部补的语气犹如抬杠一般，非常不和气。

金田一耕助十分困扰。“啊，这件事嘛……关于立花先生刚才所说的里佳的作案动机……”

金田一耕助正要继续说下去时，山本回来了。

“抱歉我回来得迟了。由良家说不方便，谁也不能出席。还有，金田一先生……由良家的主人托我把这个交给您……”

说着，山本拿出一封信递了过来，立花警部补见状，顿时好奇地瞪大了眼睛。

“山本，那是什么？”

“啊，金田一先生先前托我带过信，这是回信……”

金田一耕助打开信读了一下，然后立刻原封不动地装回信封，说道：“立花先生，有关这封信的事咱们待会儿再说。事实上，老先生……”

“哦？”

“对我来说，如果有可能，我是真希望由良家的夫人也能出席。我还带来了一样东西，想请她跟咲枝夫人和春江夫人一起鉴定。并且想请三位夫人在仔细看完这东西后，再就这次的案子跟大家讨论一下。可顺序已经弄反了，立花警部补似乎对里佳的动机也不理解。所以，老先生……”

“请说。”

“请您也跟咲枝夫人和春江夫人一起来做一下鉴定人吧。”

“鉴定？鉴定什么？”

“啊，是照片。因为正好有三张。”说着，金田一耕助从一旁的纸夹中取出一个牛皮纸信封，然后从中取出三张明信片大小的照片，分发给三人，“请仔细看一下照片上的人。虽然没有留胡子，但请大家将其当作鼻子下面留有胡子的样子来鉴定一下……”

三人好奇地把目光落在照片上。一瞬间，咲枝忽然从喉咙深处发出笛子走调般的尖叫，春江也同样神色大变，脸上眼看着就没了血色。

“咲枝，怎、怎么了？”

“夫、夫人，你认识照片上的人？”

嘉平和日下部是哉惊讶地从一旁看了看照片，震惊得全都说不出话来。

代替两人回答的老医生声音也激动得发抖。“金、金田一先生！你是从哪里弄到这种照片的？这、这不是恩田几三吗？”

恩田几三！就算现场有烈性炸药爆炸，恐怕也无法产生比这更大的冲击波吧。嘉平从咲枝手里夺过照片，日下部是哉和大空由加里则条件反射般凝视着春江手里的照片。矶川警部等警方人员忽地全站了起来，仿佛恩田几三本人就出现在了眼前。

三张照片都是胸部以上的半身照，因此面部轮廓十分清晰。一张是西服照，一张是日本礼服照，一张是浴衣照。鼻子下面没有胡须，那戴着无框眼镜的脸孔却立体有型。照片多少有点儿褪色，却难掩其英俊。

“金、金田一先生！”

“啊，警部，请稍等一下。请先让大家好好确认一下再说。咲枝夫人，您觉得照片上的人是谁？”

“完全就是老医生刚才所说的那个人……”说到这里，咲枝当场哭倒在地。

“春江夫人，那您的意见是……”

“啊，的确是千惠子的父亲。绝对不会有错。”春江并没有哭，可眼睛却湿润了，嘴唇在剧烈地颤抖。

“金、金田一先生。”警部的额头上挑起两根青筋，犹如长了角一样，“这、这照片到底是从哪里来的？”

“是在神户M报社的调查部发现的，是吉田顺吉的弟弟良吉的长子让治刚从神户送来的。”

“恩田的照片在报社里？”立花警部补仍一脸半信半疑的神色。

“是的。只不过，这并非作为恩田几三的照片，而是作为昭和初期神户当红电影解说员青柳史郎的照片被保存下来的。”

金田一耕助的臆测

一般来说，在经历了强烈的兴奋和冲击后，接踵而来的必然是空虚的虚脱感和精神上的松弛，而现在支配着本多医院内厅的正是这样的气氛。

让大家震撼的三张照片就摆在眼前。据金田一耕助解释，照片上的人就是昭和初年关西的当红无声电影解说员青柳史郎，即龟之汤的源治郎。源治郎被害时才二十八岁，可这些照片每一张都展露着一名头牌解说员的派头，看上去比实际年龄要老成得多。如果鼻子下面再蓄上胡须，看上去简直有三十四五岁。

不用说，这三张照片的出现让现场像是捅了马蜂窝一样骚乱。

所有人无不激动和狂热，现场一片哗然。可不久话茬中断后，众人又陷入了茫然的沉默。

恩田几三就是龟之汤的源治郎，通过以上三张照片这一点似乎已成为不争的事实。原来距今二十三年前，龟之汤的源治郎在一人分饰两个角色。因此，源治郎从这世上消失的同时，恩田几三当然也就完全消失了。啊，这是一个多么令人震惊的事实！

内厅鸦雀无声，夹杂在电风扇旋转的声音中传来的是咲枝、春江和由加里断断续续的抽泣声。人们眼前的迷雾终于散开，此前的一个个疑问顿时迎刃而解。啊，原来当时是这么回事啊，那件事原来是这个意思啊。咲枝和春江想起过去种种，正因如此，感慨自然也就格外深了。

“厉害，真是厉害！”嘴里感叹不已的则是回来的本多医生。

“啊，金田一先生，佩服佩服。”

不一会儿，立花警部补也当着金田一耕助的面颇具绅士风度地脱帽致敬。

“这么说，源治郎一人分饰两角已经是毫无疑问了。那么，昭和七年案件的凶手到底是谁？”

“这个啊，立花，那不是明摆着吗，除了里佳之外还能有谁？”矶川警部的声音犹如呻吟。

“对对对，而且，放庵会不会早就知道这件事呢？”边说边往前挪挪膝盖的是嘉平。

“我想是的，因此才会让彩球歌里的字句活起来。”

“让彩球歌里的字句活起来……”

“啊，就是‘姑娘求来了，多嘴的村长却到处说，说得太过了，就被用村长杀手放倒了'……"

"这么说，金田一先生，放庵果然也是被杀了？"

"立花先生，非常抱歉。正因为我提出了多余的疑问，才打乱了你们的调查计划。最先掉进里佳所设的圈套的，其实就是我金田一耕助啊。"

"凶手所设的圈套……"

"啊，立花，"这时，老医生伸出双手表示制止，"大家若是总这样七嘴八舌，那什么时候才是个头。矶川先生，我们就先让金田一先生把昭和七年的案子从头到尾讲一讲吧。"

没有一个人反对老医生的提议。

"那我就来说一说，但到目前为止所有一切都还只是臆测而已，如果大家不介意……"

大家都没有异议。

"那我就大胆地来臆测一下。当然，也不能光我一个人说，请大家也都多多发言吧。我们一起来开个讨论会，好不好？"

大家也没有异议。

"既然这样……"金田一耕助便有些口吃地讲了起来，"自称恩田几三的人第一次出现在这个村子是在昭和六年年底。如果从电影的角度来看，昭和六年其实是极其重要的一年。有声电影的制作渐入佳境，从事电影解说员一职的人们开始对前途感到不安也差不多就是在这个时候。这一点恐怕日下部先生等人也十分清楚……"

"对对对。"日下部是哉也回忆起来一样，说道，"我记得，在东京，各位电影解说员被掐断最后一线生机就是在昭和八年的春天，所以昭和六年到昭和七年这段时间是电影解说员们产生动摇的时代。"

“是的，因此，源治郎也对前途感到不安，为了糊口被迫改行。他不知出于什么机缘干上了丝缎中介的工作。他第一个想到的就是将其带到自己的故土。当时，源治郎竭力隐藏了自己的身份。关于此事，老先生和嘉平先生是怎么想的？”

“那是当然了。若是以龟之汤儿子的身份来，村里有谁会相信他？嘉平当家的，你觉得呢？”

“正如老先生所说，如果以龟之汤儿子的身份，且不说村里人如何，光是由良家就不会拿他当回事……”

“他已经是如此相貌堂堂，就不可能再挑明自己是龟之汤的儿子，让自己陷入窘境。金田一先生，农村就是这样，战前更是严重。”

“可是，就算本人隐瞒了身份，”乾从一旁插话道，“村里竟没有一人察觉到真相，这也太难以置信了吧？”

“可是，乾，这种难以置信的事却是实实在在发生了啊。”矶川警部接过话茬说道，“现在想来，若是源治郎，这一点还是能够做到的。因为他小学毕业后立刻离开了村子，而在十四年后重返村子前，村里人全都忘记了他的存在。而且，那个曾经沉默寡言、没人关注的小孩，现在居然摇身一变成了一位堂堂的绅士老爷，带着口若悬河的好口才返回了老家，谁也不会想到他就是龟之汤的儿子。就说眼前，咱们的老先生在看到照片的第一眼时都说那就是恩田几三，却并没有发现那就是龟之汤的次子。正如本多医生刚才所说，金田一先生实在是厉害啊。”

矶川警部无限感慨道：“啊，金田一先生，请恕我说了这么多。请继续讲吧。”

“好……源治郎带着恩田几三这个假名来到了这村子，然后就巴结起村里的第一大户由良家的家主和夫人来。至于源治郎是通过什么门路来到由良家的，这个问题就不重要了。总之，由良夫妇二人全都被源治郎的花言巧语骗了过去。在此我要先为由加里辩解一下，我想，源治郎也并没有打算一开始就骗人。警部也曾说过，当时他真的是想把一项农村副业作为赚钱的事业带到村里来。可尽管如此他仍隐瞒了身份，因为正如老先生和嘉平先生刚才指出的那样，源治郎似乎带着一种贱民意识，带着一种自卑感。而我在想，会不会正是由于这种心理才致使他跟敦子夫人，还有当时仁礼家的女儿，也就是咲枝夫人发生了关系呢？”

“金田一先生，这又是什么意思？”嘉平惊讶地问道，“你说源治郎的自卑感致使他跟敦子夫人和咲枝发生了关系……”

“啊，金田一先生的意思是……”看到金田一耕助面带犹豫，老医生便接道，“源治郎从幼年起就被当作贱民来看待，一直抱有很深的自卑感。可是，当他以恩田的假名来到村里时，不知情的由良家却对他百般巴结，于是他稍加诱惑便征服了敦子夫人。这可是村里最有势力的人家的妻子。接着源治郎就想再勾引另一大户仁礼家的爱女试试，于是又把黑手伸向了咲枝夫人……金田一先生想说的是，源治郎之所以要跟由良家的夫人和仁礼家的女儿发生关系，会不会是出于复仇心理……金田一先生，是这个意思吧？”

“啊，实在是不好意思，老先生。讲这种事情对咲枝夫人是很失礼的……”

“不，先生，您也不用顾忌这么多。我看干脆就趁着这机会把一切都挑明吧，因此请不要拘束，把所有真相都说出来。”

尽管咲枝在用手绢擦拭眼睛，可似乎并不害怕，更像是卸下了千斤重担。

“如此说来，那他就不是只对这两家复仇，而是针对整个村子，只是复仇的矛头偏巧正好指向敦子夫人和咲枝而已。”

“不，这不只是复仇，更是色胆包天。我这里有一份有关青柳史郎的报社调查资料，上面显示他似乎是个大色鬼，玩弄女人似乎从未间断过。所以，他的色心也是一个重要方面……”

“你的意思是说，在勾引村里最有势力的由良家的夫人和仁礼家的女儿并玩弄她们一事上，那种复仇心理也起了很大作用？啊，这倒也有可能，毕竟他以前所受的歧视那么严重。”

“啊，我看这些就先放到一边吧，”这时，日下部是哉从旁插了进来，说道，“那在场的春江夫人又如何呢？她难道也是复仇的牺牲品之一吗？”

“不，我想恩田唯独对春江夫人的爱情有可能是真的。并且，我认为这极可能就是昭和七年的那起案子发生的原因。警部，您怎么看？”

“啊，听你这么一说倒也是……”矶川警部一脸茫然地低声说道。

“金田一先生，到底是怎么回事？”

“啊，这件事我看还是由警部来讲讲吧。警部，请吧。”

“那个，日下部先生，”矶川警部略微调整了一下姿势，说道，“据里佳说，源治郎本打算把老婆孩子安顿到龟之汤后，自己先一个人去中国东北。可是据春江夫人说，恩田和她约好要一起私奔去中国。是吧，春江夫人？”

“是的。”由于话题忽然转移到了自己身上，春江那毫无血色的脸僵硬起来。由加里则眼睛里闪着光。

“只要比较一下这两人的话，我们就不难发现，源治郎是不是早就打算把里佳和歌名雄安顿在龟之汤后，自己再跟春江夫人一起飞赴中国呢？只是因故被里佳察觉了而已……是这样吧，金田一先生？”

“是的。”

“如此一来，金田一先生，”从一旁凑过来的是本多医生，“您的意思是说，源治郎带着老婆孩子撤回龟之汤后，仍然在一人分饰两角？”

“啊，关于这件事我倒想问一下春江夫人，您对此有没有想到一些细节？”

“听您这么一说，我倒是想起了很多……比如在案发前一个月他剃掉了胡子……还说去中国东北地区要从头再来，要是留胡子让人觉得很嚣张可就不好了，等等……”

“啊，本多医生，”嘉平也深有感慨地说道，“恩田被杀的地点是放庵的偏房。那房子的旧址就是现在的村公所，距离龟之汤差不多有四公里远。所以，源治郎若想一人分饰恩田和源治郎两个角色，倒也不是不可能。恩田只是偶尔现身在这个村子里，并且源治郎也因为要去中国忙得不可开交，如此一来，若想离开龟之汤一两个晚上，借口倒也有的是。并且，金田一先生……我刚才忽然想了起来，恩田从未去过樱村。我当时还以为他是害怕被我家里人看见，现在想来，正是因为那里离他老家近，才无法踏足吧。”

当拨云见日重新审视后，人们回忆起的细节居然有这么多。

老医生大概也回忆起当时的情形来了，神色凝重地倒吸了一口气，说道：“这么说，金田一先生，就是在源治郎变成恩田、出现在放庵偏房里的时候，里佳闯了进来……”

“恐怕是这样吧。虽然源治郎并未打算从一开始就蓄意欺骗，可受美国经济危机的影响，事与愿违。而且电影解说员的职业也越发不行了。于是他近乎自暴自弃，打算把老婆孩子安顿在老家后，带着情人飞赴新天地。所以当时，如果让恩田消失了就没事了，可他却想在出发前再捞点钱，而这一点正是一个错误。”

“结果这一点就被里佳发现了……”

“啊，仁礼当家的，这只是我个人的臆测而已，但我觉得，说不定是村长提醒里佳的呢。”

“啊！”大家顿时一齐惊叫起来。

“对对，没错，一定是这样。村长一直把偏房借给恩田住，所以一定知道恩田的秘密。嗯，嗯，那然后……”

“啊……在这里我想请大家一起来回忆一下，那个案子恐怕并不是早有预谋的，因为凶器是现场的斧子。因此我想特意为里佳辩解一下，里佳当时正怀着孕，而且还要在陌生的他乡受第一次见面的公婆照顾，所以心中非常不安。当然，我觉得她的心理状态肯定也非常不稳定。再加上她早就对丈夫拈花惹草的事头疼不已，所以，就算是所有情绪让她瞬间爆发怒火中烧，她也仍令人同情。啊，春江夫人，”金田一耕助慌忙补充道，“我这么说并不是在责备您。我想说的是，昭和七年的案子很有可能是冲动导致的犯罪。因此，在一时冲动的驱使下杀死丈夫的里佳，就算再怎么聪明，也没有智慧去耍那种把戏蒙混调查人员。”

“明白了，金田一先生。”警部连连点头道，“也就是说，把被害人弄得面目全非，巧妙地利用源治郎一人分饰的两角来蒙混我们，这都是村长给她出的主意，是吗？”

“怪不得，正因为握有这种秘密，放庵这家伙才可以一直敲诈龟之汤的老板娘吧。”

看到立花警部补义愤填膺的样子，老医生皱起眉毛追问道：“敲诈……矶川先生，你们有事实依据吗？”

矶川警部把放庵生活费来源不明的秘密讲出来后，老医生惊讶万分。

“立花，虽然我对放庵这个人也不是很喜欢，可瘦死的骆驼比马大，他好歹也算是多多罗家的后裔，这点自尊心还是有的吧。他绝对不可能是那种乘人之危、敲诈勒索的人。嘉平当家的，你怎么看呢？”

“老先生所说没错，就算村长的生活费是龟之汤出的，那也不是村长敲诈，而是里佳主动送给他的。从村长的秉性来说，接受像龟之汤这种人家的恩惠肯定会让他寝食难安。”

“没错，立花，虽然这从结果上来看是一样的……”

“啊，明白了。”矶川警部也点点头，说道，“那么，各位，有关昭和七年的案子现在已大致弄明白了。接下来，我们就请金田一先生把最近的案子再给大家讲讲吧。”

大家当然没有任何异议。

“金田一先生，请先来一口。”

“啊，谢谢。”金田一耕助接过本多医生斟满的啤酒杯，说道，“那么，我们就同样参照大家的意见，以讨论会的形式来进行吧。关于这一点，立花先生……”

“呃……”

“恩田和源治郎是同一人的事你也已经知道了，所以接下来，我想请你根据这些事实，再思考一下里佳的动机。”

“啊，惭愧啊，金田一先生，实在是惭愧啊。”立花警部补不住地挠头，可仍高兴地向前凑了凑，说道，“我想事情应该是这样的：

如果恩田几三事后什么都没有留下，这次的案子也就不会发生了。可是，也不知到底是幸运还是不幸，恩田竟在三个女人的肚子里分别留下了孩子。而另一方面，原配妻子里佳也怀上了身孕。于是在案发后第二年，四个女人一齐生下了孩子，而且还不约而同地全是女孩，而这成了这次案件的一个间接原因。”

“对对对，没错。”老医生用力点着头，说道，“关于里佳的杀人动机，立花先生刚才说里佳的女儿由于因果报应生得那么丑，杀夫仇人的女儿却个个都相貌出众，而事实却更严重。里佳作为正妻，女儿那么丑，而抢走丈夫的野女人生下的姑娘却全是美女。这件事始终刺激着里佳的神经。这……金田一先生，这大概也是里佳的动机之一吧。”

“不，老先生，岂止是动机之一，恐怕一切都源自这一点吧。请允许我打个不恰当的比方。比如说，有好几只交配期的雄猫在共同追求一只雌猫，这里面总有雌猫讨厌的、不许其接近的雄猫，对吧？据说在这种情况下，雌猫一旦生出小猫，遭到拒绝的雄猫就会把小猫全都咬死。我觉得里佳的心理或许与此共通吧。所以，从心理上来讲，这种冲动是难以避免的。”

“原来如此。听你这么一解释，里佳还真是个可怜的女人啊。”矶川警部说道。

“是的，我也这么认为。”

金田一耕助说得非常恳切，大家一时沉寂下来。

而立花警部补现在哪里还顾得上这种伤感，说道：“这么说，里佳早就知道泰子、文子和由加里都是源治郎的女儿了？”

“是的，这个啊，立花先生，这三人都是恩田孩子的事，村长是知道的。而且，村长和里佳似乎还曾分享重大秘密。虽然并不清楚这事是什么时候挑明的，但他肯定提醒过里佳。尤其是里佳还有歌名雄这么个儿子。”

“立花先生，”嘉平的身体剧烈颤抖，“你刚才说我们都想把里佳仇人的女儿硬塞给歌名雄，事实上事情却更严重。虽说我们并不知情，可都在把歌名雄同父异母的妹妹硬塞给他啊。”

“是的，是这样的。”老医生也深深地叹息了一声，说道，“而且，里佳又无法指出来。因为她要想指出来就必须涉及昭和七年的秘密，而提到这件事无异于自投罗网。”

“里佳也是进退两难啊。”

正当本多医生喃喃自语的时候，房间一角忽然响起了剧烈的呜咽声。

原来是正用手绢擦着眼泪的咲枝。如果就那样毫不知情地让女儿和歌名雄结了婚，也实在是太残忍了。一想到母女俩的处境，她便再次痛感不幸降生的女儿多么可怜。

“是啊，所以我觉得，里佳真正的动机就是那种类似雄猫的心理，而最后引燃这怒火的则是两桩亲事和由加里的超强人气。”

“由加里的人气……”春江吓得连眼睛都在发抖。

“啊，夫人，里佳年轻的时候也曾在曲艺场表演过，所以我想她对艺人人气的向往恐怕更甚于常人吧，而且她死去的丈夫也是如此。可自己所生的女儿却是那样，相反丈夫情妇所生的女儿却更多地继承了父亲的天分……这恐怕让里佳十分焦虑。”

“啊，真是这样吗？”日下部是哉突然间发出怪叫，让所有人都震惊不已。

“是这样的。而且，她也因此被逼入了必须杀死自己深爱的丈夫的境地……”

“啊，我明白了，金田一先生，”立花警部补重新坐正，说道，“这样一来里佳的动机也弄明白了。那接下来，希望您能给我们讲一讲这次犯罪的具体细节。”

“立花先生，这件事我们也一起讨论一下吧。我先为大家开个头……”说着，金田一耕助用啤酒润了润嗓子，“里佳究竟是从什么时候下的决心，这一点已是无从知道，可是由加里小姐在村里建了那样的豪宅，而另一方面，仁礼、由良两家又来提亲……那么里佳下定决心会不会就是在这些事叠加起来的时候呢？”

“对啊，这么说的确是所有事都赶到一块儿了。”嘉平眨着眼睛说道，他大概切身体会到了里佳的悲哀。

“是的。可另一方面，里佳肯定一直对村长都怀有戒心，因为村长掌握着她的死穴。据老先生和嘉平先生的说法，村长倒也不像是如此卑劣的人，但里佳恐怕始终无法安心。所以她肯定一直防备着村长，注意村长的言行。那本名叫《民间承传》的小册子和《鬼首村彩球歌考》的事她肯定都知道。并且，当她得知那彩球歌中所唱的三个姑娘竟跟抢走自己丈夫的三个女人所生的女儿出奇一致的时候，一定是感慨万千。恐怕就从那时候起，里佳就在潜意识里为这次的案件做准备了。”

“这倒是极有可能。”矶川警部呻吟般说道，“而且，在这种情况下她萌生了一个计划：先杀死村长，将其尸体隐藏起来，再把所有罪名转嫁给村长。”

“对对对，没错。而第一个掉进里佳圈套的就是我，事实上里佳早就看透了村长这个人。”

“你的意思是……”

“啊，刚才，老先生和嘉平先生的曾对村长涉嫌敲诈一说表示了坚决的反对，对吧？可是，当得知这次的杀人案是完全照着彩球歌一手导演的时候，大家都表露出了怀疑凶手就是村长的态度。也就是说，村长虽不是那种会卑劣地敲诈别人的人，可是像彩球歌杀人那样荒诞的事情，他倒未必做不出来。而这一点恐怕正是里佳的目标所在。可是……”金田一耕助忽然又意识到什么似的补充道，“我们老这样空讲也没完没了，所以，干脆就拿里佳所做的一件事作为例子具体分析一下吧。”

“好，最好是举一个例子。”

不用说，这不仅是立花警部补的希望，也是大家的希望。

“那我就举一个……首先，村长于去年五月前后搬到了吃人塘旁边去住，我想这恐怕是出于里佳欲将村长置于监视下的一种考虑吧。结果，在去年夏天前后，里佳就完成了一件堪称是这次杀人计划的准备行动的事情。”

“什么事情……”老医生不禁瞪大了眼睛。

“啊，去年夏天阿凛曾给村长寄了一封想复婚的信。这封信大概是在村长出门的时候被投递的吧，结果碰巧来此的里佳就冒领并藏匿了起来。里佳恐怕根本就没想到日后还能用上这封信。这里说的阿凛就是案发时村长的妻子。而正因如此，里佳恐怕也不希望阿凛回到村长身边。她把这封信藏起来后，今年春天阿凛的讣闻碰巧又在村长出门时被寄来，她只好又将其藏了起来。”

“也就是说，若是村长贸然去参加葬礼，得知有人将此前的信藏匿起来，那可就糟了，对吧？”

“是的，没错。”

“而且，里佳把去年搁置的信一直仔细地保存了下来，并将其重新封好后又若无其事地扔到那茅屋里，于是村长坚信这信是最近才来的。”

“是的，没错，立花先生，因为任何人在收到信的时候，都不会连邮戳的日期都要一一确认。”金田一耕助再次回忆起放庵当时那手舞足蹈的高兴模样来，心头不禁一阵发热。

“可是，金田一先生，您代写的回信后来又怎么样了？”

“啊，关于这件事我现在才想起来，那一天……就是我给放庵代笔的那一天，回到龟之汤后我就把阿凛要回来还有我代笔回信的事情告诉了阿干……所以，会不会是里佳从阿干那儿听说后立刻去了茅屋，寻了个借口把那封回信夺走了呢？”

“比如说我现在要去一趟村子，顺便就帮你寄出去吧之类。这种借口有的是。”

“可是，金田一先生，”本多医生从一旁往前挪了挪膝盖，说道，“里佳为什么非要扯上阿凛不可呢？难道这又是她玩的一个手段，想让一个奇怪的人物登场？”

“是的。同时也很可能是想让大家产生放庵是在一人分饰两角的怀疑吧。”

“对对对，没错。因为里佳在二十三年前的案件中就已经尝到了一人分饰两角的好处了。”

老医生感慨万千地点点头，嘉平也向前挪了挪膝盖说道：“还有一点，里佳会不会是在向金田一先生您挑战呢？就连我都知道您的大名，更何况她有过那种经历，所以从一开始肯定就已知道您是什么来头了。”

“仁礼当家的说得没错。当里佳变成阿凛，在十日傍晚来到村子的时候，她最初打招呼的对象就是金田一先生。这就是证据啊。”

“十日那天正好是由良家做法事，龟之汤老板娘也来帮忙了，照这么说，那她就是后来又绕到仙人岭，专门去静候金田一先生了。”

嘉平这一句话让所有都不寒而栗，金田一耕助就更不用说了。现场陷入短暂的沉默，这时，立花警部补忽然心血来潮，又对上一次金田一耕助所写的那十条产生了疑问。

“金田一先生，您在那十条的第八条中写道：放庵和那个假阿凛对坐了两小时以上，难道就没有发现她是假的？如果没发现那又是为什么？关于这一点，您如何解释？”

“立花先生，”金田一耕助露出洁白的牙齿笑了，说道，“我在那十条的最后曾写到过山椒鱼的事情，对吧？那丑陋的动物就是对这疑问的解答啊。”

“您的意思是……”

“啊，这件事是我听了吉田顺吉遗孀的话后才弄明白的。她说放庵近年来一到夏天视力就总是不好，患上了夜盲症……”

“啊！”

大家顿时发出惊讶的喊声。这也难怪，即使是作为一个一辈子都我行我素的浪荡子的结局，这事实也实在是太过凄惨。

“立花先生，仅凭这一件事，也能明白放庵是不会做出那种欺诈之事的。对于里佳微薄的帮扶，他已经非常满足了，不可能再提出非分要求。他把自己一到夏天就会患上夜盲症并深感困扰的事写信告诉了吉田的遗孀，但喜欢时髦的他却一直对村里人隐瞒此事。”

“而这件事只有里佳一个人知道！”立花警部补严厉的声音让大家面面相觑。

矶川警部也叹了口气，说道：“明白了，金田一先生，放庵为和阿凛重温旧好，就想用山椒鱼来提前补充精力……”

对于放庵这令人心酸的努力，没有一个人笑得出来。在那场电闪雷鸣的大雷雨中，在远离人烟的吃人塘旁边，一幅凄惨至极的场面在一个夜盲症老人和假扮成老婆婆的里佳之间上演。一想到这些，大家便感到不寒而栗。而且，想来那惨剧也正是这起彩球歌杀人案的开端。

“金田一先生，那您认为里佳究竟是如何处置尸体的？”

“这个嘛，身为女人，她不可能把尸体运到远处，所以应该会将其沉到那池塘里，这一点我开始是这么想的。但听说当地有一种叫独轮车的便利工具，对吧？如果利用这个，把尸体搬运到很远的地方倒也不是不可能。所以，吃人塘我们当然还得接着搜，可其他地方也请搜一下。这件事我看就别指望我了，还是仰仗对村里的环境更熟悉的各位吧。”

“啊，立花先生，这个咱们待会儿再商量。听金田一先生这么一说，我倒是也想起一处地方来。不过，没想到村长竟是夜盲。”嘉平恍然大悟般眨着眼睛，接着却忽然改变念头似的问道，“如此一来村长的事情就已经弄清楚了，请把泰子的事再给我们讲讲吧。泰子又为什么会轻易上钩呢？”

“啊，对对对，立花先生，把泰子骗出去的那封信……”

“啊，我一直带在身边呢。”

“是吗？那就请拿给大家看看吧。”

于是，立花警部补便拿出一封信，是用毛笔写的，字体抖动得相当厉害。为谨慎起见，这里就再次把信的内容给大家看一下：

泰子小姐，如果你想知道你父亲死亡时的秘密，请于今晚九点到樱佛堂后面来一趟。我要告诉你一个重大秘密。

放庵

“立花先生，最初看到这封信时，我也以为里面的父亲指的就是卯太郎先生。可、可是，当我从老医生那里听说卯太郎临死前根本就没有任何秘密，而次日晚上我又从嘉平先生那里听说泰子很可能就是恩田的孩子时，顿时恍然大悟，原来这里的父亲指的并不是卯太郎，而很可能就是恩田。因此我猜测这封信或许还会有一两页前言之类的东西。所以我刚才就请山本去这封信的发现人敏郎那儿一趟加以确认。如果这封信还有前言，我希望能诚实地公开。”

“啊，原来你就是在等这回音啊。那山本受托带回来的是……”

“是这样的，据说原物破损严重，幸好敏郎还记着当时的字句，于是抄了一份带了过来。立花先生，就请您来读一下吧。”

立花警部补瞥了一眼信，低声呻吟了一声后，就朗朗读了起来。“拜启：我想你大概已经隐约知道了吧，你并不是卯太郎的女儿。你父亲是自昭和七年以来便已失踪的一个名叫恩田几三的人。你的母亲与他通奸，生下了你。表面上你父亲是失踪了，而事实上他却已经死了。所以……”读到这里，立花警部补说道，“啊，接下来就是‘如果你想知道你父亲……’那一部分了。为了家族的颜面，敏郎果然把最重要的部分藏匿了。”

“这么说来，老先生，”矶川警部晃着粗短的脖子说道，“从泰子轻易上当的情形来看，原来，泰子并不是卯太郎女儿的事情，由良家早就知道了啊。”

“啊……”老医生也神情凝重地说道，“这件事啊，矶川先生，这毕竟是别人家的秘密，我从未跟任何人说起过，而卯太郎因此而去世的事情我也同样没告诉过任何人。我听卯太郎说起过，虽然当时是半信半疑，可后来那寡妇跟嘉平当家的也一度往来过密，对吧？嘉平当家的，这件事金田一先生和警部……”

“啊，上一次我已经把这件后悔的事情向他们坦白了。因此我忽然想起，难道是卯太郎先生在那方面不行……因为有一次敦子不小心说漏嘴提到过这件事。”

嘉平也板着脸，说道：“这么说，这封信就是里佳的笔迹了？”

“啊，老先生，您是第一个猜到这件事的啊。”

“哎，我……”

“有一次，当我问老先生放庵能不能用右手写这种信时，您当时就说用右手写哪有左手写得快。所以我想，这封信恐怕就是里佳用左手写的。不信请各位用左手写写试试，肯定会抖得厉害。”

“啊，原来如此。”

大家再次把目光落到那抖得厉害的文字上。

“金田一先生，这样一来泰子的事情算是弄清楚了，可我家文子又是怎么回事呢？她究竟是用什么借口让文子轻易上钩的？”

“这件事啊，嘉平先生，恐怕就是在泰子的守灵仪式之后吧，说不定还借用了歌名雄的名义呢。比如说与歌名雄结为夫妇啦，歌名雄在工厂里等她之类。”

“啊，明白了。原来，文子虽然没有说出口，心里还是非常爱慕歌名雄的。因此仁礼家为怜惜女儿，明知是横刀夺爱，还是硬去提亲了。那么，那秤和茧形年糕球也是里佳让文子带去的吗？”

“恐怕是吧。我想文子肯定也觉得很奇怪，可是既然对方有这种要求，大概就有什么理由吧，于是她就信以为真了。”

“这个先打住，那天晚上，听说由良家的仓库上映着老太婆的影子，这又是……”

“哈哈，那肯定是里佳所演的戏。只要用手电筒和剪影画一照，蒙骗一个胆小的小姑娘还不是小菜一碟。”

“原来如此。”矶川警部又摇摇粗短的脖子，说道，“那，最后的里子……”

“啊，这一点我想问问由加里……”金田一耕助说着回过头来。

“先生！”由加里眼里带着害怕的神色，几乎把手绢都撕裂了，说道，“难道说，里子是做了我的替身……”

“千惠子！”春江一愣，“居然有这种事……”

“是的。”

由加里突然决堤般痛哭起来，大家一愣，面面相觑。

“由加里，请给我们讲一讲。你想起了什么细节？”

“好的。抱歉。”由加里擦干眼泪后说道，“在给文子守灵的那天晚上，我跟里子曾离开过座位一会儿。当时，我们都把手提包放在了宴席上。过了一阵子后，当我回到原座无意间打开手提包时，发现里面竟有一个信封，还装着折好的信纸。我觉得奇怪，就拿给里子看，结果里子看了后很慌张，连说弄错了弄错了，那信是给她的，由于手提包是一样的，就错把信装到了我的包里……说着，里子把信一把抢了过去。那手提包是我从东京带来的同一款的礼物，而且我也不记得我有那种信，于是就相信了里子的话……”

“那信里肯定写着让你去一趟六道辻吧？”

“是的。”由加里泪眼蒙眬地把视线朝向那封骗走泰子的信，说道，“那封信用的也是这种信纸，字也是用毛笔写的。我刚打开了一半，里子就……”

“由加里，如果信里写着要告诉你有关你父亲恩田几三的事情，你会如何？”

“如果信里真这么说，我肯定不能不去，就算察觉是圈套……”

“毕竟都想了解父亲的事情，对吧？”

“是的。我从小就非常想了解父亲的事情，都不知道想过多少次了，哪怕是关于他的死亡的也无所谓。”

大家鸦雀无声地听着由加里再次加剧的呜咽。不久，老医生又感慨地低声说道：“这大概就是所谓的女儿心。泰子等人也是在这种心理下被骗出去的吧。”

大家默默点点头。

由加里忍住呜咽说道：“听您刚才一说，看来里子早就知道那个可怕的凶手就是自己的母亲。如果真是这样，这对里子来说是多么可怕多么悲哀的事啊。里子肯定是早就做好了死的心理准备……决心替我去死，才去了那六道辻。她从小就是那样的人。”

“那样的人……”

“我的意思是，她是一个和善而勇于牺牲的人。即使停战后我在这边的小学上学的时候，也只有里子一个人同情我。我们总是相互安慰。”

由加里说着又抽泣起来，但没人制止她。每一个久经世故的人都知道，在这种情况下最好让她哭个够，否则一定会憋出毛病来。

“原来是这样……金田一先生，那么，里佳让里子裸着身子的理由是什么呢？”等由加里的呜咽稍微变小后，立花警部补问道。

“立花，这是什么意思？”

“老先生，里子那天晚上穿的是丧服，由加里却是晚礼服。里子要想为由加里做替身，就必须脱掉丧服换上洋装才行。所以，里子一定是悄悄地返回了龟之汤，换上洋装后才去了六道辻。里佳把她杀死后才发现是里子，当然会非常震惊。可当时，由于里佳根本就不想让人觉得里子是在为由加里做替身，才会把洋装扒掉。金田一先生，您认为呢？”

“是的，我也赞成这种说法。”

“那么，里子的丧服后来怎么样了？”

“恐怕仍藏在龟之汤衣橱底下吧。照里佳的想法，大概想事后再把丧服拿出来给里子穿上，可惜恐怕是没有这机会了。”

“金田一先生，多谢。”立花警部补颇具绅士风度地在金田一耕助的面前鞠了一躬。

凝重的气氛笼罩着大家，人们都默默地陷入沉思。

尽管还对一些细节存有疑问，还有一些事情想问，可大家似乎都不愿打破沉默。这既是可怕的案子，也是凄惨的回忆。不过，最后才真相大白的龟之汤的里子那令人心酸的牺牲行为算是略微温暖了大家的心。

突然，有人打破了沉默，是立花警部补。“金田一先生……”

“请讲。”

“最后我还想问先生一件事情……”

“好的，什么事情？”

“您究竟是从什么时候起发觉恩田几三和青池源治郎是同一个人的呢？”

这个问题问得很好，就连一直在呜咽的由加里都不禁把手绢从眼睛上移开，注视着金田一耕助。

金田一耕助沉默了一会儿后，说道：“这个问题，立花先生……”

“请讲。”

“我是在听警部等各位谈话的过程中，脑海里不知不觉地就出现了恩田几三这个人的形象。一个戴金边眼镜、留着胡须的风流男人，很有口才，虽然最终造成了欺诈结果，可还不至于是一个蓄谋欺诈的人，唯独在男女关系上却是放浪形骸……这样一个男人的印象出现在了我的脑子里。而另一方面，我还知道，来到这村子后遇害的源治郎曾经是个无声电影解说员，而且还红极一时。另外，歌名雄的堂堂相貌和里子的美貌……当然，我认为如果里子没有那红痣，也绝对会是个一流美女。”

“先生说得没错，正因如此大家才可怜她，同情她。”不知何时加入进来的本多家的少夫人一子也十分肯定地说。

“是的。所以，我想这对兄妹的父亲肯定也是一个相貌出众的男人，而就在我思考的过程中，不知不觉间，恩田几三的形象就跟无声电影解说员青柳史郎的形象逐渐接近起来。我们都知道，以前的电影解说员中有很多大色狼，从里佳的语气中我们也能感受到她在这方面的痛苦。关于这一点，我想矶川警部也能感觉到吧？”

“当然。”矶川警部缩了缩粗脖子，有点儿惶恐。

“可是，对于这两个形象的接近，我有一种强烈的抵触感，那就是为什么村里的人就没有意识到这一点呢？十五日晚上，我从嘉平先生那儿听说，源治郎遇害前，村里谁也不知道他在神户竟是那么红的电影解说员，这种抵触感顿时消失了。我试探着向春江夫人询问恩田几三的身体特征，结果竟发现他跟昭和七年的遇害者非常一致，于是我想去神户确认一下。”

“也就是说，你去神户，目的并不只在于《民间承传》，寻找青柳史郎的照片才更重要？”

“是的。若是只为一本《民间承传》，吉田家又不是没有电话……青柳史郎的照片才是最重要的。”

金田一耕助点头致意后，大家再次陷入沉默。打破这沉默的是矶川警部爽朗的笑声。

“老先生啊老先生，本多老先生，”警部用醉酒般的声音说，“看看我们到底有多傻！您始终坚持那尸体就是源治郎，我则一直怀疑那是恩田。您为什么就不再多说一句‘你说得有道理，当然我也不会更改我的主张’？这样我们不就达成了恩田即源治郎的共识吗？”

“矶川先生，你可不能这么说。”老医生瞪大眼睛说道，“我要是有那种脑子，干吗还要在这穷乡僻壤当医生呢？”

“您恐怕早就到东京去开本多侦探事务所了吧？”

被嘉平这么一搅和，大家顿时哄堂大笑起来，就连咲枝、春江和由加里也都被逗得破涕为笑。

一度停歇的雨不知何时又淅淅沥沥地下了起来，不知不觉间已过了十二点……

尾声　我只是借给他临时一用啊

金田一先生的出现不仅让震惊冈山县乃至全日本的鬼首村彩球歌杀人案得以破获，就连困扰了我一辈子的昭和七年案件也被一举侦破，实在是众所公认的一大喜事。因此，在这里，我想把后来的事情也写一写。

昭和三十年八月十八日正午时分，我们发现了放庵即多多罗一义的尸体。是在秤匠家主人仁礼嘉平的启发下从村里的公共墓地里挖出来的。

而在此之前的八月七日，村里曾有一个名叫村崎锦的老婆婆去世，葬礼于八月九日下午三点举行。由于这一带除外乡人之外一般都是土葬，村崎锦也被葬进了公共墓地中先祖的墓地里。

举行葬礼的时候，龟之汤的里佳照例第一个赶到那里，她连墓地都去过，所以知道新近挖好的墓土质十分柔软。她恐怕还知道，即使再次将墓挖开也不会招致其他人的怀疑。还有，那墓地就在吃人塘边上，距离多多罗的茅屋大约一百米。

想来，正如金田一耕助指出的那样，里佳大概就是用独轮车把放庵的尸体运到那里的。

村崎家在十五日盂兰盆节那天扫过墓，当时虽然也发现墓地多少有点儿被损坏的迹象，可毕竟十日晚的大雷雨在各处都引发了山体滑坡，所以就怀疑损坏是大雷雨造成的，也没怎么在意。但从墓地的泥土并没有被翻搅过的痕迹这一点来看，埋葬放庵大概是在那场大雷雨到来之前，在九点左右结束的，这当然是金田一耕助的意见。因此，那场大雷雨在把泥土压实和消除独轮车痕迹方面无疑帮了凶手两个大忙。另外还有一个问题就是残留在茅屋里的大蜡烛，这恐怕是里佳耍的把戏，想伪装成大雨袭来时放庵仍活着的假象。

再说说被挖出来的放庵。尸体浑身赤裸，跟村崎锦拥抱着躺在棺材里。放庵原本就是个小个子，尽管如此，一副棺材装两具尸体还是有些局促，因此当土被挖起来的时候，棺材盖还稍微有点儿上翘。不过，等时间流逝，尸体渐渐腐烂之后，说不定两具遗骨还能在棺材中惬意地拥抱……想来，一生拥有八个妻子的放庵即便在死后还要跟村崎锦“结婚”，这肯定会招致村崎家遗属的愤怒吧。

我们先不说这些，且说放庵的遗体虽然十分完好，但他纤瘦的脖子上那道清晰的勒痕还是不由得使人背过脸去。放庵不是被毒杀，而是被绞杀的。不过根据后来的解剖结果，放庵生前服用过大量剧毒生物碱洛贝林，即使不被勒死，也会中毒身亡。

想来，在放庵痛苦挣扎的时候，里佳害怕夜长梦多，索性把他勒死了。一个一生都逍遥快活的浪荡子最终落此下场，实在是有点儿残忍。

另外，在同一天，立花警部补一行还从龟之汤的衣箱里发现了里子的丧服。那分明是里子被害当晚所穿的，上面却一滴血迹一抹泥痕都没有，由此看来，里子果然是回家换上洋装之后又出去的。据女佣阿干说，里子曾有一条款式和晚礼服很相像的连衣裙，那条连衣裙却始终没有被发现。

不只是那条连衣裙，连放庵所穿的衣物也仍未被发现，这些恐怕早已被里佳偷偷烧掉了。

在本案中最受打击的当然要数歌名雄了。歌名雄一直都是个好青年，村里人没有不喜欢他的。可他的母亲无论是出于何种动机，都是一个杀了五人的凶手，歌名雄肯定会觉得无地自容，陷入深深的自责。

再添上一笔，就在我做这记录的现在，歌名雄仍未决定将来的路该怎么走，但对这名青年的歌喉比较欣赏的日下部是哉提议要把他培养成一名歌手。

八月二十四日下午，在金田一耕助的斡旋下，歌名雄和由加里第一次以同父异母兄妹的身份面对面。由加里所说的话让我终生难忘。

“哥哥，请允许我叫你一声哥哥。哥哥也知道，我从记事的时候起就一直作为一个杀人凶手的女儿活着，没脸见人，甚至还多次想到了死。哥哥，就连我这个女人都能熬过来，更不用说身为堂堂男子汉的哥哥了，你一定也能忍下来。请坚强起来。请一定要坚强地活下去。”

大概就是因为由加里这一番话，歌名雄把龟之汤托付给了亲戚，决心去东京发展。

在处理完这个案子后，我再次申请了休假。从八月底到九月中旬，我陪着金田一耕助在京都、大阪、大和和奈良连续玩了三星期左右。最后分手时是九月二十日，地点是京都站。

在各奔东西之前，我向金田一耕助深深行了一个礼，同时紧握着他的手说了这样一番话：“金田一先生，我已是把老骨头了，却是老骥伏枥，希望将来能有一天再次跟你携手共事，但像这次这样的案子就免了。我可不愿再碰到这种让人一辈子都忘不掉的悲惨案子了。”

金田一耕助默默地盯着我的眼睛，突然凑到我的耳边悄悄说道：“失礼了，警部……您不会是一直爱着里佳吧？”

啊！当我大叫一声一个趔趄的时候，金田一耕助已跳上了开动的列车。

矶川常次郎

昭和三十年九月二十一日